Library of
Davidson College

UN GOLONDRINO NO COMPONE PRIMAVERA

Eloy González Argüelles

EDICIONES UNIVERSAL

UN GOLONDRINO NO COMPONE PRIMAVERA

COLECCION CANIQUI

EDICIONES UNIVERSAL. Miami, Florida. 1984

Eloy González Argüelles

UN GOLONDRINO NO COMPONE PRIMAVERA

P.O. Box 450353 (Shenandoah Station)
Miami, Florida, 33145., U.S.A.

(c)Copyright 1984 by Eloy González Argüelles
I.S.B.N.: 0-89729-350-9
Library of Congress Catalog Card No.: 84-80618

Portada:
    Foto de un bote que trae refugiados del Mariel a Cayo Hueso, Florida.
Contraportada:
    Relocalizados en el Estado de Idaho.

UN GOLONDRINO NO COMPONE PRIMAVERA
*(Documental sobre la breve estancia de unos jóvenes
salidos del puerto del Mariel, en Cuba, en el Gran
Noroeste del Pacífico)*

A Olvido Argüelles

«*A lo cual respondió nuestro Don Quijote:*

—*Señor, una golondrina no hace verano. Cuanto más, que yo sé que de secreto estaba este caballero muy bien enamorado, fuera que aquello de querer a todas bien cuantas bien le parecían, era condición natural, a quien no podía ir a la mano.*»

Vol. I, Capítulo XIII

ÍNDICE

I. VIRGINIA 11
II. TRES REYES MAGOS 33
III. MISE EN SCENE 95
IV. DIARIO DE LAS PERIPECIAS DE (ENTRE OTROS) JULIO Y NARCISO EN MOSCOW, SEGÚN LAS CONTARON (EN PARTE) LAS MALAS LENGUAS 107
V. EL DÍA DEL DUELO 201
VI. EPÍLOGO, I 213
           II 217

I. VIRGINIA

—Mi nombre es Virginia y soy trabajadora social. Mi función es aconsejar a los desempleados, particularmente a los que no hablan inglés. O sea, a los refugiados que se encuentran en esta comarca. Además, soy la patrocinadora de dos cubanos refugiados.
—¿Qué la hizo interesarse en los cubanos refugiados?
—Bueno, cuando la flotilla comenzó a llegar, me interesaba el problema que los burócratas de Washington habían creado para apuntarse tantos políticos en la esfera internacional. Y qué problema. Cincuenta mil refugiados, así como si nada. ¿Qué iban a hacer con ellos? ¿Dónde los iban a meter? ¿Quién iba a alimentarlos, alojarlos, vestirlos, entrenarlos, buscarles trabajo, enseñarles inglés? Pero en ese momento, aunque me interesaba el problema de esa forma, no sentía vínculo emocional hacia los refugiados. Recuerdo de estos días las bromas en los periódicos basadas en el poema de la Estatua de la Libertad...¿conoces el poema?
—No.
—Ese poema es muy importante para mí. Dice «Give me your tired, your poor, your huddled masses yearning to breathe free, the wretched refuse of your teeming shore, send these, the homeless, tempest-tost to me. I lift my lamp beside the golden door.»
En el dibujo del periódico había un bote lleno de negros latinoamericanos, de Haití o Cuba, y un guardacostas diciéndoles: «You are the wrong huddled masses». Ya sabes. El color de la piel. La falta de educación. Además, al principio parecía que eran verdaderos refugiados, gente escapándose de su país. Pero eso cambió pronto, y en los Estados Unidos empezamos a pensar que el gobierno cubano nos los estaba mandando. ¿Y qué hace uno con gente que un gobierno extranjero le manda? Aceptar refugiados es una cosa; aceptar el regalito de Castro es algo muy distinto. ¿Cómo justificarlo? De hecho, parecía que estábamos cumpliendo órdenes emitidas en La Habana. Yo empecé a pensar en lo que estaba ocurriendo, por qué en un principio el exilio parecía voluntario y de repente Cuba estaba vaciando las cárceles y los asilos de dementes, porque en mi opinión Castro nos la había

hecho buena. En vez de la postura de generosidad que ambicionaba Carter, este país parecía imbécil a los ojos del mundo, acatando órdenes de un dictador comunista que es, desde luego, muy hábil. Así que mi interés era de orden político. Por esta época empecé a trabajar en la agencia de empleo con unos chicanos que apenas hablaban inglés...
—¿Por qué le asignaron este trabajo a Ud., que no habla español?
—Porque yo tengo una habilidad especial para la comunicación. Esto compensa la falta de no saber otras lenguas. Así fue que me pusieron a cargo de los vietnamitas que habían llegado. Un joven de Afganistán. Un par de camboyanos. Un día, cuando estaba yo trabajando con estos extranjeros en la agencia, Juanita trajo a Julio, que había estado buscando empleo por espacio de unas semanas. Ella ya lo había llevado a la oficina del Welfare. Yo lo inscribí en nuestro programa. Por esta época, además yo estaba pasando por una...bueno...voy a empezar a saltar hacia atrás un poco...¿te molesta eso?
—No, en lo más mínimo.
—Verás...en mi juventud yo había sido miembra de la Juventud Laboral, que era una rama del Partido Comunista. De hecho, varios amigos míos habían ido a Cuba, a pelear contra Batista. Uno de ellos era a mis ojos, un verdadero héroe. Recuerdo cuando venía de visita a mi casa... bueno, a mi apartamento. No menos héroe que el mismo Fidel. ¿Recuerdas cuando vino a las Naciones Unidas? Se quedó en... no recuerdo el nombre del hotel, pero es en Harlem... y mataron unos pollos y los cocinaron en el hotel... nada de lo que se espera de los dirigentes de otros países... el verdadero hombre del pueblo, con el pueblo...
—Si la puedo interrumpir... la última vez que vino a los Estados Unidos, lo entrevistaron en el avión... le preguntaron si había traído pollos otra vez y respondió que no, que esta vez traía langosta... pero eso sí, pescada con sus propias manos.
—¡Já já já! Lo que podía esperarse de él. Volviendo a esos días... creo que ya tenía a todos mis hijos, o tal vez tenía uno y estaba en estado con el otro...hace veinte años, y recuerdo que iba de maestra voluntaria a una escuela, y pensar de Fidel que era un iconoclasta, y que me gustaba por eso, porque siempre me han gustado los sabe-lo-todo arrogantes, incluso como estudiantes... cuando yo estaba en la escuela, salía con los tipos rebeldes, que siempre terminaban expulsados... y así veía yo a Castro, un sabe-lo-todo romántico, un niño rebelde... yo era una liberal, una izquierdista, como dicen ... todavía me siento así. Trabajando con refugiados el verano pasado, percibí algo más real, más de actualidad con la filosofía moderna. El pro-

blema con el comunismo es que funciona cuando todo el mundo en la comunidad puede ver las necesidades comunes... tomar del que puede dar y dar al que necesita, ¿me entiendes?... y puedes tener una mayoría de opinión en cuanto a qué constituye qué es una persona necesitada; la cosa va bien mientras que el grupo sea pequeño. Pero cuando creas una agencia gubernamental, para dirigir una sociedad moderna, esa agencia tiene demasiado poder... en el afán de sobrevivir como estructura política los líderes crean esferas de poder... la eterna pirámide... y sin los mecanismos complejos de una sociedad superdesarrollada, no pueden ver, o mejor, no quieren admitir que en la base de esa pirámide las cosas no marchan bien, la necesidad continúa, la injusticia de siempre continúa ...¿cómo lo dicen los cubanos?... algo del padrino...
—Sí, que el que tiene padrino se bautiza.
—Eso es. Sí, porque resulta obvio, hablando con los refugiados, que el control del gobierno en Cuba lo es todo, y que hay una lucha constante entre las autoridades —sobre todo las autoridades a bajo nivel, los famosos Comités, los empleados de bajo rango que vigilan a los obreros— y los sectores de la población más necesitados y peor educados. Para reforzar el control, entonces, se adoptan medidas absurdas. Es como un juego de preprimaria, en que un niño fuerte hace que uno débil bese el piso, o algo así, para demostrar que tiene control sobre él. Así pensando en todo esto iba sintiendo que me estaba transformando en anti-comunista, cosa que como te digo, hubiera sido impensable unos pocos años atrás. Además, me asaltaba otro pensamiento... yo sé que siempre han venido muchos refugiados a este país, y me imaginaba que venían con sueños de películas de Hollywood... vamos a llegar a ese país y hacernos ricos inmediatamente, ese tipo de tontería. Pero te vas dando cuenta de que la cosa es mucho más seria, trágica, diría yo. Hay quien dice que de diez botes que salen de la zona de Saigón, solamente tres llegan a Malasia, y en esos tres hay muertos... o sea, que la probabilidad de escaparse de Vietnam es menos de un treinta por ciento... además tienen que pagar para salir, y les disparan cuando los ven saliendo... si les preguntas por qué se van te responden simplemente «Tenemos que salir de aquí. Tenemos que salir a cualquier precio.» Y muchos eran jovencitos, puestos en los botes por sus familias. Los padres de estos niños, trabajando todo el día, apenas pueden alimentarse ellos y a los más pequeñitos... pero los jóvenes de trece a veinte, si no tienen trabajo, tiene que salir a la calle a buscar comida... y el problema es que no hay comida. Aún si tuvieran dinero no podrían comprarla. Oigo esto repetidamente de los cubanos... no hay bastante comida... sencillamente no hay bastante comida que pue-

da ser distribuida. Y además, la distribución no es todo lo egalitaria que se pudiera desear. A los chinos en Vietnam, por ejemplo, se les discriminaba porque el gobierno vietnamita odia al chino. Así que ¿ves?, todas estas cosas estaban en mi mente cuando oi que Julio tenía un amigo en uno de esos campamentos que habían establecido para los cubanos y que quería sacarlo de allí. Era Narciso. Julio estaba averiguando si habría alguna garantía de que Narciso tendría trabajo al llegar a Moscow. Yo podía, a través de mi programa, encontrar un empleo para Narciso, y así se lo dije a Julio. Esto fue lo primero que hice por un cubano. Pronto, empecé a recibir llamadas telefónicas de otras partes del estado, de gente que sabía que yo tenía experiencia entrenando a refugiados. Me puse en contacto con la oficina de inmigración... hablé con mucha gente. Así, empecé a darme cuenta de que a los cubanos se les estaba tratando de manera diferente que a otros refugiados... los vietnamitas, por ejemplo. Estos salen a campamentos fuera de su país, y con tiempo, los vamos dejando venir a los Estados Unidos. Los dejamos filtrarse. Los cubanos, sin embargo, ya estaban en este país, y lo que estábamos haciendo era concentrarlos en diversos lugares y retenerlos allí... pero eran una realidad visible, y a la gente no le gustan realidades visibles de ese tipo... así que se hacían esfuerzos por apartarlos, por alejarlos de los centros de población... antiguos campamentos militares, viejas prisiones. Un refugiado vietnamita, con estudios avanzados de pintura, me contaba que todos los que veían sus pinturas se las alababan, pero nadie compraba... y era porque él pintaba de su país, de las atrocidades que pudo ver, y en este país nadie quiere pensar en esas cosas, que nadie nos lo recuerde. Porque nos hace sentir culpables, pensar que no debimos meternos en Vietnam... o que si por el contrario, nuestra obligación era meternos, entonces no debimos abandonarlos como lo hicimos. Fallamos. Así que le decimos al vietnamita que sentimos mucho la guerra y la destrucción de su país, pero que por favor no nos lo recuerde. Y algo similar estaba pasando con los cubanos. La gente sabía que estaban aquí, pero no quería saber qué estábamos haciendo con ellos. No querían saber porque no querían sentirse avergonzados. Yo, siento mucha vergüenza, y no sé qué hacer con este sentimiento, porque siento vergüenza de mi país y que yo debía hacer algo para corregir el mal... pero claro, no, yo no he sido responsable de lo que han hecho, yo no tengo nada que corregir en mí misma, que es lo que cuenta. Pero pensar en esto es algo que te puede hacer llorar, es una emoción muy fuerte, y me doy cuenta de que la situación es difícil, que los que están encargados de este problema, inmigración, o quien sea, van a tratar de impedir que el pueblo tenga conocimiento de lo que

pasa en realidad... porque con esto nos complacen y no nos alteran la digestión. Bueno, a los pocos días me enteré, por Julio, que Narciso vivía una vida miserable en el campamento, que era un lugar muy malo. Yo le dije a Julio que siguiera con los esfuerzos por encontrarle un patrocinador, que la oferta de empleo seguía en pie. También me enteré de que Narciso tenía un amigo, que estaba fuera del campamento, pero que nunca había tenido un patrocinador, o que si lo había tenido las cosas no habían salido bien, o lo que fuera, así que el amigo estaba deambulando por el país, tratando de encontrar empleo, o dónde quedarse... Eloy, Eloy González. Me asombraba la cantidad de cosas que había que hacer para traerlos a Moscow, aunque aquí teníamos empleos y personas dispuestas a ayudarlos. A través de este tiempo yo seguía manteniendo contacto con diferentes agencias, informándome de cosas prácticas, dónde se podía comprar ropa de segunda mano, quién regalaba muebles viejos, que tipo de vivienda económica podía encontrarse, etc. Uno de esos días recibí una llamada de una maestra que había hablado con Iris, la traductora de McNeil...
—¿De McNeil Island, la prisión en Seattle?
—Sí, la prisión.
—O sea, que ya para ese tiempo habían empezado a llevar cubanos a McNeil, ¿no?
—Sí, ya había varios centenares allí.
—¿Y cuándo empezaron a llegar? ¿De dónde los traían? ¿Por qué los mandaban a ese lugar?
—Bueno, no sé exactamente cuando empezaron a llegar, pero hará aproximadamente un año... los traían de campamentos del sur, donde habían ya demasiados cubanos... a McNeil, al parecer porque pensaron que podían usar parte de la prisión. Otro error absurdo, porque sin los cubanos ya estaban atestadas las cárceles del estado de Washington...
—Pero, ¿por qué a una carcel? ¿Por qué sacarlos de un campamento para meterlos en una cárcel? Por malas que fueran las condiciones del campamento...
—Ya ves, porque así se hacen las cosas en este país, a la loca...
—Pero ¿por qué a ciertos cubanos? ¿No había un proceso de selección, alguna forma de determinar quién iba a una cárcel y quién no, era algo completamente arbitrario, o...
—Bueno, decían que mandaban a McNeil a los que habían cometido delitos en Cuba... los que habían venido de cárceles cubanas... la «escoria», como dijo Castro. No deja de maravillarme que los líderes de este país otra vez se dejaran influenciar por Castro de esa manera. Castro les llama escoria porque son sus enemigos, y nosotros, para

empezar, aceptamos recibir esa escoria y luego le damos la razón, sabiendo, o al menos, debiendo saber, que son los enemigos políticos de él, y que naturalmente...
—Bueno, me parece que lo triste es que pueda haber una mezcla de todo ¿no? Yo sé que vinieron 120,000. Pero entre ellos, algunos, pocos....
—Tal vez. Pero yo dudaría mucho antes de aplicar a nadie un calificativo usado por su enemigo natural, en el terreno político, y usarlo así como así, sin hacer distinciones. ¿Por qué tenemos que aceptar la palabra de Castro, que es también nuestro enemigo? ¿Por qué darle más credulidad a sus palabras que a las de los cubanos que arriesgaron su vida para salir de Cuba?
—Bueno, los que estaban en la cárcel... y de la cárcel pasaron a uno de los botes que llegaron al puerto de Mariel, y de allí a Key West, rodeados de barcos norteamericanos, no se arriesgaron tanto, ¿no?. Pero además, Virginia, sin quitarle mérito a lo que dices, y sin poner ninguna fe en las palabras de nadie, lo cierto es que hace unos años, Cuba alegó que la Agencia Central de Inteligencia había planeado la forma de disponer del líder cubano... seguramente recuerdas...
—Sí, claro que lo recuerdo. Algo para que perdiera la barba...
—Sí, exacto, según creo que lo recuerdo, el plan consistía en poner algún tipo de producto químico, Dios sabrá que sería, en el interior de las botas, y este producto causaría que se le cayera el vello facial. El propósito era que perdiera su «carisma», y a consecuencias, la presencia de macho y la presidencia...
—Sí, sí que lo recurdo ¡Já já! Estrictamente James Bond.
—Pero lo que te quiero decir, es que todos, cuando Cuba hacía la acusación de que existía este plan, o complot, o como quiera llamársele, todos pensábamos que el gobierno de Cuba padecía de una mezcla de megalomanía, histeria y paranoia... pero resultó que estaban diciendo la verdad...
—Sí, pero reconocerás que la situación es muy diferente en este caso... Sí, podrá haber algún criminal entre los muchos que llegaron, ya que Fidel vació las cárceles y mezcló a unos con otros... pero, ¿y todos los inocentes? Peor que dejar a un criminal verdadero en libertad, es ajusticiar a un inocente, ¿no crees?
—Bueno, la verdad es que yo no sé...
—En este país, mi querido amigo, todo el mundo es inocente hasta que se le pruebe culpable. Ese es uno de los prinipcios básicos de nuestro país, que no parece tener vigencia en el tuyo. En Cuba, si estás en desacuerdo con Castro ya eres culpable, ¿no?
—Sí, eso es verdad.

—Claro. Tú lo sabes igual que yo.
—O.K., es verdad. Pero creo que te interrumpí, Virginia. Me hablabas de este otro cubano...
—¿De cuál?
—Deja ver... no, de Iris, la traductora... ¿quién es esta Iris?
—Ah, sí, Iris. Iris es una muchacha con estudios avanzados en español, que el gobierno... bueno, el fiscal, o algún abogado asignado contrató en Seattle como traductora oficial, porque nadie podía entenderse con los cubanos... parece ser una joven de mucho talento, que ha vivido años en España...
—¿En España? ¿Y puede entenderse con los cubanos?
—Sí, claro que sí. Ella es la primera que admite que existen algunas diferencias...
—Dios mío, Virginia, ¿algunas diferencias?
—Bueno, tú serás todo lo académico que quieras, pero yo sé que Iris se entiende mejor con los cubanos que las personas que tenían antes, americanos y chicanos, que no entendían absolutamente nada... ¿quieres que te cuente un cuento?
—Sí, por favor.
—Mira... resulta que a uno de estos cubanos, prisioneros, prisioneros ahora de nuestro país, aunque aquí no habían cometido ningún crimen que pudiera probársele, le preguntaron cuantos años había estado en la prisión en Cuba. Querían, parece ser, que contara con las manos, pero el cubano no entendió eso. El decía dos, pero antes de poner los dos dedos, ponía las dos manos, como queriendo decir, me tuvieron preso por ese tiempo... parece que se disgustó con un miembro de su milicia, o algo así... pero lo importante es que la condena no era de doce años, sino de dos. Cuando Iris le preguntó si eran dos o doce años, el cubano explicó que eran dos...
—Virginia, mi amiga, perdona si te interrumpo otra vez, «Dos» y «Doce», en buen cubano, quiero decir, en buena lengua cubana, son casi lo mismo...
—Pero él dijo claramente, sabiendo ahora de que se le preguntaba, que no eran doce años, sino dos.
—¿Y qué crimen se le imputaba a este señor?
—Como te dije... haber atacado a su superior en la milicia... algún oficial...
—¿El motivo era de carácter político?
—No, parece que fue por una mujer... un crimen de pasión.
—¿Fue un ataque armado? ¿Usó armas?
—Eso no lo sé. Pero la condena eran dos años y no doce. Y esto es muy importante, porque el crimen parece mucho mayor a los ojos de

las autoridades americanas si la sentencia es mayor... y esto es lo que Iris logró resolver, que eran dos años y no doce. Bueno, volviendo a lo que te decía... recibí una llamada de Iris concerniente a Calexto... Calexto es otro de los que pusieron en la cárcel al llegar... la lógica parece ser que si estabas en un cárcel en Cuba, ibas directamente a la cárcel aquí al lograr salir de allá. ¿Precioso, no? Entre otras cosas, porque tenían más espacio en las cárceles que en los campamentos... así que arbitrariamente dijeron que si estabas en la cárcel, ibas a la cárcel... y por supuesto, lo que esto quiere decir es que si admitías que habías estado en la cárcel, ibas a la cárcel... digo esto porque sé de al menos un caso que no admitió que había estado preso, y nunca tuvo problemas... le encontraron un patrocinador inmediatamente... pero yo sé que en realidad, venía de la prisión, porque otros cubanos lo conocieron allí... ¡Já já! Este fue lo suficientemente inteligente como para saber que tenía que mentir. Los que pusieron en la cárcel aquí han aprendido, sistemáticamente, con los meses, que tienen que mentir, y ahora nunca dicen la verdad... sobre todo si piensan que eres un oficial del gobierno. Y como no saben las reglas, no saben qué mentira decir, porque algunas veces dicen una mentira que les beneficia, como ése que te decía, que está libre por la mentira que dijo, en tanto que hay otros que están en reclusión solitaria por las mentiras que dijeron... acusados de perjurio... así que lo que hacen mucho es decir «No sé, no sé»... recientemente tuvieron que comparecer ante un juez, como testigos... Nacho y Urbano y Diosanto, y a las preguntas del juez Nacho repetía «No sé, no sé, no sé»... y luego empezó a contradicirse, así que el juez pidió un receso, para que alguien le explicara a Nacho que estaba cometiendo perjurio...

—¿De qué eran testigos?

—De un robo que parece que vieron cometer... alguien robando partes de un carro... ellos venían de un bar y vieron a esta persona correr del lugar donde estaba un carro... al poco los detuvo un policía y empezó a hacerles preguntas... que los cubanos no entendían, naturalmente... así que vinieron a mi casa y poco a poco empezamos a sacarles lo que habían visto, la información que tenían, pero en la comparecencia ante el juez todo se vino abajo, por la turbación de Nacho. En fin, volviendo a Calexto... Iris pensaba que a Calexto no debieron ponerlo en la cárcel nunca, por varias razones. En primer lugar, tiene sólo diecisiete años... las prisiones de seguridad máxima normalmente son para mayores de dieciocho. Así que era una situación embarazosa. Los jueces de inmigración recomendaban que fuera puesto en libertad, pero había que buscarle un patrocinador, alguna familia... y por esto me llamaba esta maestra. Desafortunadamente, no pude encon-

trar nada para Calexto en el momento... pero empecé a hacer llamadas... hablé con Iris, y con la abogada, Leonor, la abogada designada por la corte, ella me llamó al poco tiempo y simplemente me dijo «Tú vas a ser la patrocinadora de uno de mis chicos»...¡ja ja!... tan sencillo como eso... pero no dejes, me dijo, que te den los dos que ellos quieran, sino los que yo te recomiendo... resulta que ella estaba también un poco confundida. Los nombres que me dio fueron el de Urbano y el de un tal Melembe... y éste es lo que los otros llaman «malo cabezo»...le gusta beber, y ya lo han arrestado por gritar obscenidades a las mujeres en la calle... parece también que tocó las puertas de varias casas y les pidió a las señoras que abrían que lo dejaran entrar... así que en vez de Melembe me dieron a Nacho. Cuando Leonor me llamó y me dijo que quería que yo adoptara al menos a Nacho, le dije «Bueno, está bien», pero me quedé pensando, «Dios mío, qué he hecho,» porque mi marido me había dicho que no, que no lo quería en la casa ni ocuparse de él... pero yo que soy como soy... así que regresa de un viaje y ahí estaba, un cubano en la casa. Así que se disgustó un poco. Pero ya lo va aceptando. Fui a buscar a Silvano y Nacho. Silvano encontró un amigo, parece ser, de la familia, que vive en Los Angeles, y estuvo aquí sólo dos días. Nacho se quedó conmigo. Para buscarlos, fui a Seattle con mi hija. Ya los había soltado, y estaban esperando a sus patrocinadores. Lo primero que me dijeron fue que ellos no sabían por qué los habían puesto en la cárcel...que nadie les había explicado nada desde que llegaron... los pusieron en un avión en Miami y los mandaron a Fort McCoy, sin decirles adónde iban... luego a la prisión de McNeil, todavía sin decirles a qué lugar los mandaban. Nacho ni siquiera sabe por qué lo dejaron salir de McNeil. Y yo no lo sé tampoco. A Urbano y Diosanto los dejaron salir porque cuando comparecieron ante la corte, el juez decidió, basado en el testimonio de ellos, que habían estado presos en Cuba por crímenes políticos, que habían sufrido persecución, por ejemplo, por practicar su religión. A ellos les otorgaron asilo. Así que en algunos casos... y ¿te imaginas?, de todos los cubanos que vinieron a este país yo solamente conozco a siete a quienes les han dado el derecho de asilo... a los demás sólo les han dado entrada, que es algo diferente. A Urbano sí le dieron asilo político, a Mirlo y Diosanto asilo religioso. Teodosio. Teodosio creo que salió porque era un espía de los guardias de la prisión....
—Perdón, Virginia, ¿un espía de los guardias?
—Sí, fue lo que hizo en Cuba por veinte años, es lo que los cubanos llaman un «mandanto», ¿entiendes lo que te quiero decir?
—No tengo la más remota idea.

—Bueno, un prisionero que supervisa a los otros... un aliado de los guardianes...
—Ah, ya veo...
—Es todo lo que sabe hacer y nunca aprendió otra cosa, en Cuba o en este país, y esto es lo que las autoridades aquí describen como «aliado»... En Cuba lo hizo por veinte años...
—¿Aliado? No entiendo la palabra en este caso.
—Sí, aliado, o sea, alguien en quien se pueden fiar... o sea, un eufemismo para colaborador, espía... ¿entiendes? Y eso es lo malo, precisamente, que lo creen, aunque invente las peores mentiras, y lo pusieron en libertad basándose en eso, ¿te lo puedes creer? ¿Cómo lo llaman los otros cubanos? «Shivuto», «shivoto»...
—Sí, sí, chivato, es la palabra cubana para delator, espía...
—Sí, eso es. Y lo gracioso es que Teodosio la está pasando muy mal tratando de adaptarse a un país con libertad como el nuestro... Teodosio tenía diecisiete años cuando fue a la prisión, y ahora tiene treinta y ocho o treinta y nueve, y solamente conoce la vida de la prisión....
—¿Estuvo preso todo ese tiempo, sin salir...?
—No, entraba y salía, por diferentes condenas, pero la mayor parte de esos veinte años se la pasó en la prisión ... ya sabes cómo eso destruye a un hombre... no puede copar con la libertad en otra cultura... y quiere vivir como vivía en la cárcel, basado en los mismos principios, porque subconcientemente, yo creo, quiere volver a ella... siempre fue un «shivoto», yo creo... y además, barbero... era el barbero de los presos, o sea, que le dejaban usar instrumentos que podrían haber sido armas en las manos de otros... tijeras, navajas... es alto y muy fuerte... siempre tenía más comida que los demás... y de hecho, si no querías morirte de hambre tenías que entrar en negocios con Teodosio... pero ahora, en la calle, es un cualquiera, no es nadie, no tiene el poder... el poder psicológico, me entiendes, que tenía... mucho menos no hablando inglés... y además, está muy envidioso, porque piensa que todos estos debiluchos que él gobernaba en la cárcel ahora tienen cosas que él no puede tener, amiguitas, más habilidad para aprender inglés... son más jóvenes, o sea que pueden tener patrocinadores, en tanto que él no... Nacho, mi jijo, ¿Así se dice, «jijo»?...
—No, jijo no, la hache inicial no suena..., hijo...
—Bien, mi hijo, va a la escuela, está aprendiendo inglés y mucho más, conoce a muchas muchachas... y Teodosio está solo, muy solo... y además, de acuerdo a esta sociedad, no sabe nada de nada... pero yo, por ejemplo, no sé por qué dejaron salir a Nacho... Nacho salió porque Nacho salió... y se siente muy culpable porque sus amigos todavía

están en la cárcel...
—¿Por qué estaba Nacho en la cárcel?
—Ah, sí, se robó un carro... según entiendo, un carro oficial, del gobierno, y además... ¡Ja, ja!... Bueno, antes, había robado ropa y comida, pero parece que nunca descubrieron eso... además, como te decía, no fue simplemente un carro, sino un carro ¡ja, ja! de la policía militar... ya te imaginas... el delito para los cubanos era un verdadero crimen contra el estado. Pero tal vez por eso lo dejaron salir de la cárcel aquí, pensando que su crimen era político... aunque no sé... también la ropa y comida que los otros robaron estaban en tiendas del gobierno... quizás se pueda decir que en Cuba todo crimen es político...
—Hay quien dice que no solamente en Cuba...
—Sí, es verdad. Pero los crímenes varían. A Silvano le dieron asilo... su crimen fue... bueno, por mi dificultad con el español no estoy segura de esto, pero parece ser que entró una noche a una estación de policía y rompió una serie de expedientes de gente perseguida por las autoridades y quemó otros documentos... según creo que lo entiendo, cuando vinieron a arrestarlo trató de prender fuego al tanque de gasolina del carro de los policías. Dice que desde niño siempre se ha sentido norteamericano, siempre decía esto... y dice que le negaron la oportunidad de seguir estudiando después del sexto grado por ser anticomunista... y no admite haber cometido ningún otro crimen. Mirlo era un sacerdote laico...
—¿Perdón?
—Sí, o sea, un sacerdote sin órdenes, que daba servicios religiosos en su propia casa... y parece que por eso lo arrestaron...
—¿Sólo por eso?
—No estoy segura... bueno, puede ser, porque hay el cuento de otro que trató de salir de Cuba con su familia, y cuando lo detuvieron resultó que su mujer tenía menos de dieciocho años, así que la sentencia fue violación de menores, aunque en realidad lo castigaban por querer salir del país. Así que cualquier cosa puede ser. Pedro se robó comida de una tienda, para alimentar a su hermano... pero le aumentaron la sentencia aparentemente cuando supieron que era testigo de Jehová ... y Diosanto que había estado en el equipo olímpico de boxeo, pero lo había abandonado, perdió el derecho a trabajar, y las raciones que le daban eran pequeñas, así que también tuvo que robar... Calexto trató de robar ropa dos veces, pero no tuvo éxito. Teodosio robó un reloj. O mejor dicho, alguien me dijo eso, pero no sé las circunstancias... pero muchos de ellos robaban comida de las tiendas del gobierno. Pero crímenes serios ninguno...ninguno de ellos habla de

armas, o de lucha armada... nada sangriento... mi opinión es que, básicamente, y aparte de que odian el sistema comunista, son unos muchachos un tanto confundidos... aunque te diré que los que hemos traído a Moscow se van adaptando muy bien... muy bien, de veras... quizá porque sean la crema del grupo y están en una comunidad pequeña, con muchas personas diciéndoles lo que tienen que hacer... pero son verdaderamente inocentes para tantas cosas... sería muy fácil que se metieran en problemas legales aquí. Mi impresión es que en Cuba lo común es robar y mentir... cuando estuve en la prisión a verlos, me dijeron varios que en Cuba todo el mundo miente, todo el mundo hace trampa... por cierto, ¿quieres que te cuente como pude verlos?... porque entrar a la prisión si no eras abogado no era fácil, ¿sabes?...
—Sí, claro que sí.
—Sí, pero luego... déjame volver a Calexto,,, cuando Nacho me habló de Calexto, que era su amigo, me tomé interés en él y le escribí una carta... además, encontré dos familias interesadas en el muchacho... es más fácil encontrar patrocinadores para los jóvenes, y también es más facil dirigirlos, porque puedes decirles lo que tienen que hacer... los controlas mejor, porque puedes hacer el papel de ser su madre, o su padre... porque los que tienen treinta años o más, y no saben ni mierda de nada, resienten que se les enseñe, aunque todavía tienes que hacerlo... hay esa cuestión del orgullo latino, que no encaja bien con lo que ellos necesitan... porque se sienten que están dependiendo de otra persona como niños... y cuando esto pasa, la única relación que parecen entender es una relación romántica con la señora de la familia, si hay familia, que los patrocina... porque se sienten hombres de edad... pero los jovencitos... Calexto... no tienen ese problema, ¿ves?, aceptan que se les trate como niños... Nacho, por ejemplo, saca a mi hija a bailes, a una cerveza o dos, pero está claro que la relación de él con ella no es exclusiva, que ella tiene sus amigos aparte de él, aunque él no quiere salir con otras muchachas, ¡ja ja!, porque dice que la situación sería muy complicada... ¿te imaginas?... Pero bueno... sea como sea... están Lucho y Manolo y Calexto todavía en la prisión, ahora en Atlanta, porque los sacaron de McNeil y los mandaron allí... pero te diré... mis padres murieron, hace un mes, así que fui a Seattle, con mi hermano, para arreglar las cuestiones legales, y llevar gente al aeropuerto y cosas así, y había prometido que cuando fuera, pasaría por la oficina de Inmigración a ver si pudiera hablar con Calexto.. ya había hablado con Inmigración en Spokane, y esa gente es un desastre... no hacen citas, si llegas, llegas, y aún así te dan muy poca información ... en Seattle, me dijeron que había una sola

persona a cargo de los cubanos, y eso me molestó, porque no estaba bien dejar este problema a una persona solamente... las secretarias me decían que hablara con tal o cual, y esa persona nunca estaba en su oficina... y luego llegar a esta oficina, para encontrar que era la oficina de deportación... eso me molestó mucho... que el oficial de deportación fuera el único oficial que le hablara a uno de los cubanos... más cuando todo el mundo te dice que este hombre tiene control total en la situación... y cuando por fin doy con él, ahí está, en el pasillo, y no, está demasiado ocupado para hablar conmigo... y sencillamente me dice que habría un juicio al día siguiente, y que se haría lo que el juez dijera... así que decidí quedarme hasta el otro día. En el juicio oí que todo dependía del director de inmigración; que si este hombre quería, cualquier cubano podría salir, y si no quería, pues nada. Y que este buen señor hace sus decisiones basándose en la recomendación de un tal Alvin Sanders que dentro de poco iba a ser transferido a New York, otro oficial de inmigración... Sanders me dice, como si tal cosa, que había dejado salir a unos cubanos, y la reacción de la prensa fue terrible, artículos diciendo que estaban poniendo en la calle a ladrones y buscapleitos, ¿te imaginas?... y por eso Sanders no quería firmar más autorizaciones para que los cubanos salieran, sino esperar a que lo reemplazaran ... todo esto me tenía francamente furiosa... y este Sanders rehusó hablar conmigo después del juicio, en el que decidieron que no tenían suficiente información para dejarlos salir. Todo lo que yo quería hacer era explicarle las oportunidades que teníamos en Moscow para ayudar a los cubanos y conseguirles trabajo pero él no quería pensar en los tres cubanos del juicio como seres humanos, sino casos judiciales... Inmigración, duele decirlo, está por encima de la ley... piensan que no tienen que respetar los derechos de sus clientes. Así que fui a hablar con la abogada de los cubanos, Leonor, y le dije que por favor les comunicara a estos pobres muchachos que no todo el mundo quería mantenerlos en la cárcel, que había personas luchando por ellos, que no perdieran la fe. Leonor me dijo que iría a verlos al otro día ... Iris, que estaba allí, empezó a hablar conmigo, y las dos decidimos que queríamos ir también ... le preguntamos a Leonor si podíamos ir con ella, y respondió que dudaba mucho que nos dejaran entrar, porque no éramos abogadas o familiares, y la cosa es que estas prisiones de seguridad máxima siguen sus reglas con los cubanos como con cualquier otro prisionero, así que solamente permiten visitar a la familia inmediata... ¿te das cuenta de lo absurdo? ¿qué familia van a tener los cubanos aquí? ... En fin. Le dijimos a Leonor que queríamos ir con ella, aún cuando no nos dejaran entrar. Al día siguiente, a las siete y cuarto, estábamos en el bote *ferry* que te lleva a la isla. Y resulta que el director de la prisión estaba en este bote. Leonor, que es muy hábil, nos dijo que nos le aproximáramos... cuando el director la vio, la saludó, y Leonor le dijo «Usted, por supuesto, recordará a Iris» y el respondió «Sí, claro», lo que no era verdad, porque Iris no había visto a este hombre en su vida, y casi con el mismo aliento le dijo «Y claro, Virginia», y este hombre empezó a pretender que me había conocido en alguna parte pero se le había olvidado... una situación fabulosa, porque yo empecé a hablar con él como si lo hubiera conocido de toda mi vida... ¡Ja ja! ... y con eso llegamos a la prisión, y como entramos con él, charlando animadamente, nadie nos preguntó quienes éramos... ¿fantástico, no? Así que entramos. Y déjame decirte, cuando tres damas atraviesan el patio donde están los presos, todo lo que se oye son gritos en español... una verdadera experiencia, créeme... habían unos barriendo el patio, y acabaron agrupándose todos en el mismo sitio, para ver mejor... muy gracioso, de veras... llegamos a esta oficinita, donde había que firmar y decir quién era uno, y cuál era su relación con el preso que quería ver...Leonor puso al lado de su nombre «Abogada»... yo escribí el mío y puse al lado «Counsellor» que también quiere decir, «abogada»... ¡Ja ja ja ja! ¿Estuvo bien, ¿no?... Iris hizo lo mismo... dimos los tres nombres, Nacho, Calexto, Urbano... nos llevaron a este cuartito, y al poco rato aparecieron los tres jóvenes, y se podía notar que estaban tensos, nerviosos, porque les habían dicho que su abogada quería verlos, pero no el motivo... como si fueran tres criminales más...y estos pobres muchachos ya ni se atreven a esperar que sean buenas noticias. ...Leonor había ido a la prisión esta vez, además, pera ver a uno que habían puesto en reclusión solitaria... a éste iban a darle la salida, pero se había metido en una pelea con otro, y lo habían recluído... y la pelea había sido porque tienen la costumbre, estos oficiales idiotas, de publicar en anuncios quién tiene que ir al doctor, y la razón de la visita... y la razón en este caso era «homosexual». Todos sabemos que hay mucha actividad homosexual en todas las prisiones... sean los hombres homosexuales o no, y que todo el mundo lo sabe, porque no existe la privacidad... pero a las autoridades les encanta humillarlos, cuando los sorprenden en el acto y después lo publican, con el pretexto de que es una visita al doctor... pero parece que había ocurrido un error con este cubano, que en realidad tenía que ir al doctor porque tenía anemia, pero que alguien se confundió y escribió en vez «Homosexual». ¿Te imaginas? Un tipo que estaba por salir y que estaba haciendo todo lo posible por no romper ninguna regla... pero, naturalmente, cuando otro cubano empezó a burlarse de él, le dio de golpes... y la solución —qué solución— fue ponerlo en reclusión y que perdiera la oportunidad de ser libre. Bueno, cuando Leonor fue a verlo, quería llevar con ella a un testigo así que llevó a Iris, que iba de testigo y traductora... y yo me quedé hablando,,, bueno, hablando... ya conoces mi español ... lo que podía con los tres jóvenes... pero pasamos dos horas y media... antes de irse, Iris tradujo unas pocas palabras, también al final, cuando regresó... pero el resto del tiempo yo estuvo con ellos... así que algo nos habremos entendido, ¿no crees?... había ... había un guardián allí, oyendo lo que decíamos, que según decían, era bilingüe, pero resultó ser un chicano que sabía muy poco español... casi nunca podía ayudarme a traducir, aunque no quería que yo me diera cuenta de esto... y yo pretendía que no me daba cuenta... porque en el tiempo que estuve en la prisión traté de hablar con todos los oficiales que me presentaban, estar de su parte, y al mismo tiempo, dejar caer frases como «¿No es una lástima lo que está pasando con estos pobres muchachos cubanos?»... sí, porque en las prisiones, ¿sabes?, y por ejemplo, en los asilos de dementes, si los oficiales saben que hay alguien afuera que se interesa en los pacientes, los tratan mejor, con más cuidado de no violar sus derechos... también recuerdo que jugamos con las máquinas de vender refrescos... ¡ja ja! fue muy gracioso, porque los cubanos no sabían operar las máquinas, y aunque nadie quería Coca-Cola, todos acabamos bebiéndola... uno de ellos incluso llegó a patear la máquina, porque no podía hacer que le diera lo que quería... y cuando el oficial dijo que esto no se podía hacer, sacó una Coca-cola y le dijo al oficial que se la tomara él... ¡ja ja!... pero me daba un poco de pena, porque los chicos no habían ido a desayunar... prefierieron no ir, porque era la primera vez que alguien venía a visitarlos... y era una mujer, además... ¡ja ja!... pero cuando regresé a Moscow y les conté a los demás que había estado en McNeil, no querían creerme: «¿En McNeil? ¿De veras en McNeil, dentro de la prisión misma?» y yo decía «Sí», «¿Y lograste ver a alguno de los cubanos?», y yo decía, «Sí, yo mirar, yo jablar, yo embrazar»... ¡Ja ja ja!... y los cubanos que estaban ya en Moscow se volvían locos y daban golpes en la pared y decían algo como «Wow! ¡Incredible, incredible!»... ...¡ja ja! ... y al poco tiempo me dijeron que habían recibido una carta de sus amigos en McNeil en la que se referían a mí como «La Formidable»... ¿fabuloso, no?... «La formidable...»

—¿Pudiste darte cuenta, Virginia, entonces, de las condiciones de la prisión, de como vivían los cubanos?

—Pues sí... Urbano y Nacho, por ejemplo, participaban en muchas actividades... tenían béisbol... Nacho me dijo, de hecho, que la

prisión no era nada malo en este país... y yo le pregunté «¿Cuánto tiempo estuviste?» y me dijo «Cuatro meses», «Pero cuatro meses, eso es mucho tiempo, ¿no?» «No, porque me dieron una guitarra eléctrica», y nunca había tenido una guitarra eléctrica en su vida, ¿te das cuenta?... ¡Ja ja!...
—Pero Nacho sí había estado en la prisión en Cuba, aunque sin guitarra eléctrica, por lo que me dices... ¿sabes exactamente cuál fue su sentencia por robarse el carro?
—No, exactamente no sé... quizá será mejor que le preguntes a él... porque algunas veces dicen que seis meses y otras veces dos años ... y yo, francamente, no sé si hablan de una vez en la cárcel o encarcelaciones múltiples... pero como fuera, Nacho tocaba en una banda de Rock-and-Roll, que está prohibido en Cuba... y los «mandantos» también tenían derecho a tocar... y tenían una buena banda, que los prisioneros podían oir... muchas cosas buenas... hasta noviembre... en noviembre dejaron salir a siete de los que componían el grupo, así que los demás perdieron algo bueno, algo que los mantenía vivos... y empezó a rumorarse que iban a mandar a los cubanos a Atlanta... con lo que dejaron de participar en las actividades de la prisión y empezaron a jugar entre ellos un juego hecho por ellos de dominó, dominó interminable, ¿te das cuenta del aburrimiento que deben haber experimentado?... y los que están en Atlanta, ahora, ni siquiera tienen eso... están separados... se ven al desayuno, de ocho a ocho y media de la mañana, cuando mucho, y ni siquiera ese juego imbécil de dominó... y los dejan salir muy poco... apenas para películas los domingos... y algunos momentos de ejercicio y contacto entre ellos en la semana... el resto del tiempo están en sus celdas, sin televisión, sin revistas, sin saber lo que pasa, sin ver a sus familiares, sin ver a nadie... y ... como los dejan entrar al comedor, resulta que había un teléfono público, y Lucho se quedaba atrás de la línea, listo que es, y me llamaba, a pagar en mi número, y cuando llegaba el guardián se hacía el tonto y decía que su llamada había terminado... pero al menos me podía decir un par de cosas simpáticas por teléfono, ¿y eso es mejor que nada, no? ... pero llegaba el guardián diciendo «Come on, come on, come on», y al menos Lucho me decía «¿Qué pasa con mi libertad?»... y yo decía «Dos más meses» ... pero aunque Nacho diga que en McNeil no la pasó tan mal, nada puede ser bueno si te tratan como a un prisionero, como a alguien en quien no se puede tener fe, porque además, te diré, que en McNeil le abren el correo a todos los presos, incluso a los cubanos... lo que es una violación de sus derechos... según me entero, incluso en los campamentos de refugiados... o sea, los que no han mandado a la carcel todavía, se atreven a

abrir sus cartas personales así como así... qué situación para indignar a cualquiera... incluso a los que están libres ahora, si su correo llega a la cárcel antes de llegar a sus direcciones, se sienten con el derecho a abrir las cartas... monstruoso... incluso si el crimen de la persona era un crimen de delincuencia juvenil, algo que hubiera ameritado al máximo dos años de condena en Cuba, tú sabes, ladrones de pollos, como dicen aquí, lo que yo me figuré era que todos ellos eran en realidad disidentes ideológicos del sistema... porque entonces me di cuenta de lo que estaba haciendo Castro... abriendo la válvula de escape, ¿entiendes?... la juventud que se le oponía era el enemigo del futuro, las mentes independientes, los que podrían ser la inteligencia cubana de la próxima generación, aunque él los viera como desajustados... ¿curioso, no?, porque aunque lo que se desprende de esto es que la sociedad socialista no ha sido más efectiva que la nuestra en su tratamiento de jóvenes inquietos, de mente crítica... pero simplemente llamarles ovejas negras y no darles oportunidad, a esa edad, es absurdo. Lo real es que estos chicos son muy ... independientes, supongo, por falta de mejor palabra. Yo no sé por qué son así, qué los hizo así, ni qué derecho tienen a ser así, pero la realidad es que son muy obcecados, inconcebiblemente independientes. Pero esta gente, que expresa su disatisfacción con el sistema político de su país al robar, es la gente que puede hacer una revolución, y Castro lo sabe porque él también era así, y sus seguidores, eran hombres que habían tenido pequeños encuentros con la policía de Batista...
—Bueno, Virginia, francamente, no sé si puedo estar de acuerdo con eso...
—Bueno, quizá no fue así exactamente, pero más o menos así. Y yo creo que Castro se dio cuenta de que el país estaba listo a... bueno, si no a abandonar el comunismo, al menos a deponerlo a él. Por eso tenía que deshacerse de los más peligrosos, los jóvenes románticos en desacuerdo con él. Y nosotros, como te dije antes, aceptamos la opinión de Castro y los metemos en la cárcel... cada vez que pienso en eso.. porque hay casos...mira, a Calexto le contagiaron con sífilis en McNeil... un muchacho menor de dieciocho años... te digo, voy a escribirle a inmigración y decirles que yo los considero personalmente responsables de esto, que yo los acuso de este delito...
—¿Es seguro que no fue en Cuba donde contrajo...
—Absolutamente seguro. Yo sé cómo pasó y casi puedo decirte hasta el día, porque Calexto me lo escribió...
—¿Y estás segura de que te decía la verdad?
—Sí , en este caso sí... fíjate, que me lo cuenta todo, y me dice... bueno, algo muy difícil de confesar para un cubano... no sabe de

quién contrajo la enfermedad... puede ser uno de tres... y ahora han mandado a Calexto a Atlanta, en vez de dármelo en ese momento, como yo pedía...
—¿Por qué lo mandaron a Atlanta?
—Oh, porque el gobierno federal le está vendiendo la prisión de McNeil al estado de Washington.. de hecho la han vendido ya, porque el estado de Washingon tenía problemas con las facilidades en sus prisiones...McNeil es un lugar muy especial... ahora que es prisión estatal, me gustaría ir a trabajar allí... la prisión en sí es un tanto lóbrega... adentro todo es verde oscuro y gris... pero está rodeada por un paisaje maravilloso, sereno, que inspira a la calma... el precioso mar azul, gaviotas... el botecito que pasa, pu-pu-pupu-pu...es un lugar rural, hay haciendas de ganado... incluso los sonidos de McNeil inspiran a la paz, la calma... el mar susurra, ni siquiera hay olas fuertes... en tanto que en Atlanta la prisión está repleta, tienen mil ochocientos cubanos allí, y las personas con que he hablado me dicen que las condiciones son pésimas... pueden bañarse cada cuatro días y es en la ducha donde los cubanos pueden verse y hablarse... y van con mala reputación todos, por lo del asesinato que ocurrió en McNeil... bien al principio de la llegada de los cubanos a McNeil, uno de ellos parece que se volvió loco y mató a otro... pero no se dan cuenta de que siempre habrá algún loco en todo grupo de personas, ¿no?... y tratándolos a todos igual, van a convertir a los que eran simples ladronzuelos en Cuba en criminales endurecidos... yo creo que Calexto ya ha cambiado mucho, su personalidad ha sufrido... cuando entró en la cárcel, era un niño, un niño inepto socialmente... un día hizo un comentario crítico de los guardianes, y uno lo oyó... cuando se le acercó a Calexto, él se puso tan nervioso que empezó a llorar y gritar... se puso histrérico. Calexto es muy pequeño y débil... muy joven... y no tiene la habilidad de integrarse a grupos, no es sociable... así que su único papel posible en la cárcel es ser el protegido de alguien... bueno, la mujercita de alguien ... no sólo por ser tan débil físicamente, sino porque esta debilidad le hace depender de los demás, pero quiere atención, que se sienta su presencia, quiere afecto, como todo ser humano... y sólo puede comprar esta atención con su cuerpo, y la ha comprado, y esto lo ha degradado... ya no es la persona que era... otros que lo conocieron en McNeil me cuentan que ha cambiado mucho... lo pescaron una vez fumando marijuana... Nacho tiene un amigo allá, a quien llaman Lombillo, y yo le escribí a este Lombillo para que conociera a Calexto y lo ayudara... ya se conocen, y Lombillo lo guía un tanto ... Lombillo parece que es alto y fuerte, tipo macho, y protege a Calexto. Te diré, el problema de Calexto me in-

teresa personalmente, porque tengo un familiar en el sur de California que es homosexual, una persona muy educada, y él me dice, y no habla sólo por él, sino también por amistades que tiene, que muchos de los presos cubanos estaban en la cárcel en Cuba sólo por practicar la homosexualidad, y ahora están sufriendo por esto aquí... de hecho hay un psiquiatra cubano, homosexual, miembro del Movimiento para la Liberación de los Homosexuales, que ha trabajado con algunos de los refugiados recientes que han llegado a Los Angeles... pero por lo que me dice mi familiar, parece que hay muchos problemas, el ajuste a una ciudad grande... por eso pienso que Calexto debe venir a una comunidad pequeña como la nuestra, estar con una familia normal e ir a la escuela... pero si esto no se logra, siempre hay la opción del programa de este psiquiatra.
—¿Qué, Virginia, ya te vas cansando?
—Sí, un poco... ¡ja ja! ... pero seguiremos hablando, claro...
—Claro. Pero dime, ¿con cuáles de los cubanos aquí en Moscow crees que debo hablar primero?
—Ah, bueno, con mi «jijo» Nacho, por supuesto... yo te lo traigo para que hables con él... y quizá te diga cosas que no me ha dicho a mí... con Eloy González, ¡ja ja! ...
—Este Eloy González, ¿venía de la cárcel en Cuba también?
—No. El es uno de los que vinieron voluntariamente... de New Jersey. Narciso lo convenció de que viniera para acá... se conocieron en la Florida... y conseguimos dinero prestado para Eloy, de la esposa del doctor Brewster, cuatrocientos dólares, y Eloy se los va a pagar en los próximos meses, porque ya está trabajando para la universidad... con ese dinero compró el pasaje por avión... y según resulta, su patrocinador es Narciso. No sé bien cómo fue eso, pero Narciso, que llevaba aquí sólo unos meses, llenó las planillas... así que Narciso es el patrocinador oficial de Eloy, cosa que me parece maravillosa, que un cubano con tan poco tiempo aquí ya pueda patrocinar a otro, porque demuestra un gran sentido de responsabilidad, de compañerismo, de cohesión ... debes hablar con Narciso también, aunque francamente, no veo en él la alegría, el disfrute que veo en los otros trabajando con los niños. Además, parece que han surgido algunos problemas en su vida privada... pero eso es asunto de él. Además, claro, debes hablar...
—Perdona, perdona, Virginia, pero ¿qué es esto del trabajo con los niños? Yo no sé nada de eso...
—Sí, el trabajo que yo le conseguí a Julio fue en la guardería de niños de Moscow... y Julio buscó la forma de que su amigo Narciso encontrara trabajo allí también... pero sus actitudes son muy diferentes; a

Julio de veras le interesa, quiere ser jefe de una guardería algún día, en tanto que a mí me parece que a Narciso no le gusta este trabajo, que lo está haciendo porque Julio está allí. Diosanto y Urbano también están trabajando allí ahora ... y a Diosanto se le ve la alegría, a Urbano también... pero Narciso... bueno, veremos. Narciso es... poco cubano, porque ya ves, no le encantan los niños como a los otros... veremos. Debes hablar con Diosanto, que es encantador, totalmente bueno, sensitivo... el regalo de Dios... un chico maravilloso... pero también quisiera que me ayudaras a traducir algunas de las cartas que recibo de Atlanta...
—Por supuesto. Pero dime, ¿en qué orden crees que debo hablar con ellos, si merece la pena seguir un orden?
—No, eso no importa. Eloy te va a impresionar... es muy inteligente... Diosanto también es inteligente, y muy sensato... Nacho quizá no sea tan listo, pero tal vez sea el más sincero, por ser tan joven... en fin... ya verás.
—Un millón de gracias, Virginia.
—De nada. El placer es mío. Casualmente, aquí tengo unas cartas de Calexto y Lombillo... quisiera que las vieras, a ver si puedes ayudarme a traducirlas... ¿qué te parece?

Querida y estimada Madre,
ceque cuenta con mis mayores deseo de que al resibo de eta carta eta colta pero cariñosa linea te encuentre bien en union de tus sere mas querido. Yo bien.

Digo madre ya que usted se apreocupado por mi y adema no se preocupe en escribirme en ingle que yo tengo quien me lea sus hermosa carta.

En estos momento me encuentro en el estado de «Georgia», prision de atlanta quisa esperando por lo prometido que usted me hablado de la libertad que tanto aecho por podel logral el momento para defrutal de lo que se llama «libertad»

De Lonbiyo te dire de que se encuentra en esto momento conmigo.

Se despide de usted.
Su hijo,
Calexto

«Año de la distancia pero no el olvido»

«Abril -9- 1981»

Mi querida y estimadísima amiga Virginia:
Hemos resivido su carta la cual nos llenó de una inmensa alegria. HO! desde el fondo de mi corazón mi agradesimiento y el de Calexto.
Virginia, le escribo para que usted sepa de mi y tanbién Nacho ya que Nacho no me a escribido más Virigina dile a Nacho que el no se tiene que centir cupable que uno este metido en el infierno de la degrasia porque a la prición e así como la llamo infierno al contrario yo me siento muy contento porque el esta felis difrutando de librerta y de felisida ya quello oy no la tengo y espero pronto estar con ustede si el destino me lo consede asi como yo pienso porque todos her ser humano tenemos derecho a ser felise. Virginia dile a Nacho que cequite todo eso pensamiento que el tiene aora ma que nunca el no ce puede hechar para atra tiene que segir luchando por el mimo y tanbien lo quean luchado por el que es usted Virginia asi como pienso yo yo no se como piensa los demas pero esa es mi forma de ser y de pensar y nadie me puede canbiar mimodo de ser yo y mi frorma de pensar cuando yo quiero a dos persona que son ustede, usted y Nacho yo siempre quiero un bien para usted no el mal Virginia espero que uste sepa conprendel esta palabra que yo le escribido en esta calta porque yo soy cinsero yo mimo y a la bes ustede tanbien espero que lo cran asi yo tendre toda la paciensia que sea necesaria ya que algun dia yo estare junto con ustede Virigina dile a nacho que ya el Pato no se lo que ase ya no estamo junto el esta en el edifisio .P. y yo en edifisio .Cu. y me paso 5 o 7 dia sin poderlo ver y cuando lo beo es de casualidad en el comedor y apena nada ma podemo desino una cuanta palabra nada ma entonse.

Bueno mi saludo a Nacho. Ho, otra cosa que quiero desile que yo tanbien conpaltire el cariño familial con uste.
bueno espero que me escriba pronto a mi.
Queda de usted
Lombillo Garsena Concha
Tanbien la mando aqui Virigina una cansion que yo escribi para usted y todo los amigos de aya.

Buelve a mi por fabor
te lo suplico con mi alma
    que me escuche
te lo suplico con mi alma
    que me escuche
Quiero ser para ti
que masda olbidare
todo lo olbido para ir a tu lado
y tenerte entre mi braso
quiero ser para ti
como si otra ves tubieramos
el amor de la juventu
quiero ser para ti

                        Lombillo Garsena Concha

II. TRES REYES MAGOS

1. Nacho

—Hola, adelante, Virginia, Nacho, pasen siéntense... ¿una taza de café, Virginia?
—Sí, gracias... ¿cómo has estado?
—Bien, bien, gracias, ¿y tú?
—O.K., supongo... ¡ja ja!... ya te contaré... hay de todo...
—¿Café, Nacho?
—¿Es americano?
—Sí, es lo único que tengo...
—No, no, qué va. Esa agua sucia no me gusta...
—Bueno, mira, si quieres, ahí afuera hay una máquina de Coca-cola ...si quieres una, aquí tengo el menudo...
 Acepta las monedas y sale del cuarto.
—Mira, ¿sabes?... hay una cosa... Nacho no quería venir a hablar contigo... vino porque yo le insistí mucho... pero ya te imaginas, amedrentado como está por inmigración, no quiere decir nada que lo comprometa...
—Bueno, Virginia, ya sabes que sólo me interesa obtener información... yo mismo no sé para qué... para tenerla... pero le puedo decir que no tiene que decirme su nombre, y que se tranquilice, que no soy oficial de inmigración ni de nada...
—Si, será mejor que se lo digas ... pero entiéndeme, por eso he venido yo, por si puedo ayudar en algo... aunque claro, ¡ja, ja!, no en la traducción, ése es tu negocio...
 Nacho regresa a la oficina con una lata de Coca-cola. Se sienta.
—Bueno, Nacho, déjame decirte... Virginia me dice que has pasado ya por muchos interrogatorios, y quiero que sepas que yo quiero hablar contigo simplemente por la información que puedes darme, que no soy policía, no trabajo para Inmigración, y esto no pasa de aquí en esta oficina... así que puedes estar tranquilo... mira, si quieres, nos olvidamos de tu nombre y te llamamos por un nombre falso, ¿está ...
—Sí, sí, está bien, está bien.

—Déjame decirte también que como Virginia te habrá explicado, yo pienso hablar con varios de ustedes, de los cubanos recién llegados, y que empiezo contigo porque tú eres el más joven.
—Bueno, esa parte no se la entendí muy bien.
—Ella me dijo que tú eras el más joven... el pichón de la familia, como dicen...
—Pichón quiere decir muchas cosas.
—Sí, también eso es verdad, pero ella se refería, en inglés, a tu edad... ¿me entiendes?
—Sí, O.K.
—O.K. ¿Empezamos?
—Dále.
—¿De dónde eres tú?
—De Santiago de Cuba, Oriente.
—¿Qué edad?
—¿Edad?, Dieciocho años.
—Y en Oriente, ¿con quién vivías?
—En Oriente, con mi mamá y mi hermana. Con la mayor.
—¿Tienes otra familia en Cuba, además de tu mamá y esa hermana?
—No.
—Pero me dijiste... que era la mayor... ¿no hay otra?
—Sí, es que la otra familia vive en La Habana. No en Oriente.
—¿Trabajabas en Cuba?
—Sí, trabajaba, en el Servicio Especial de Fores.
—¿De Fores?
—Sí, de Fores, de carros... donde mismo trabajaba mi mamá... era mecánico, arreglando carros y eso...
—¿Y te gustaba el trabajo?
—No, no me gustaba el trabajo porque... no me gustaba el trabajo... porque ... no me gustaba ...
—Porque no te gustaba, no me lo tienes que explicar, muchas veces a uno no le gusta su trabajo. ¿Y cuánto te pagaban por hora?
—Bueno, a mí, cinco pesos...
—¿La hora?
—Sí, la hora...
—Coño, Nacho, eso me parece mucho dinero cuando pienso en lo que otros cubanos me han contado... ¿tú estás seguro?
—Sí, sí, seguro.
—Pero eso era mucha plata, ¿no?
—Yeah. Pero no me gustaba.
—¿Y por qué estabas trabajando en eso?
—Sí, porque a mí me habían sacado de la escuela ... en el.... seten-

taiocho... en el décimo grado...
—¿Y por qué te sacaron de la escuela?
—Porque yo faltaba mucho a la escuela. Me dijeron que yo fuera a buscar a mi mamá porque yo tenía mucha inasistencia a la escuela... y yo la busqué, y el director habló con mi mamá ... y mi mamá le dijo que le enseñara el expediente, y cuando lo vio dijo «O.K., ¿qué se va a hacer entonces? Porque mi hijo tiene mucha inasistencia a la escuela... mejor que yo vea qué es lo que yo hago con él...»
—¿Y por qué tenías tanta inasistencia a la escuela, por qué no te gustaba la escuela?
—Bueno, porque los maestros esos de Cuba son muy malos, y les gusta estar pegándole a uno sin razón, siempre te llaman la atención... vaya, no son tan buenos.. entonces.. yo, ahí, le dije a mi mamá que no me gustaba la escuela, «Mima, búscame un trabajo», y ella me buscó este trabajo, pero no me gustaba este trabajo... entonces mi mamá me buscó una beca, que se llama... una escuela tecnológica ... se llama «Armando García Tur», es un nombre de un mártir, y entonces yo estuve allí, en esa escuela, como seis meses, con mi hermana, porque mi hermana también estaba en esa beca...
—¿Qué edad tiene tu hermana, si te puedo preguntar?
—¿Qué qué?
—Sí, qué edad, cuantos años tiene...
—Oh, mi hermana..sí, dieciocho, igual que yo, somos mellizos... y entonce ahí estuve en la escuela, porque me gustaba, porque había deporte, y boxeo, porque yo en Cuba estaba boxeando... sí... me gustaba el boxeo, y el basquetból, y todo, y me gustaba la escuela ... pero no más que otro muchacho buscó problemas conmigo y sí.... me botaron de ahí también...
—Esas cosas pasan, Nacho, esas cosas pasan... yo lo sé, porque yo también tuve muchos problemas en la escuela... no te me sientas mal, que estás con tu gente...
—Sí, asere, yo lo sé... no te ocupes de eso. Pero mira, después, mi mamá me buscó otro trabajo... pero no me gustaba ese trabajo, porque yo nunca había trabajado fuerte y no tenía interés... tú sabes, mi mamá siempre lo tenía todo... y además mi edad era solamente para estudiar, yo no tenía interés por trabajar ni nada, y mi mamá me consiguió el trabajo de los Fores para que yo estuviera al lado de ella, vaya, como queriéndome tranquilizar, porque ella sabía que yo era un poco malo, y yo no sabía nada de ese trabajo, pero hacía cosas que a ella ... vaya, como que no le gustaban...
—¿Qué tipo de cosas?
—Vaya, tú sabes, estaba en la calle todo el día... desde que yo tenía

quince años yo no dormía en la casa, ni nada... siempre estaba con mis amigos... y entonces, me cogieron una vez en Guantánamo, con mis otros amigos, que nos íbamos del país, y fui a la prisión... de menores... me echaron seis meses...
—¿Cómo pensaban escaparse? ¿Por bote?
—Sí...entonces me echaron seis meses... los cumplí y salí... y al ratico volví a caer en la prisión por robo de un carro... me pedían catorce años... pero no fui sancionado, no fui al tribunal ni nada, solamente cumplí un año y medio en la prisión... y ahí vinieron unos oficiales diciendo que si querían irse para los Estados Unidos y yo dije que sí...
—Déjame volver un momento a lo que pasó cuando tenías quince años. ¿Cuántos eran ustedes, los que se querían escapar?
—Cuatro, conmigo cuatro.
—¿Y cuál era el plan de ustedes?
—Bueno...
   Pausa larga
—¿No te acuerdas?
—Sí, bueno, salir... porque es que hay uno que es mayor, tenía como diecinueve o veinte años, y él era el que lo sabía todo... porque era el mayor... él tenía una pila de cosas en que no estaba de acuerdo con el gobierno... una pila de cosas, no sé... entonces, como él sabía más, tratamos de irnos por ahí, por la base naval... pero nos dijeron «¡Alto!» y nos cogieron... no dijimos que íbamos a salir, sino que estábamos allí mirando...pero de todos modos nos cogieron... íbamos caminando al bote... pero estaba muy oscuro... y ahí se prendieron un montón de focos... como que amaneció de repente... así que empezamos a correr, nos metimos por un marabuzal, una mata que tiene muchas espinas... pero igual nos cogieron, nos viraron los brazos y nos metieron en los carros de patrulla... a me llevaron a Quintero, porque era menor...
—¿Dónde está Quintero?
—Cerca de la universidad de Santiago. Allí habían... oh.. mil y pico... todos menores. Allí tenía muchos amigos ... y me daban pases, para salir los viernes, fiestar sábado, domingo, y entonces los lunes, regresar a la la prisión. No estaba mal. Con la comida no había problema... pero era muy poca comida... y en esa prisión todos esos muchachos son como... vaya delincuentes, bandoleros de la calle... y hay algunos malos que han herido a otros... y estos son los que por cualquier cosa buscan un problema...
—¿Cómo se defiende uno en un lugar así?
—Bueno, abajo de su cama tendrá un pedazo de hierro, o un pedazo

de lata, un cuchillo.. yo también tenía un pedazo de hierro... y además se vive así....
> *Se levanta y camina a una de las paredes. Se voltea y apoya toda la espalda contra la pared*

—¿Me entiendes?
—No.
—Sí, o sea, con el culo contra la pared... ¡je je je!
—Ah, sí claro.
> *Regresa y se sienta*

—Sí, porque esos malos ... si piensas que los está mirando y no les gusta la mirada, ya tienes un problema... pero la prisión de la minoría era menos mala... cuando yo estaba en la otra prisión eso era... eso era... horrible, horrible, horrible... ahí si es verdad que hay que amarrarse los pantalones...
—Y en esta prisión de menores, ¿habían problemas entre los presos y los guardias?
—No... bueno, sí, cuando alguien se quería fugar... y entonces el guardia te daba con el cinto, o con un fuete...
—Pero, ¿por que querían fugarse, si les daban pases?
—Sí, porque no le daban pase a todo el mundo... nada más a los que se portaban bien... entonces, cuando te cogían, te metían en los calabozos, que tenían rejas...
—¿No había rejas en toda la prisión?
—No, esa prisión es abierta... tú puedes caminar por todas partes.. pero los calabozos si tenían... yo estuve dos o tres veces, por broncas con otros muchachos... yo tenía un amigo que se llama Cornelio Lama Ruiz... y él presume y se quiere hacer el más guapo de todos, y entonces otro, negro, le dio una galleta ¡Ta!, y yo como soy más grande, pues tuve que sacar la cara por él, porque él es chiquito.. pero fue de piñazos nada más... a las seis o siete te despiertan y hay que formar para el guardia... desayunas y vuelves al calabozo.. y así... después, otro muchacho me acusó de que yo quería hacerlo mi mujer... y me metieron otra vez... y creo que otra vez más... ya ni me acuerdo... pero cuando salí yo seguía igual de revoltero... porque me gustaba estar en la calle, caminar por ahí, hacer cosas... que no están con la ley... ahí fue cuando mi mamá me buscó el trabajo... pero no me gustaba ... y mi mamá me consiguió una beca en una escuela Armando García Tur, donde está mi hermana...allí boxeaba... pero un día estábamos jugando cartas, y este muchacho quiso hacer picardía, así que cogí un pedazo de palo del closet, de esos de tender la ropa, y lo agarré de espaldas, porque él estaba sentado jugando, y le partí la cabeza... ¡Pao! entonces me botaron de la escuela, porque el mu-

chacho perdió el conocimiento... por poco se muere. Ya no pude estudiar más. Así que me quedé en mi casa. Pero yo salía con mis amigos, y un día, el que se llama Cornelio Lama Ruiz y yo andábamos por ahí, como a las dos o las tres de la mañana, y había un carro ahí, que estaba parqueado ahí, y entonces cogimos y le sacamos los cables, y lo arrancamos, y salimos para Manzanillo... era un carro del gobierno... fíjate, hasta nos tiraron tiros...
—¿Por qué a Manzanillo?
—¿A Manzanillo?
—Sí, ¿por qué a Manzanillo y no a otro lugar?
—Ah, sí... no, nada, a Manzanillo, para ver a unos amigos que teníamos allá... y tomar, y beber y fiestar... ¡je, je! ... tú sabes... así que salimos para allá...
—¿Y les tiraron?
—Sí, bueno, tiraron, yo no sé si fue a nosotros o fue al aire, pero de repente, ¡Pa, pa, pa! Y ya estábamos saliendo... y yo le decía a Cornelio «¡Acelera, acelera!», pero él se puso muy nervioso, así que frenamos... Güi-guá, güi-guá, güi-guá ... todas las sirenas y las luces... nos bajaron y nos metieron en un carro... de ahí me llevaron a Boniato, que es la prisión de los mayores... yo no sé por qué, porque yo tenía nada más que dieciséis años...
—¿No les dijiste tu edad?
—No, qué va. Estaban bien furiosos. Capaz que si les digo algo me entran a golpes. Así que me llevaron a Boniato. Boniato es la prisión. Ingresé en Boniato, y enseguida me encontré a mi cuñado, al novio de mi hermana, que también estaba allí, prisionero, y entonces me dijo «No, pero ¿qué haces tú aquí?», y me dijo, «Bueno, mira, esto aquí es así y así y así y así...» y me dijo «¿Por qué no te llevaron a Quintero, que tú tienes dieciséis años?» y yo le dije «No sé, no le dieron importancia a eso». Así que cumplí año y medio... a los seis meses me llegó la petición... me pedían catorce años... y ahí, ahí, ahí, un año y medio, y todavía no había ido a juicio...
—Bueno, y cuéntame... ¿cómo es Boniato diferente de Quintero?
—Oh, Boniato... Boniato... no quieras tú saber cómo es Boniato... ahí sí que hay criminales fuertes... hombres que les gusta coger a muchachos jóvenes y destruirlos... muchos muertos... tienen bayonetas...
—¿Los guardias?
—Sí, los guardias, los mandantes, que son los más guapetones... y los prisioneros tienen cuchillos, que ellos se hacen...
—¿Cómo?
—Sí, arrancan los tubos del agua, ¿las tuberías del agua?..., sí y aga-

rran una piedra, y los machacan, y los ponen bien aplastados, y les sacan filo, y hacen un arma de eso. Entonces... esta clase de tipos, que se quieren hacer los más guapos de todos, son los que usan esta arma... yo también tenía la mía, mi cuñado me la dio, porque ya era que en cualquier momento, yo morir o otro morir.. pero mi cuñado siempre me cuidaba, porque él sabe... él ha estado mucho en prisión, y sabe, y me decía «No te reúnas con ése, que le gustan los muchachos», y «Si éste te la busca en el baño, no se la des, que después te lo tienes que singar todos los días»...«Ese otro está bien, le gusta, pero cuando tú quieras»... y así. Yo siempre para arriba y para abajo con mi cuñado, hasta que yo fui acostumbrándome a todo, y ya todo el mundo me conocía...

—¿Tuviste miedo en algún momento?
—Carajo, que si miedo... sí, al principio tuve miedo, ¡cómo no!... eso es horrible, Boniato... ¿tú te imaginas?... estás durmiendo, o cuando vas a la ducha, y si ellos quieren, los tipos fuertes, que siempre están juntos, para no tener broncas ni problemas entre ellos, ¿tú sabes?, si ellos quieren, ahí mismo te agarran y te meten de maricón... y como te quieras revirar, te rompen la cara... o peor... un muchacho dejó de ser hombre, porque le dieron una patada en los huevos y ya no se le para más... eso fue... bueno, horrible.
—¿Recuerdas algún incidente de esos días?
—¿Accidente?
—Bueno, sí, incidente o accidente.
—Sí... hubo un muerto en mi compañía...
—¿En tu compañía?
—Sí, en mi compañía...
—O sea, ¿al lado tuyo?
—No, no, en mi compañía, así le llaman a los grupos de presos... cada uno está en una compañía...
—Ah, ya veo. ¿Qué pasó?
—Se robó una ropa de otra gente. Y al que lo acusó, le mentó la mamá... y el otro le dijo, «No, si tú quieres problema, cuando tú quieras»... y los dos salieron corriendo y buscaron los... parecían espadas cuando sonaban, ¡clan, clan, clan, clan!... y el otro, que sabe más, lo mató... y entonces otro, que no quería vivir más, porque estaba medio loco, y decía «No, yo no quiero vivir más», y se cortó ... él mismo se mató... y entonces otro más, que por problema de otro muchacho, que los querían coger de mujer, y hubo problema por eso, y...
—¿Es un problema constante, Nacho? Parece que siempre me cuentas de eso... ¿Malo?

—¿Malo? Malo y malo... tú no sabes... eso es horrible...
—¿Tú tuviste problema con alguien?... tenías dieciséis años ...
—Sí, claro, pero lo mío estaba claro... yo de un lado nada más ... ves... mi cuñado estaba allí, y él tenía a sus amigos... así que coger sí, pero dar... cuchillo. Pero es un problema bien malo. Entonces, después, esa compañía la transformaron, quitaron todos los de la mente mala, y los mandaron a..a otra parte...
—¿Habían otros muchachos de tu edad allí, en Boniato?
—Sí, bastantes.
—Pero si esta prisión es para mayores, ¿cómo es eso?
—Bueno, yo no sé bien... parece que pasaron una ley allá, que después que un joven tiene dieciséis años y comete un error en la calle, va para Boniato, ya no va para Quintero, porque ya dieciséis años se considera mayoría... yo no sé... Pero tú sabes, yo aquí, cuando llegué, vi gente que se habían llevado... locos ¿no?... y maricones...
—O sea, gente que habían sacado de tu compañía...
—Sí, sí, esa gente...
—Bueno y dime... un día llegó un oficial diciendo que si quería alguien venir a los Estados Unidos... y tú dijiste que sí...
—Sí... muchacho, la que se armó... yo lo hablé con mi cuñado... la cosa era salir de la cárcel... bueno, siempre era salir de allí... si tú estás en Boniato, lo único que tú piensas es cómo salir de allí, porque ese lugar... bueno, que él me dijo, «Sí, diles que tú tienes familiar allá, que tú no quieres... vaya, que no te gusta el comunismo...» De Boniato, me llevaron a La Habana... de La Habana, fuimos al Mosquito, que es como un refugio chiquito que tiene muchas carpas, verde-olivo, y allí hay muchos guardias, y eso... y ahí estuvimos como una hora... del Mosquito nos llevaron al Mariel... en la guagua me dieron un pasaporte. Al llegar al Mariel, casi al momento de llegar me dijeron que me iría en un bote que había llegado, «El Tango». En el bote venían los hijos de la señora que venían a buscar.
—¿Pusieron a otros contigo?
—No, era el único... estaba la señora, los hijos y yo... esperamos la mañana ... nos fuimos en caravana con otras lanchas y unos barcos camaroneros que estaban allí, para darnos auxilio si había tormenta. A las cuatro de la tarde llegamos a Cayo Hueso. Fue buen viaje.
—¿Qué pasó al llegar a Key West?
—¿Adónde?
—A Cayo Hueso.
—Bueno pues llegamos... las lanchas se pusieron en hilera. Una lancha de la policía americana, con una bocina, pasaba diciendo que mantuvieran el orden. Por fin nos bajamos. La familia cogió su

camino, y yo me reuní con amigos de la prisión que venían en otras lanchas. Nos llevaron a una oficina, y nos dieron Coca-cola y empezaron a preguntarnos que por qué habíamos venido para los Estados Unidos... yo les dije que porque no estaba con Fidel... tomaban nota de todo. De ahí nos llevaron a un campamento, en guagua... ahí estuvimos un día... cantidad de comida. Al día siguiente nos llevaron al aeropuerto y nos dijeron que ya no había lugar en este campamento, así que nos llevaban a Wisconsin...

—¿Tú sabías dónde estaba Wisconsin?

—No, qué va, nadie sabía. Pero pensábamos que estaría cerca. Empezamos a preguntarles a los oficiales en el avión... algunos eran puertorriqueños, otros mexicanos... pero decían que no sabían a qué campamento íbamos... no nos querían decir... decían «Yo no sé, yo no sé» a todo. Llegamos a las nueve de la noche. En el aeropuerto nos esperaban unos médicos y enfermeros... nos chequearon para ver si teníamos alguna enfermedad... nos sacaron sangre, y nos dieron un carnecito chiquito, que por cada oficina que pasáramos tenían que poncharlo, abrirle un hueco. Cuando terminó el chequeo médico, nos llevaron a como un almacén, y nos dieron almohadas, frazadas, ropa, zapatos... te preguntaban tu número de ropa, pero siempre te daban ropa muy grande, que no servía. De ahí nos llevaron a un refugio... de ésos donde los americanos hacen práctica de guerra... unas barracas. Un lugar muy... bueno... el problema era que no se podía salir, no se podía ir para la calle, solamente estar adentro...muchos guardias. Cuando llegamos, ya habían llegado antes a Wisconsin otros cubanos, hacía como tres días... uno ya se había hecho jefe del campamento, y se creía el más guapo... él a mí no me molestaba, porque no estaba en mi barraca. Al día siguiente, el desayuno a las siete. Mucha comida...

—¿Y te gustó la comida americana?

—A mí me gusta toda la comida, americana, o lo que sea... Pero los primeros días alguna gente tenía como asco... la leche viene en unos cartoncitos, y sabe como aguada... y muchas cosas parecían hierba... unas cosas verdes. Pero a mí me gustaba la carne y los hot-dogs y la fruta. Lo que más le gustaba a los cubanos era la manzana... hubieron broncas por eso. Luego te daban clases de las reglas del campamento... todo iba bien. Hasta que un día dijeron que todo el mundo tenía que hacerse otro chequeo, tirarse placas del pecho, otra vez. Nos metieron en unas guaguas... ya no se reían con nosotros como al principio y todo era «Yo no sé, yo no sé»...

—¿Por qué estaban disgustados los americanos? ¿Había pasado algo?

—Bueno, sí... primero un loco... que no estaba siempre loco, sino como que le daba un ataque... rompió las ventanas de un carro... la

gente lo bonchaba mucho, porque hablaba sólo... y le gustaba tirar piedras... ese día agarró dos piedras y se las tiró a un carro...
—¿Había alguien dentro del carro?
—Sí, dos guardias... pero yo creo que no les pasó nada... además hubieron dos muertos... entre los mismos cubanos... eran problemas que habían empezado en la prisión en Cuba... enseguida había gente con cuchillos ... bueno, ese día que te contaba, nos llevaron a inmigración. Entrábamos a una oficinita uno por uno. Otra vez todas las mismas preguntas... parece que ellos estaban confusos, porque tú sabes que uno se pone nervioso de tantas preguntas que le hacen a uno... uno les está diciendo la verdad y no quieren creerla... yo les dije la verdad, y Inmigración... me parece que quedó confusa conmigo... me dijeron «Siéntate ahí» y tuve que sentarme en un banco, solo... y todos los demás estaban volviendo a la guagua... estaba asustado, porque estaba solo en aquel banquito...al poco rato viene otro que se sienta al lado mío y me dice «Ven acá, ¿y por qué estamos aquí?» «Yo no sé»... y entonces viene otro y se sienta, y viene otro y se sienta, y viene otro y se sienta... eran como diez, y todo el mundo preguntando la misma pregunta... al poco rato, empezaron a llamarnos... me dieron un papel... «Monte en aquel carro». ¿Aquel carro? Aquel carro era una jaula. Cuando entramos nos esposaron... cinco en esa jaula, todos esposados... y espera y espera y espera al oficial... cuando vino empezamos a gritarle, «Oficial, ¿por qué nosotros estamos aquí si no hemos hecho nada?», y él, «No comprende, no comprende»... el carro arrancó y nos llevaron a otro campamento... este parecía más una prisión... «La Alambrada», le pusimos... había cuatro postas, y allá arriba tenían ametralladoras... cuando entramos a la oficina nos dijeron que pusiéramos las manos contra la pared y nos revisaron toda la ropa... me quitaron un peine... otro le volvió a gritar al oficial, «A mí hay que decirme por qué estamos aquí, coño», y le metieron una patada ¡pa!... entonces nos llevaron a unas carpas especiales, que no se podían abrir de adentro... al día siguiente empezamos una huelga de hambre... nadie quería comer. Así que al otro día ya había gente desmayándose, y los guardias corriendo de un lado para el otro... uno se partió un brazo adrede para que tuvieran que llevarlo al hospital. Estuvimos en esa carpa como... cuatro semanas. Teníamos que salir a comer afuera de la carpa... como un comedor, pero sin techo... y hacía un frío... así que empezaron problemas, porque la gente estaba furiosa... a uno le partieron la cabeza con un palo... por una pelota... Al final de las cuatro semanas llamaron una serie de nombres, y entre ellos el mío... nos devolvieron lo que nos habían quitado... el peine, y eso... y nos dieron los carnets otra vez... y entonces empezaron a

ponernos las esposas otra vez... ahí por poquito se arma con los guardias... hubieron varios que se entraron a piñazos con ellos... si hubieran tenido los cuchillos, hubiera pasado una desgracia... pero los guardias los fueron controlando... y nos metieron en una guagua... una guagua amarilla, que dice «School»... y les preguntamos «Bueno, ¿adónde vamos?»... y ellos «No, no comprende». Llegamos al aeropuerto y nos montaron en un avión, todavía esposados...el viaje fue de muchas, muchas horas. Llegamos al aeropuerto de Washington. Las guaguas nos estaban esperando allí. Entonces fuimos a un puerto y de allí, por bote, a una isla. Entonces fue que nos dijeron que íbamos a una prisión, que Inmigración nos mandaba allí...«Eh, pero por qué, cómo a una prisión, qué nosotros hemos hecho, nosotros no hemos hecho nada... bueno, está bien, no vamos a preocuparnos..no se preocupen, caballeros, que nosotros no hemos hecho nada... está bien, para dónde nos manden... sabrá Dios que van a hacer...» Llegamos a la Isla McNeil. Allí un oficial de lo más buena gente, que hablaba español, nos sentó en unos bancos y nos dijo las reglas de la prisión. Nos dijo que había televisión, cine, instrumentos de música... nos preguntó quiénes sabíamos tocar. Fuimos los primeros cubanos en llegar. Más tarde llegaron veinte más, y luego veinte más, y se fue llenando. Pero nosotros fuimos los primeros veinte. McNeil era buena prisión. Mucha comida... un comedor grandísimo... nosotros comíamos aparte de los demás... nunca estábamos cerca de los prisioneros americanos, no sé por qué... si te gustaba algún trabajo, hablabas con el capitán y te lo daba... yo estaba allí con Diosanto, que es oriental... porque en la prisión los habaneros y los orientales no se llevan bien. Los primeros días McNeil estaba bien chévere. Yo tocaba con un grupo. Todos los días nos llevaban como a un teatrico que hay allí, y tocábamos... cubana y americana. Pero cuando fueron llegando los otros cubanos... empezaron los problemas... pero antes era... bien bien bueno... había una vocina que te decía «¡Atención, atención, a las seis y media cine... cine!», en español. La película no era en español, pero estaban bien buenas. Y después podías reunirte con tus amigos, jugar cartas... o dominó, y hablar un rato... los guardias nos traían cigarros... ah, también otra cosa, allí en la prisión habían días de inspección... todos los viernes había que limpiar la celda, ponerla bonita y muy limpia, y entonces la celda que más estuviera limpia, a todos los que estaban allí les daban su caja de cigarros, su juego de cartas nuevo, su juego de ajedrez... yo tengo mi juego de ajedrez... ¿tú sabes jugar?
—No... ¿pero dónde aprendiste tú ajedrez?
—En la prisión.

—¿Aquí?
—No, en Cuba. A la gente le gusta el ajedrez... bueno, a algunos... a mí me gusta más que el dominó... es más interesante...
—¿Sabes quién fue Capablanca?
—No.
—Fue un cubano que llegó a ser campeón del mundo... sí, de verdad... Pero yo no sé nada de ese juego. Un día tendrá que darme usted una lección de ese juego, maestro.
—Sí... ¡ja ja!... O.K.
—Pero como en la oficina no tengo closet, si te gano no me vas a poder dar con un palo en la cabeza... tendrás que tirarme una silla, o darme con el escritorio.. ¿O.K.?
—¡Ja ja ja! No... porque tú no me vas a hacer picardía... en el ajedrez no hay picardía...
—Bueno, yo no sé, porque no conozco el juego bien. Pero sigue con tu cuento.
—O.K. Empezaron a llegar los cubanos, los veinte, y los veinte, y los veinte... y empezaban a caminar con guapería...La Habana, tú sabes como es... y mirar al otro atravesado, y todo... y llegaron veinte más, y veinte más, y veinte más... y se fue poniendo malo, mientras que los veinte que llegamos al principio, nos llevábamos bien, y veíamos películas juntos y tocábamos música ... porque erámos poquitos y jugábamos, ajedrez, dominó, de todo... hubieron dos muertos...
—¿Dos muertos?
—Sí, dos muertos... sí, a uno lo mataron por otro homosexual, porque no sé qué ocurrió, el otro se le metió por la noche, a tacañolearlo, o así... y ése que no era homosexual, pensó, «Ahí, tú vas a venir... ¿qué tú piensas, que es así... ah ah ah... negro grande»... y por la noche esperó, porque tú sabes, negro grande, «¿qué tú piensas que yo debo dar?» y entonces cogió ... porque tú sabes, negro grande, «no, a éste yo le tengo que hacer algo»... tú sabes, lo que los cubanos le decimos «Se acomplejó», es por complejo... porque lo que le pasó a él, es que ya, como lo dijo, se choteó... ya su moral... entonces todo el mundo empezó a chotear al muchacho, «No, que tú eres esto, que tú eres lo otro»... ¡No, yo no soy nada!...
—¿Le decían que era maricón?
—Sí. Entonces parece que... vivían en la misma celda... como a las cuatro de la mañana, el negro grande estaba durmiendo, y el muchacho sacó el cuchillo y lo mató. Y los guardias vinieron y cogieron a ese muchacho y se lo llevaron para el pozo... ya ése no sale más.
—¿Qué es el pozo? ¿Un calabozo?

—No, no... es como un sótano, debajo de la tierra así.. un precipicio para abajo... con.. como unas cuevas con rejas, y allí te ponen de uno a uno, no tienes compañero ni nada, y no sales más ... tienen tolas en las cuevas, no ventanas, y tienes que dormir en el suelo...
—¿Tolas? ¿Son rejas?
—No, no, tolas... es como un metal, acero... o de hierro. Y el pozo es solamente oscuro... en la puerta tienes tu rendija y te meten la comida por ahí, como si fueras un león, o un perro... si eres malo, y mataste a uno, te tienen que tratar como perro...
—¿Y el otro? ¿Qué pasó?
—Bueno, yo no lo vi muerto. Pero estaba todo agujereado, por aquí, y por aquí, por dondequiera y salió al pasillo diciendo «¡Auxilio, auxilio!» y se cayó del cuarto piso para abajo.
—¿Agarraron a quien lo mató?
—Sí, sí. Para el pozo con él. Ya ése no ve más la claridad del sol.
—¿Cuánto tiempo estuviste en la prisión?
—Cuatro meses. Después que se llenó, ya eso era sálvese quien pueda. Mucha mente mala había ahí. Pero yo no tuve problemas con nadie. Me puse dichoso.
—Ajá. Bueno, y dime, ¿cómo llegaste a Moscow?
—Ah, sí bueno. Porque es que yo todos los domingos iba a la iglesia, porque yo soy católico... entonces, todos los domingos iba con mi guitarra... que me dieron allí... y mi amigo y yo cantábamos canciones en la iglesia. Entonces, hubo una señora ... yo no la conozco... que habló conmigo y me preguntó que si yo tenía familia y yo le dije que no. Me dijo «Es posible que usted salir pronto». Nos dijo que todos los religiosos, todos los católicos, posiblemente podían salir más antes que los otros. Entonces empezó el proceso. Vino Inmigración. Llamaron unos nombres por la bocina...a mí también. Entonces me preguntaron «Bueno, ¿cuál es tu problema?» Y yo les dije «Bueno, esto es así, y así y así y así y así... yo vine para acá en busca de la libertad». A las cuatro o cinco semanas volvió a venir Inmigración... me volvieron a llamar y me dijeron que a mí no me daban asilo político, que tenía que ir ante un tribunal... a todos nos decían eso... «Pero ¿por qué?... Yo no he hecho nada...», y todo era «Yo no sé, yo no sé, yo no sé». Un día dijeron por la bocina, «Atención, atención atención... aquellos que se quieran ir para Alabama...» Alabama es otra prisión... muchos prisioneros se apuntaron... Yo no quería irme, porque ya conocía McNeil y no quería saber cómo era aquello... ya lo mío era morir quemado aquí. A los pocos días vino Leonor, una abogada, y me mandó a buscar. Allí nos metieron en un cuarto privado y la abogada me preguntó, «¿Cuántos años tú tienes?», «No, yo tengo

dieciocho años.» Y empezó a preguntarme por que yo estaba allí, y si yo había salido buscando la libertad, y yo le dije que sí. Entonces me dijo, «Se ve que tú eres un buen muchacho, y tienes dieciocho años. ¿Por qué no te mandaron con los menores?» «No sé». Entonces... «Posiblemente tú salgas pronto.» Siempre me decían así, yo no veía que salía nada... siempre engañado. Un día regresa Leonor y me dice, «Bueno, usted no tiene que ir alante un juez. Usted está aprobado.» «¿Yo estoy aprobado?» «Sí, está aprobado, póngase contento.» «¿Sí?» «Sí, pronto va salir, porque la religión católica lo va a sacar a usted y a los religiosos.» «Bueno, está bien.» Como a las dos semanas, un viernes, llega esta muchacha religiosa... con un hombre que tenía una cámara fotográfica... nos sacaron fotos, y la muchacha, que hablaba español, nos dijo «Ustedes mañana salen conmigo». Inmagínate. Esa noche ni dormimos. «Primero vamos a la oficina de I-migración y después quedan libres. Y no se preocupen, que tenemos quien los ayude.» Eramos cinco. Entre esos cinco estábamos Teodosio, yo, Diosanto... éramos cinco. Entonces como a la una de la mañana vino un oficial con una linterna y me alumbró la cara... yo no estaba dormido ni nada, y le dije, «Eh, ¿pero qué pasa?», pero él nada más dijo «¡Arriba, arriba, arriba!», y me sacó bien rápido... a los otros los sacaron igual. Nos llevaron para un cuarto y nos dieron ropa de la calle... zapatos, todo. No fuimos los primeros en salir... ya antes habían salido Silvano y otro que se llamaba... Malembe. Pero fuimos los que salimos atrás de ellos. De ahí, cogimos el barco. Llegamos a Seattle. Nos volvieron a meter en un edificio que tenía como un calabozo... y esposados. Ya con ropa civil y todo, y esposados otra vez... «Pero, ¿qué es esto? ¿Cuándo nos van a quitar las esposas? ¿No estamos en libertad?» Entonces nos dijeron que estábamos en la oficina de Inmigración, y que ahorita nos soltaban. Como a la media hora nos quitaron las esposas. Luego nos dieron desayuno. Por fin llegó la señora... y salimos. Antes, nos dieron un papel, que es una identificación... nos dijeron que el día quince de enero teníamos que ir a Inmigración a llenar no sé qué papeles, no sé qué cosa. Entonces fuimos a un hotel, de lo más bonito, el hotel de Seattle ...
—¿Qué hotel, Virigina? ¿Adónde dice que los llevaron?
—Al Y.M.C.A.
—Sí... nos dieron dinero...y nos dijo la señora, bueno, yo tengo que volver a mi casa, pero ustedes ya pueden hacer lo que quieran, va tienen libertad... arréglensela ustedes... nos dieron veinte dólares... estuvimos allí unos días. Al otro lunes, nos dieron otros veinte. Pero no a todos, porque habían cogido a dos. Así que quedamos tres y...
—¿Cogieron a dos? ¿Quién los cogió?

—La policía.
—¿Por qué?
—No, yo no sé...
—Virginia, me dice que la policía detuvo a dos...
—Ah, sí, ¡ja ja! Sí, los dejaron sueltos en la ciudad y la policía se llevó a dos de ellos como a las tres horas de haber llegado a Seattle...
—¿El mismo día que los soltaron?
—Sí, sí, a las tres horas. Los acusaron de decirles obscenidades a señoras en la calle. Pero los soltaron al poco rato. Leonor los fue a sacar.
—¿A quiénes cogieron, Nacho?
—Bueno, a dos, tú sabes...
—Sí, pero, ¿quiénes eran? ¿Era ese Teodosio uno de ellos?
—No, no, yo no...
  Se queda mirando a Virigina
—Me parece que a Nacho no le gusta hablar de Teodosio... creo que ya no le va gustando esta conversación ...
—Bueno, ya casi hemos acabado... dime, Nacho, ¿tú no quieres hablar de Teodosio, ¿verdad?
—No, no yo no sé nada de él... no quiero nada que ver con él.
—Bueno, yo sé que no está en el pueblo, pero si volviera, ¿tú crees que hablaría conmigo?
—¿Teodosio? Muchacho, tú no quieres hablar con Teodosio...con Teodosio no se te ha perdido nada... Uf, qué va...él es... bueno, yo no quiero hablar de Teodosio... ni tú tampoco quieres hablar con él...
—¿Por qué no, Nacho?
—No, porque no, porque no... Mira, Teodosio llevaba mucho tiempo en la cárcel en Cuba... él cree que todavía está en el cárcel... él no sabe nada de la libertad... deja a Teodosio para un lado.
—Bueno, bien. Y ahora dime, Nacho, cómo fue la etapa final.
—¿La etapa final?
—Sí, de Seattle a aquí.
—Bueno, Virginia nos fue a buscar.
—¿Cuándo fuiste a buscarlos, Virginia?
—Leonor me llamó el lunes, después de haber tenido que pasar la madrugada del sábado en la estación de policía y me dijo, «Ay, Virginia, el colmo... Otra vez que meten la pata. Tontos. ¿Sabes qué han hecho? Los han dejado sueltos en la ciudad, los han metido en el Y.M.C.A., y les han dado dinero... ¡Horror!» ¡Ja ja ja! Así que el martes fui a buscarlos. Y ya te puedes suponer: cuando llegué, los muchachos no sabían quién era yo, ni que los iba a buscar. Leonor no pudo llamarlos, y a la señora que los llevó al Y. se le olvidó decírselo...

—¿Tú no sabías que Virginia vendría a buscarte, Nacho?
—Yo no sabía nada... pero Iris me dijo que Silvano y yo nos íbamos con ella... así que dijimos que estaba bien.
—¿Salieron el mismo día, Virigina?
—No, les dije que saldríamos al día siguiente... que no salieran a la calle ese día, para que no se metieran en líos... ¡ja ja! Y al día siguiente les tenía una sorpresa. Antes de volver, nos pasamos la mañana en el jardín zoológico. Comieron mantecado y rositas de maíz y se divirtieron mucho. Se reían de todo. Todo les parecía gracioso, y tenían una gritería entre los dos, sobre todo cuando veían pasar chicas en pantalones cortos, que yo tenía que repetirles «Silenshio, bajar, bajar». Pero se veía que estaban muy excitados. Por fin estaban libres.

2. Diosanto

—Hola, qué tal Diosanto, gracias por venir...
—De nada, de nada... con mucho gusto.
—Pasa, por favor, siéntate. Mira, hace unos días estuve hablando con Nacho, de su vida en Cuba y luego aquí, en los campamentos, su llegada a Moscow... y quisiera que hiciéramos lo mismo... que me contaras...
—Sí, O.K.... pero yo no estoy muy claro por qué tú quieres oír esos cuentos... ¿para qué?
—Bueno, mira, yo no tengo otro propósito que obtener información de primera mano... el número de cubanos que llegaron contigo... o sea, por esa época, pasa de los cien mil... pero algunos de ustedes, los que por una razón u otra, justificada o no, fueron puestos en la cárcel al llegar a los Estados Unidos, creo que es menos de tres mil... quizá más cerca de dos mil... o sea, que son bien pocos. Mira, Diosanto, yo estoy seguro de que ha habido cubanos entre los que llegaron que estaban pasando en Cuba necesidades, racionamiento, y eso, y al llegar a los Estados Unidos, se encontraron que su familia aquí era rica, por no decir millonaria... muchos cubanos, de los que llegamos antes, por los años sesenta, han sabido defenderse muy bien, abrir negocios, inversiones... cuando yo llegué a Miami, en el sesenta y uno, Miami no era nada... aunque los americanos te digan que no, esa ciudad es ciudad por los cubanos... es metrópolis, el encuentro de las dos Américas, con gente formidable de nuestros países, de Latinoamérica, no importa cuál sea su persuasión política... una maravilla de ciudad, un producto híbrido, ¿me entiendes?
—No, esa última parte no te la cogí muy bien.

—Bueno, te quiero decir, una ciudad que es a la vez latinoamericana y americana, un encuentro, ¿no?
—Ah, sí, sí.
—Pero por eso, no me interesa oir de los cubanos, la mayoría, que tenían familia, gente aquí, rica o no, que se encargara de ellos, que se lo tenían todo preparado. Me interesan los que no tenían nada, especialmente los que por un motivo u otro estaban en la prisión en Cuba... gente como tú. ¿Me entiendes? ¿Por qué vinieron? ¿Nada más porque era la forma de salir de la prisión? ¿Cuáles fueron sus motivos? Tú, por ejemplo, Diosanto, ¿era tu motivo político?
—Sí, claro que sí.
—¿Me quieres contar? O sea, de tu vida en Cuba, por qué motivo político estabas en la cárcel, esas cosas...
—Sí, bueno, O.K. Está bien. Dáme un cigarrito.
—Aquí está. ¿Cuantos años tienes, Diosanto?
—Veintiséis.
—Bueno, cuéntame.
—Mira, te voy a decir... en el 1963... en el 1963... el ciclón «Chuela», ¿va?, el ciclón «Chuela» azotó a Cuba... yo vivía en Santiago de Cuba, en un lugar que le dicen la Manzana de Gómez... eso es un lugar muy pobre, ¿entiendes?, donde que las casitas ahí eran de zinc, de tablitas, de tablitas de bacalao, y eso. Entonces, a unos de los primeros ciudadanos en Santiago de Cuba a los que se les dieron casa con el triunfo de la Revolución fue a la gente que vivía ahí, porque evacuaron con el ciclón, que es en el reparto «Nueva vista alegre», que es donde yo vivo... donde es que vivía... hasta la fecha. Entonces, ahí... iba a la escuela... cuando eso me recuerdo...específicamente no me recuerdo bien la edad, porque tengo muchas cosas en la cabeza...
—Sí, tenías ocho años...
—Deja ver... sí, ocho años... estaba yo chiquito... yo soy el mayor de catorce hermanos... pero cuando aquello, nada más que habíamos tres, ¿me entiendes?, pero ahora, a la fecha, hay catorce... más tengo cuatro más, por parte de padre, que ésos son mayores que yo...
—¿También en Oriente?
—En Oriente. Entonces que ahí...iba a la escuela, de muy pequeño... nunca... una cosa que reaccionó en mí, que yo no sé por qué a mí nunca el estudio me gustó... yo no sé por qué... pero el deporte sí... la escuela estaba aquí, ¿no?, la escuela estaba a un lado, y entonces, cuando yo tenía que pasar para la escuela, tenía que pasar por un campo de pelota, por un campo deportivo, ¿no?... entonces siempre habían prácticas de pelota y eso, y entonces yo me quedaba que parecía un mongólico mirando eso, el deporte, mirando el deporte, y

la escuela se me olvidaba... ahí venía mi papá y me sorprendía, «¡Ay, pero qué caray estás haciendo aquí tú, muchach!» Me metía par de cocotazos, y me llevaba a la escuela y después me castigaba, pero el castigo no... no estaba para eso, no estaba para el estudio... y así sucesivamente, hasta que llegué a los doce años... me gustaba el deporte, el padre mío vio que me gustaba el deporte, pero en realidad más el boxeo, donde que, por mediación de un amigo de él, porque el padre mío, como tú debes de saber, fue boxeador...
—¿Peleó con tu mismo nombre?
—Sí, con el mismo nombre. ¿Tú te acuerdas?
—Bueno, quizá vagamente... ¿no llegó a ser campeón del mundo ni nada, no? Perdóname, en esto del boxeo, aunque me parece un deporte tan bueno como cualquier otro deporte, nada más que soy otro aficionado...
—Sí, sí... mi padre tiene mi mismo nombre... sólo que él es hijo de otra madre y yo soy hijo de su mujer... ¡je je je!
—Bueno, menos mal...
—Sí...¡je! El padre mío fue boxeador creo que por cuando Machado, por ahí... Prío Socarrás, esa gente por ahí... cuando un elemento de ésos... él era de los pesos «Gallo»... ¿tú sabes lo que es los pesos «Gallo»?
—No.
—Cuarenta y ocho kilos. Peso «Mosca», peso ligero. De los cincuenta para abajo. Donde que entonces el padre mío tiene un amigo que se llama Santana. El es profesor actualmente en Cuba de boxeo... de los mejores boxeadores, Emilio Correa... casi toda la mayoría de todos los boxeadores que son campeones Panamericanos, Centroamericanos, y hasta «Chocolatico» Pérez... ¿te recuerdas de «Chocolatico»?... que «Chocolatico», cuando vino a los Estados Unidos, para poderle ver la rapidez de las manos, tuvieron que ponerle guantes blancos, eso está escrito en dondequiera... Entonces, ¿qué es lo que sucede? De que Santana habla con el padre mío, «No, pero si tu hijo se ve que a él le gusta... vamos a ver qué podemos hacer con él, qué podemos sacar de él..: Santana me había visto boxear, porque él es compadre del padre mío.. mi hermana, que se llama Liberta, es ahijada de él. Entonces todos los domingos él va ahí a la casa a echarse los palos... a echarle gasolina al carro. ¡Je je je!... donde que el padre mío le dijo «¡Cógetelo!», así que él me cogió y me dijo, «Bueno, todos los fines de semana, sábado y domingo, tú vas a ir para mi casa, ¿oíste?»... «No, está bien»... no hacía falta que me dijera los fines de semana... en vez de dos yo iba tres, porque me iba para allá los viernes también ... en vez de dos, tres... porque me gustaba... ¿me

entiendes?... él me cogió a mí... lo primero que me decía... porque era entrenamiento completo... «Quítate la ropa. Ve corriendo de aquí a tu casa... fíjate, de aquí a tu casa yo tengo el tiempo calculado... de aquí a tu casa lo más que tú estás es veinticinco minutos, corriendo, pero corriendo fuerte... ve a tu casa y ven de tu casa, y díle a tu padre que me mande un cigarro». Y yo no veinticinco, diecisiete y dieciocho minutos... y llegaba, «Ah...ah...ah... Santana, el cigarro»... y con la misma «Agarra la suiza. Pónte dar suiza»... y suiza y suiza, veinte minutos dando suiza, y yo «¡Qué Santana, que...» «¡No te sientes, que a tí te gusta! ¡Párate! ¡Pónte las guantillas y dále al saco... y que más rápido, y que no es así y que la mano se saca así, ¡más rápido!...¡mírame a mí!» y que «¡Más rápido! ¡Tira bien! ¡Tira bien!» y me metía un cocotazo y decía «¡La mano se saca así, que a tí te gusta!» ¡Je je je! y estaba en eso la mañana completa. Entonces, él, por la tarde, nos ponía a hacer exhibición, ¿tú comprendes?, con los mismos alumnos... él nos pesaba y nos eschaba, pero nos decía «No se den duro...Un tope nada más. Muévanse todo lo que quieran, pero no se den duro.» Y ahí empezábamos a topar, porque él lo que estaba mirando era como nos quitábamos los golpes, quién era más rápido y él veía que yo tenía interés y empezó ayúdame, ayúdame, ayúdame, ayúdame, sin parar... y al año, de que yo estaba ahí, yo veía de que los muchachos ya salían, a pelear, a otro gimnasio, y yo le decía, «Santana, y ¿por qué es que usted a mí no me saca?» y me dice «¡Estáte tranquilo!» «Pero Santana, yo quiero ir...» «¡Estáte tranquilo!» «Pero Santana, que yo quiero ir...» «¡Tranquilo!»... y así me tuvo un año. Cuando me soltó, al año, que nunca se me olvida, ese muchacho se llama Mario López Panfé, que ese muchacho fue campeón, y hoy está preso, está preso en Santiago de Cuba... me suelta en el ring con él, que tenía ocho peleas ganadas, y yo no tenía ninguna pelea... y Santana me dijo, «¿Tú quieres subir con él? No me hagas quedar mal. Fíjate.» Y yo le dije, «¡yo no creo en Mario López Panfé, ni en el primo de Pánfilo! ¡Yo no creo en nadie!» Y subí. Y cuando subí... bueno, quedamos ahí, porque es verdad que él es bueno... él salió para afuera de Cuba, fíjate... pero luego por aquí se eschó porque creo que se robó unos cuantos pantalones para llevarlos para Cuba, y entonces el Comisionado que lo trajo a él le hizo causa, en Puerto Rico, pero en Puerto Rico no le hicieron nada...pero en Cuba lo volvieron a coger. Pero la pelea quedó tablas, tablas verdad. Porque nos hemos dado una entrada de piñazos... pero ¡piñazos!... eso se llama piñazo va y piñazo viene.... Entonces, de ahí, gané una pelea con otro, y el Comisionado se fija en mí, así que me saca del gimnasio y me inscribe en el L.P.V.

—¿Qué es el L.P.V.?
—¿Tú no sabes lo que es el L.P.V.?
—No.
—Listos Para Vencer. Es parte del Inder. Y entonces me dicen, «Bueno, tú este año, vas para una olimpiada, en Cuba, que es por región. Entonces, si quedas campeón regional, vas a la provincia... después que tú conozcas tu región, dando cuero, tienes que ganar en la provincia... y si pierdes en Camaguey, no puedes ir a Matanzas, y si pierdes en Matanzas, no vas a Las Villas, y si pierdes en Las Villas, no vas a La Habana, y si ganas en La Habana, vas a la Isla de la Juventud, que es la última... así que yo dije, pues bueno, pues si esto es así, yo voy a hacer como hace Juantorena, así que agaché la cabeza y ¿tú sabes cómo era eso, mi hermano?

Se levanta y boxea contra el aire. Con los golpes al viento dice «¡Pao! ¡Pao, pu, pi, pa pao, pao, pao...parapapao..pa...pa... pa... pa, pi, pa!»
Vuelve a sentarse.

——Cuero y cuero y cuero y cuero y cuero y cuero y cuero... pero ¡CUERO!.... Bueno, yo te digo, el periódico siempre decía que yo era de los mejores...la vieja tiene todos esos periódicos guardados. Entonces, después de esa gira, me empato con un amigo mío y nos entrenábamos juntos... pero ahí fue donde yo empecé a ver que mucha promesa y mucha cosa, pero nada... ya se estaban formando los equipos juveniles para salir para los países... y yo veía que no se me daba nada... y yo quería salir a ver otros países ...
—¿Estabas buscando la forma de escaparte de Cuba?
—No, chico. ¿Por qué me iba a escapar yo? Yo no tenía problemas con nadie, nadie me estaba cayendo atrás... ¿por qué me iba a querer ir? No, yo quería defender la bandera de uno, ver otros sitios y eso. Entonces, ¿qué sucede? Que no se me da nada de nada. Sí, «Tú eres muy bueno, tú eres muy bueno», pero nada. Y yo había cogido golpes, había dado golpes como todo un degenerado, y no se me daba lo que yo quería. Un día, mi padre, «Diosantico. Un telegrama.» «¿Telegrama? ¿Qué telegrama es ése?» «No, bueno, un telegrama. Mira a ver qué dice.» Del Inder, compadre, que me presente en el Inder. Voy para el Inder al otro día y cuando llego al Inder, mi hermano, ¿tú sabes lo primero que me dice el jefe? Me dice «Oye. Tú sabes que ya tú estás aprobado para la selección. ¿no? Y mira... para estar aquí con el Inder, como un atleta más, tienes que trabajar. Así que el tipango me mete esa velocidad. Me dice «¿Qué oficio tú tienes?» «Yo no tengo ningún oficio, si yo nada más que tengo dieciséis años.» «¿Qué años de escuela tú tienes?» «Nada más que el cuarto grado,

¿no ve que yo estaba boxeando?» Entonces me dice, «Mira, te voy a dar unos papeles ahí para que los llenes para que te pongan en una escuela por la noche y para que trabajes.» «Bueno, ¿qué tipo de trabajo?» «Bueno, mira; principalmente, ahora te vas a ir para la agricultura.» Ya tú sabes. «¿Qué qué?» Dígole, «¿Agricultura? ¿A hacer qué?» Me dice, «No, allí... el trabajo que haiga... de agricultor.» Le digo, «Oiga; usted me perdona, pero mi papá no tiene campos, ni tiene vacas, ni tiene animales...» ¡je je je!, dígole, «Agricul...¿qué? Nanananá... nereida.» ¡je je je je!... así que me dice, «Bueno, pues no puede seguir más en el deporte.» «Pero, ¡otro tipo de trabajo!» «No», me dice, «no hay». Le digo, «Bueno, está bien. Yo voy a conversar con el padre mío a ver qué me dice». «Está bien, conversa con tu padre, regresa el martes.» «Bueno, está bien.» Y fui y conversé con el padre mío, y con la vieja mía, y el viejo me dijo, «¿Cómo agricultura? No, yo voy a hablar con él... si el problema es el trabajo, yo te voy a buscar a ti un trabajo.» Así que el padre mío habló con él, y él le dijo, «Bueno, si usted puede buscarle otro trabajo, está bien así», así que el padre mío habló con un amigo de él que es maestro panadero, y me mete a trabajar en una panadería-dulcería, como aprendiz, ganando treinta y cuatro pesos al mes... pero ya tenía un expediente laboral, que era lo que estaban buscando... me gustaba la panadería, la dulcería... lo aprendí y sé todo lo de eso... yo te hago, si tú quieres, un cake de tu tamaño. Y seguía en mi deporte. Me siguen dando y sigo dando, me siguen dando y sigo dando...pero entonces, un día, unos amigos míos me cogen y me dicen «¿Adónde vas?» «Voy para la casa» Y ese día era veintiséis de julio, y hablaba el perico en Santiago... ¿tú sabes quien es el perico?
—No.
—Ah, pero ¿quién va a ser, compadre? Fidel. Así que yo los veo a ellos que están medio macaveleados... macaveleados es que están medio retenidos... así que yo le digo a uno, «Caballeros, ¿qué situación es la que hay?» «No, mira», me dice, «yo te voy a decir, porque en definitiva nosotros hemos crecido juntos en el reparto, y yo sé que yo me puedo confiar en ti... Mira, tú sabes que mañana va a hablar el perico en Santiago... y tú sabes bien que el cara de guagua ése no hace más que hablar y hablar y contar cuentos... y que va a pedir libertad para Angela Davis, que está presa allá en los Estados Unidos... y la cosa es que si él va a pedir libertad para Angela Davis nosotros queremos libertad para Huber Matos, ¿tú sabes?... porque ya ese hombre lleva ya quince o catorce años de estar preso, y todavía no se sabe ni por qué está preso... sí, Fidel dijo que había traicionado la revolución, pero no hay nada que confirme el porqué, cómo fue, y

todo eso, ¿comprendes?... y entonces yo me puse a analizar todo eso, «Coño, verdad que tú tienes la razón... yo no me había dado cuenta de eso», entonces me dice, «Mira, la situación que hay aquí es que aquí no hace falta agredir a nadie, ni matar a nadie, ni nada de eso, nosotros tenemos unos carteles preparados ahí, que vamos a poner uno en Santa Efigenia, en la entrada de Santa Efigenia, vamos a poner otro en el Palacio Presidencial, en el Palacio de Justicia, vamos a poner otro arriba arriba arriba arriba arriba arriba en el alto de Quintero, —que es la entrada, ¿tú sabías? a Santiago de Cuba—, y ahí está el perico retratado, retratado, grande, con una mochila en el hombro y con bastantes bombillos por el lado, ¿oíste? Y adónde que está retratado hay que ponerle aunque sea un cartel guindando de la pata.» Y entonces yo le digo, «No, chico, guindando de la pata no, yo se lo voy a poner en el pescuezo.» Me dice, «Compadre, no, que te pueden sorprender, tú sabes que por ahí pasan muchos carros» «No, ch... yo me voy a vestir de electricista, y voy a buscar una escalera, y se lo voy a guindar del pescuezo, te lo digo yo ¡je je!»... óyeme... eso se supo en todo Santiago de Cuba, te lo juro que sí... así que a las doce de la noche empezamos la operación esa...eso fue una operación de muchachos, metimos el cartel de Santa Efigenia, que me acuerdo que decía «El colmo de un presidente: matar al pueblo de hambre y darle el entierro gratis», y así, que son distintos carteles, el que a mí nunca se me olvida fue el que yo le puse al hijo de puta ese en el pescuezo...¡Je je je je!

—¿Y qué decía el cartel?

—Espérate, déjame acabar de decirte cómo fue que se lo puse en el pescuezo...¡Je je je!... Bueno, pues resulta que en mi casa había una escalera, de cuando estaba en construcción y eso, así que el padre mío la cogió y la tiró para arriba del techo... pero tú sabes, coger la escalera a esa hora... pero yo la cogí, sin que él me viera, y con un carretillón de mano que estaba ahí mismo, agarro la escalera y la pongo ahí... le puse un pedacito de trapo colorado, para que luciera que iba a hacer algún trabajo, ¿me entiendes?, y jalo para alante. Y voy atravesando... bam, bam, bam... y llego a Quintero, sudado, sudado, y que lo veo allí al perico, «Yo estoy cansado, pero yo te dije que yo te iba a coger a ti y yo te cojo», ¡Je je je!, y le pongo la escalera, pero cuando le pongo la escalera, nada más que le llega hasta la cintura, porque es muy grande, compadre, «Coño, mira esto, qué fenómeno, qué es lo que yo voy a hacer aquí.... yo no sé, pero yo dije que yo te iba a poner el cartel en el pescuezo y yo te pongo el cartel en el pescuezo o no me llamo Diosanto»... así que empecé a encaramarme por los brazos, que tiene los brazos así, ¿no?, y para arriba, y para

arriba, y con el cartel enganchado de la boca, ¿tú sabes?, y para arriba, y para arriba, y para arriba, hasta que por fin cuando lo cogí por el pescuezo le dije «¡Ven acá! ¡Je je je je je! ¡A ver! ¡Ahora mécete, cabrón! ¡Je je je je!» ¡Conchó! Y se lo colgué, se lo acoloqué, bien acolocaíto, pero bien acolocaíto, para que la gente, si venían de la parte de atrás, lo pudieran ver bien, que lo miren bien... así que me bajo, agarro mi carretillita, y gano, gano bien....Ooooh, muchacho, al otro día, ¿tú no sabes cómo estaba el departamento técnico y de seguridad del estado?... Te hablo de las siete de la mañana... vueltos locos, y cogiendo huellas, y los perros, y qué fotos, y qué se yo, pero nada salió por los periódicos, ni por la prensa, ni por el radio, todo eso fue abolido, porque yo ese día no solté el radio, ese día cada uno para su casa, para oir qué es lo que iban a decir en el radio, ¿me entiendes?... nada, nada nada... todo lo que dijo el perico nada más.... qué mierda, compay...
—¿Y que decía el cartel?
—Ahora mismo te voy a decir, déjame prender un cigarro... ¿tienes ahí un fosforito?
—Sí, toma.
—O.K. Bueno, compadre. Bueno, el cartel que yo le puse al desgraciado ese en el pescuezo decía ... bueno, yo no fui el que hizo el cartel, yo no fui el que lo hice, pero me gustó el cartel ese como loco, compadre, cómo me gustó ese cartel, porque tenía una letra, tenía una letra... ¿tú no te recuerdas que yo te hablé una vez del cuartel Moncada?
—Sí, ayer.
—Bueno, mira, eso del cuartel Moncada.... yo te voy a hacer a ti una pregunta... cuando Martí estaba en vida, porque fue la pregunta que yo a ti te hice... cuando Martí estaba en vida, cuando Maceo estaba en vida, te estoy hablando de mil ochocientos... ¿el cuartel Moncada existía?
—No sé, Diosanto. No lo sé.
—¿Tú no sabes eso?
—No, mira, no sé. Yo sé del cuartel Moncada por Fidel, por la defensa de Fidel... pero cuándo se hizo el cuartel, eso yo no lo sé...
—Bueno, mira... eso fue un cuartel que puso Fulgencio Batista, que se llamaba así, Cuartel Fulgencio Batista, que ahí es donde estaba la guardición, ése era el cuartel de Santiago de Cuba, de ahí salían todos los patrulleros y todos los carros, ¿me entiendes?, eso era lo que tenía controlado a todo Santiago de Cuba, porque el padre mío era cocinero de ahí y él me lo dijo, ¿me entiendes?, y entonces, ¿qué va Fidel a decir de que José Martí actuó por el pueblo en el Cuartel Moncada?

No existía cuando Martí... entonces, ahí, es lo que se encierra en lo que decía el cartel, ¿tú ves?, porque Fidel dijo que José Martí era el autor intelectual del Cuartel Moncada, y no, porque no existía, y entonces ahí, lo que decía el cartel....¿me entiendes?... «Déjate ya de engaños....», oye, como dice, «déjate ya de engaños, Fidel, déjate ya de engaños, déjate de tanta palucha, oye Fidel, déjate de tanto engaño, que ya ahorita contigo el pueblo no coge lucha.» ¿Tú entiendes? Entonces ahí se encierra todo eso de que el Cuartel Moncada, que es lo que yo te estoy, estoy explicando, que son todas esas mentiras más que él le ha querido meter a la gente por los ojos....pero es que sí, porque el cubano es como es, porque el cubano no le tiene miedo a nadie, el cubano es como es... y Fidel, ¿tú sabes?... ese cabrón es bien cubano... y los otros están diciendo «¡Tengo hambre!», y ese cabrón les quita media libra de arroz, y la gente dice, «O.K., cómo no», aunque después se estén cagando en su madre, ¿me entiendes?, y por eso es por lo que me gustaba el letrero, «Fidel, déjate ya de tanta palucha».... igual se lo hubiera colgado al grupito de los trece...
—¿Qué es el grupito de los trece?
—Ah, pero ¿tú no sabes qué es el grupito de los trece? ¿la pandilla de los trece?
—No, de veras que no.
—El buró político, compadre, los trece... Fidel, Raúl, Almeida... eh... Celia Sánchez, aunque se murió, eh... Dorticós... toda esa gente del grupito de los trece...
—Entonces, dime, ¿te pasó algo por colgar el letrero?
—No, a mí no...
—Pero me dijiste que el departamento de seguridad se había vuelto loco...
—Sí, pero nada... ni en los periódicos salió... para mí que ellos quisieron tapar la cosa...
—Ajá. Bueno, y ¿después?
—¿Cómo después?
—Sí, o sea, después, sigue contándome lo que te pasó...
—Te digo que no me pasó nada...
—No, no, eso lo entiendo, quiero decir, en tu vida, que sigas con la historia...
—Ah, sí, O.K. Bueno, pues por esa época fue que yo empecé a cambiar mucho... ya había pasado la edad del equipo juvenil, y nunca me dieron entrada en el equipo... así que mandé para el carajo el trabajo en la dulcería, y empecé con lo mío... mi mamá me veía que estaba cambiando mucho... «Pero ven acá, Diosantico, mi hijo, ¿qué te

pasa? ¿Por qué es que ya tú no quieres trabajar? ¿Qué te pasa?» «Mira, mami, ya yo soy un hombre ya, chica... y yo ya estoy cansado de tanta palucha, y tanto chícharo, y tanto espagueti...» «Ay, pero chico...» «Déjate, déjate de eso, mami, que yo he oído hablar al padre mío... y tú a mí no me tienes que desengañar.» ¿Por qué me iba a desengañar mi madre, si yo tengo un padre que tiene que saber como cuatro veces mejor que ella qué fue lo que trajo Fidel a Cuba?... Además, que yo sé bien que a ella no le gustaba tampoco, todas las necesidades que uno pasa allá ...

—¿Y por qué tú crees que tu padre sabía más que tu madre?

—Coño, compadre, porque él tiene cuatro hijos mayores que yo, con otra mujer, ¿me entiendes?, y en esa época, antes de Fidel, para tener dos mujeres, y tener tantos hijos así, tú tenías que tener un buen manejo de vida, ¿entiendes?... y para buscar el peso... eso era un fenómeno... el me decía... «Coño, la verdad que había que buscarse el peso... pero uno se lo podía buscar...» y el padre mío ha leído... él es medio intelectual... aparte de que se da su buche, siempre está con un libro en la mano... que yo lo veía y le decía, «Ven acá, yo te veo que hace como cinco días que estás en la misma página, y no pasa la página, qué, ¿tú estás matando el tiempo, o qué?» «Matando el tiempo... yo quisiera que tú vieras lo que se encierra en esta página.» Y él me leía y me explicaba cosas... la verdad es que yo no lo entendía.... y es que él ha cambiado mucho también. El padre mío le echa gasolina al carro todos los días... porque a él lo dejaron vacante... me entiendes...desempleado hace cuatro años...

—¿Y cómo gana dinero el padre tuyo?

—¿El padre mío? Ah, muchacho...el padre mío es hajolatero-soldador. ¿Sabes lo que es eso?

—Sí, sí... o sea, suelda metales, y eso.

—Sí, bueno. Y en Cuba, como que Cuba es un país pobre, el padre mío se está yendo para allá, para el vertidero... ¿sabes lo que es el vertidero?

—Sí.

—Bueno, entonces el padre mío se mete allá, y coge las palanganas podridas, con todo el fondo desbaratado, y mi padre le quita el fondo viejo, le pone un fondo nuevo, la pinta cuando está cocorroñosa, la guinda en una mata que está enfrente de la casa —no hace falta ponerle cartel, porque si le pones cartel vas preso- y todo el que pasa ya sabe que el padre mío se dedica a eso... «Diosanto... Diosanto... ¿cuánto es que es la palangana?» Mi papá le dice «Cinco pesos». «Cuando baje de vuelta me la llevo... mire, aquí tiene el dinero.» «No, no, es suya, no se preocupe, cuando baje me paga y se la lleva...

yo se la desguindo de la mata ahora mismo.» Una palangana que fue al vertidero... pero la gente se mata por las palanganas que él arregla. Cinco pesos. El padre mío sabe vivir. Gana más ahora que antes. Porque, ¿tú sabes lo que ganaba el padre mío para mantener a catorce muchachos, al mes? Ciento ocho pesos. Y desde que va al vertidero, ¿tú no sabes cuantas veces se lo han llevado a la prisión, y descomisado el dinero y todo eso? Seis veces, compadre, seis veces.... por eso... ¿Entonces tú crees que yo puedo aceptar un carnet de la juventud?

—¿Un carnet de la Juventud Comunista?

—Sí, de la Juventud Comunista.

—Pero, ¿a tí te ofrecieron ese carnet?

—Sí, compadre, Yo te contaré cuando lleguemos allá. Pero mi padre... porque yo sé que él se retiene... él tiene valor, pero se retiene.... el camino que él no cogió, lo cogí yo, que soy su hijo mayor... Así que un día me meto en una tienda, y me llevo como ocho libras de arroz... y una ropa ahí para los hermanos míos ... porque en la casa no había comida, no había ropa, no había nada...y yo llegué a la casa y le dije, «Mami, ¿Adónde está la comida?» «No, mi hijo, es fin de mes, se acabó» «Pero mami, ¿tú me dices que no hay comida? ¿Cómo es que no hay comida? Pues eso yo lo voy a arreglar ahora mismo» «No, que...» «No, que olvídate, mami.» Y me metí en la tienda, y me robé la comida y la ropa ... y comimos...y que al día siguiente yo mismo bañé a mis hermanitos y «Pónganse la ropa» y mami «No, mi hijo, pero que mira que...» y yo «Que no, que pónganse la ropa», así que esa mañana la gente del Comité «¿Eh, pero esa gente con ropa? Si estos elementos nunca han tenido ropa...» Así que cuando se dio una voz de que habían robado una tienda por ahí, el mismo Comité llamó a la policía... como quince motores en la puerta de mi casa... yo estaba en camiseta... ¡pprr rrnnn! Y yo le dije a mi mamá «Ahí viene la gente», así mismitico le dije, ahí viene la gente.... «¿La gente? ¿A buscar qué?» «No, ahí viene»... se tira uno, se tira el otro, y rodean la casa, y yo «No, no, no, espérense, ¿qué tanta macatraca? Si aquí nadie ha matado a nadie, ¿qué tanta macatraca están formando ustedes aquí? Van a enfermar a los muchachos de los nervios... ¿qué tanta correrera ni tanta cosa? No busquen más ni estén buscando, que el que se metió en la tienda... ¡FUI YO! ¿Para dónde hay que ir?» Así que me metí en un carro y arrancaron los motores... «¡Adiós!»... compadre, yo era primario... pero como les hablé fuerte, me pedían seis años... pero entonces me buscaron a éste abogado... y el abogado verdad que se movió, fíjate que un día lo botaron de la audiencia, por defenderme a mí... ese hombre cuando habló, defendiéndome a mí, y el fiscal pidiendo seis años, ese hombre cuando habló, díjoles, cuando dijo la Presidenta de la sala, porque fue una mujer, «¿Tiene usted algo que decir?», dice, «Sí, yo tengo mucho que decir. Pero de lo mucho, nada más que quiero que se me escuchen tres palabras, señora Presidenta de la Sala.» Y con la misma se paró, cogió un fósforo «¿Pero qué va a hacer el hombre este, va a fumar?», y rayó el fósforo y empezó a buscar por abajo de la mesa... buscaba por aquí, buscaba por allá, y buscaba por aquí otra vez, y yo decía, «No, este tipo está loco, o qué cojones le pasa a este tipo»..y se le acaba el fósforo y sale de abajo y le dijo la presidenta de la sala, «¡Eh! Señor licenciado, ¿Usted qué busca?» y le dice, «Señora Presidenta, parece mentira que usted me pregunte qué es lo que busco. ¡La verdad, señora Presidenta de la Sala, la verdad! ¡La justicia, señora Presidenta, la justicia, dónde está, que no la veo! El fiscal ha pedido seis años para ese muchacho como tomarse un vaso de agua, ése es un muchacho joven, y fue boxeador» y ah, empieza por ahí, muchacho, «¿Dónde está la justicia? ¡Primera vez que ese muchacho comete un delito! ¡Hay que darle una oportunidad! ¡Yo pido para mi defendido que se le dé la libertad inmediata!»... Bueno, tremenda defensa... fíjate que cuando yo salí, cuando yo salí de la audiencia, los que iban conmigo en la jaula me dijeron, «Oiga, usted salió bien de verdad». Dos años de privación de libertad. A los seis meses de estar en Boniato, ¿tú no sabes cómo fue?... yo sé que yo fui el número dieciocho de salir en la lista, de salir de Boniato, de doscientos cincuenta, ¿y tú sabes para donde nos llevaron? Para el Centro ése que se llama San Ramón, enfrente mismo del Golfo de Guacanayabo, a un costado de Manzanillo. Bueno, a los pocos días viene el abogado ése y me dice «Usted es un muchacho joven y yo creo que usted no es criminal, sino que usted está desorientado. Mire, yo le puedo buscar a usted, si usted quiere, entrada en la Juventud Comunista. Mire, aquí mismo le traigo el carnet. Si usted lo firma, lo incorporamos a la Juventud, y usted sabe que el carnet abre muchas puertas, trabajos con el gobierno y todo eso. Pero hay unas condiciones que usted tiene que cumplir...» «¿Y qué condiciones son esas?» «Bueno, usted tiene que ir primero a un campamento de rehabilitación...» «Eso es para trabajar en el campo, ¿no?» «Sí, eso mismo es.» Ah, pero que vaya para el carajo con esa gente, de todas maneras me querían mandar para el campo a mí. «Mire, compadre —le dije— ya yo he dicho antes que al campo ni cojones, ¿usted me oyó bien?» «No, pero que mire, que esto a usted le abre puertas...» «Mire, la única puerta que yo quiero que usted me abra es la del cabrón centro éste para salir corriendo» ¡Je je je! Así mismo. «No, pero que mire, que usted está dejando pasar la oportunidad de estar bien con nosotros otra vez...» «¿Y por qué yo voy a querer estar bien con ustedes? En fin de cuentas, si yo robé, fue por necesidad. ¡Por necesidad! Y ustedes, ¿qué me han dado a mí? ¿Qué oportunidad le han dado al padre mío? Porque si no se la dieron al padre mío yo no quiero nada de ustedes... no, mire, abogado, agarre su carnet... bueno, vamos a dejarlo ahí...» «Está bien, yo me voy, pero piénselo» «No, yo no tengo nada que pensar». Así que me tuvieron en el centro ése como...deja ver...si, como tres meses más. Al cabo viene un ayudante del centro un día y me dice «Oiga, dice el director que el padre suyo dice que le tiene trabajo en la dulcería otra vez, y que lo van a dejar salir en probación, así que prepárese». Así que me soltaron y volví a la dulcería, y estuve trabajando allí como tres semanas. Pero nada, compadre, todo estaba igual, la necesidad.... casi no había comida, había que acostarse con hambre todos los días, así que eso me engulleyó a lo que hice al principio, ¿oíste?

—¿Entraste en otra tienda?
—Qué en otra tienda...¿para qué en otra tienda si ésa no me la quitaron de ahí?
—¿En la misma?
—La misma. ¿Para qué caminar más, si esa estaba cerca de la casa?
—Sí, te entiendo, te entiendo.
—Entonces, ¿qué es lo que sucede? Que cargué de nuevo. De todo. A cocinar. Bueno, que al día o dos cogen a una hermana mía, a Liberta, y le meten una precisa, le meten una velocidad, la amenazan, que si no sé qué no sé cuánto, «No, sí yo sé que mi hermano llegó la otra noche con unos paquetes, pero yo no sé más nada» Así que yo mismo los fui a buscar...ahí mismo. «No, miren, yo voy a ser sincero. Pero yo lo que les digo es que saquen a mi hermana de este brete, que mi hermana no sabe nada, mi hermana es inocente de esto.» «Pero ¿tú me vas a decir como fue que tú entraste? ¿Tú me lo vas a contar todo?» «Sí, yo se lo cuento todo, pero saque a mi hermana de este potaje.» Efectivamente. Así que le conté. «Ah, pero muchacho, tú no comprendes, tú no quieres comprender...» «Yo no puedo comprender, porque si comprendo... en el tiempo en que estoy comprendiendo se me mueren mis hermanos de hambre... ¡Y no me digas a mí que tus hermanos se te están muriendo de hambre, que tus hermanos tienen la barriga llena! ¡Y tú también tienes la barriga llena, pero mis hermanos no!» Bueno, entonces empezó a preguntarme dónde estaba lo que me había robado. «No, nos lo comimos ya» «Na, qué va, ustedes no han podido comérselo todo» «¿Qué no? Pero, ¿tú te crees que mis hermanos tenían hambre de un día? ¡Eso era hambre vieja! Mira, esos

negros cogen la tienda y se comen la tienda, se comen al dependiente, te comen a tí, y se quedan con hambre...» Así que me levantó el acta... yo sabía que iba para Boniato. Me engancharon como a Josefa de nuevo. Así que yo dije que no me pusieran abogado.
—Pero el abogado que te defendió la primera vez no lo hizo mal, ¿no?
—No, pero yo ya estaba cansado de tanto abogado y tanta jodedera, compadre... que si tienes que hablar con el abogado, que si el abogado dice que si esto, que si aquello, que si te dice mil cosas raras... ya me estaba llenando los cojones el abogado la primera vez... así que yo lo dije, «Mami, que no me pongan abogado. Déjame a mí, mami» «No, mi hijo, que no puede ser, que todo el mundo cuando va a audiencia lleva un abogado, y tú vas a ser el único preso que no vas a llevar abogado... ¡tú tienes que llevar abogado!» «¡Que yo no quiero abogado! Yo mismitico soy mi abogado. Si aquí todo está dicho ya, ya aquí todo está dicho ya, yo lo hice, y lo mismitico que le dije al cara de papaya ése en el Departamento Técnico se lo voy a decir a los cara de perros ésos el día del juicio. Así que si tú no te quieres enfermar del corazón, no vayas... y si vas a llorar, no vayas». Díceme mi mamá «No, yo quiero oir el discurso ése» «No, yo no soy Fidel para que tú me estés diciendo que yo doy discurso, chivatona» «No, tú no me estés diciendo chivatona a mí, que aquí el que se ha chivateado eres tú» ¡Je je je je! Oye... y cuando llega el día del juicio, veo que es a puerta cerrada, con mi mamá, mis hermanos, y el padre mío no fue. No dejaron entrar a más nadie. «Ven acá...¿y esto por qué?» Yo protesté. «¡No no no no! ¡No estoy de acuerdo con este juicio a puerta cerrada! ¡Que dejen entrar a la gente!» «¡Oye! ¡Mira lo que te voy a decir! ¡Aquí los que mandan es vulé, ¿tu sabes?! Fiscalía Provincial ha determinado que el juicio tuyo hay que hacértelo a puerta cerrada, óyelo bien...» «Eh, pero si yo no he matado a nadie, yo no he fumado mariguana...¿por qué me van a hacer a mí...¡lo mío no es homicidio, ni nada de eso, el juicio mío hay que hacérmelo a puerta abierta, como se los hacen a todos los otros!» Me dice, «Bueno, pues si tú no estás de acuerdo, nosotros sí estamos de acuerdo, ¿oíste?» Así que ya tú sabes... empezaron con todas las preguntas y ná, en diez minutos habían terminado, si ya yo se lo había dicho como pasó al gordo aquél, y que me dice el juez, que me dice, «Bueno, le pide el fiscal quince años. ¿Cuál es su defensa?» «¿Que me quieren echar quince años?» «Haga el favor de pararse, señor acusado. ¿Qué es lo que usted tiene que decir? ¿Jura usted decir la verdad?» «Sí, si yo nada más que digo la verdad» Bueno, ¿tiene usted algo que alegar aquí alante del tribunal?» «Sí, yo sí tengo que alegar bastante.» «Bueno, tiene usted la palabra»... y hago así y me quedo así, pensando, y me

dice «Hable. Tiene usted la palabra»... y le digo «Mire. Señor Presidente de la Sala. Señores Magistrados de la Sala. Las primeras palabras que yo les voy a decir a ustedes es que ¡me resingo en la resingada del coño de la madre de todos ustedes! Mira, tú —le digo al Presidente— cara de luna, los boliches que se te salen... el padre mío no tiene eso, y ningún hermano mío tiene eso, y yo estoy chupado, ¿no es verdad?» «¡Señor acusado, usted está faltando al respeto...» «No falta de respeto no, si es la realidad, ¡tóquese ahí, cara de perro, para que usted vea que se le salen los boliches» y entonces a mi mamá le atacan los nervios y dice «¡Permiso, protesto! ¡Quiero que a mi hijo se me lleve a un tratamiento de psiquiátrico! ¡Mi hijo no está bien!» «Señora, pero...» «¡Quiero que a mi hijo se me lleve a un tratamiento de psiquiátrico!» «¡Oye! ¡Yo estoy bien! ¡Estáte tranquila! ¡Déjame a toda esta gente a mí, que yo lo que estoy es en tremendo vacilón!» y empiezo a hablarles, y lo cojo desde mil ochocientos diecinueve, cuando Cristóbal Colón desembarcó, hasta la fecha actual en que me celebraban el juicio a mí. Empecé a hacerles todo ese recorrido... bueno, pues ¿tú no sabes como fue? Qué el cara de perro no aguantó más...el martillito ése de dar en la mesa, lo cogió y me lo picheó y cuando me lo picheó me agaché ¡Fiiingg! pasó el martillito... cogí una silla y se la arremetí para allá para el grupito... y entonces, ¿tú sabes? hay cinco guardias, y cuando los guardias ven eso, meten mano a los revólveres y mi mamá empieza a gritar, se quita un zapato y empieza a caerle a zapatazos a los guardias, y mis hermanos sujetando a mi mamá «¡Ustedes son unos hijos de puta!» le decía ella a mis hermanos» ¡Echense para allá, que ustedes no son hijos míos, cojones, que ustedes son unas putas! ¡Suéltenme, cojones! ¡Diosantico, ayúdame! ¡Suéltenme, que ustedes son unas putas! ¡Diosantico, ese sí es hijo mío, porque ése sí que tiene la sangre de su papá y la sangre mía! ¡Suéltenme, cojones!..» na, que la vieja se explotó, y yo por allá agarrado a las trompadas con un blanquito y ¡pao, pi, pa, pao, pao! (*Se levanta y boxea con el aire en varios estilos y direcciones*) ¡Ya tú sabes! Y que veo que el Presidente quiere ganar la puerta y que corro y lo cojo por detrás por la bata negra, al cara de perro gordito ese, y le meto un empujón contra la puerta y choca con la puerta y cae todo desparramado y le digo, «¿Yo no te dije que la abrieras?» ¡Je je je je je je! Muchacho, lo que armé yo ahí... y ¿tú sabes lo que salió de eso? Buenos, pues tres meses incomunicado cuando llegué a Boniato... que ni a mi mamá la dejaban entrar a verme, los hijos de puta esos... en calzoncillos me tenían...

—¿Y allí estuviste hasta que viniste para acá?
—Sí, allí mismo.

—¿Cuánto tiempo?
—Deja ver... un poquito más de un año.
—Y a tí también te fueron a buscar y te dijeron que te ibas para los Estados Unidos...
—Sí, así mismito...
—Y ¿volviste a ver a tu familia?
—Sí, luego, a mi mamá, a mis hermanos... al padre mío no lo volví a ver... lo metieron en la cárcel otra vez, por vender palanganas...pero luego lo soltaron...pero ya no lo vi más. A mi hermana Liberta, pobrecita, le abrieron el baúl, ¿me entiendes?
—¿Le abrieron el baúl?
—Sí, que un cabrón le hizo un hijo... yo nunca lo pude ver...
—Bueno, Diosanto, y ¿tú querías venir para los Estados Unidos?
—Ah, compadre, cómo no voy a querer venir... los políticos siempre me decían que en los Estados Unidos se vivía libre...
—¿Los políticos?
—Sí, los presos políticos... nosotros les decíamos los políticos, siempre estaban hablando de política, y en huelga de hambre y eso...
—Bueno, Diosanto, muchas gracias... ojalá que estés contento aquí. Una pregunta más... ¿tú conociste a a Teodosio?
—¿Teodosio? Sí, un poquito ....ese tipo es del carajo. Yo no sé adónde está, ni que dicen que si se robó, que sé yo que si cuanto... la verdad que el bacán era socio mío y yo no voy a hablar mal de él... metía tremendas jamas cubanas y invitaba a todo el mundo... pero Teodosio es un tipo así, ¿tú sabes?, que siempre le gusta hacer lo que le da la gana y no tiene paz con nadie... tú sabes.... si tú le caes mal, Teodosio no tiene madre... él te la juega y te coge, porque Teodosio te coge... pero mira, todos los otros cubanos que vinimos no somos como Teodosio, que es lo que yo quiero que tú me entiendas, ¿oíste? ¿tú sabes lo que te digo? ¿Un golondrino no compone primavera, no?

3. Eloy González

—Hola, hola... así que Eloy González, ¿eh?
—El mismo que viste y calza, para servirle a usted y a Dios.
—Bueno, gracias por la visita... ya sabes que he estado entrevistando a varios de los compatriotas recién llegados...
—Sí, a los marielitos, como nos dicen...
—¿A ti te molesta ese nombre?
—Qué, ¿lo de marielito? Na...a mí no me importa que me llamen como me llamen... yo soy quien soy... a mí eso no me acompleja.

—Me alegro. Bueno, cuéntame de Cuba.
—¿De Cuba? De Cuba yo te lo puedo contar todo. Desde la historia antes de Colón, y los indios siboneyes, y los taínos, y los guanajatebeyes, y después con los conquistadores españoles, y los gobernadores, y la esclavitud...
—Bueno, no, mira, en realidad no es necesario que empecemos por el principio... yo no estoy tratando de seguir ningún orden.
—Ah, bueno, lo que tú quieres entonces es que filosofemos de Cuba...
—Sí, exacto.
—¿Por dónde quieres que empecemos entonces?
—Bueno, por ejemplo, háblame de tu trabajo en Cuba, de lo que hacías.
——Bueno, yo en Cuba tuve muchos trabajos, porque siempre me botaban por rebelde. No duraba en ninguno. En Cuba el trabajo es una imposición y uno tiene cuarenta mil jefes. Cuando yo me renegaba contra algún trabajo que me imponían me decían «No, porque aquí antes de la Revolución tú tenías al lado tuyo al patrón diciéndote lo que tenías que hacer con un látigo en la mano, y había otros que estaban esperando que tú tuvieras un accidente para ellos ocupar tu trabajo, que esto y que lo otro» y yo decía «Bueno, entonces, precisamente, ¿para qué triunfó Castro aquí? ¿Para qué se derramó tanta sangre y para qué se perdieron tantas vidas? ¿No fue para eliminar eso? Y por lo menos aquellos tipos... bueno sí, era una tiranía, pero yo nada más que tenía un sólo patrón, y aquí ¿a cuántos no tengo ahora? Lo tengo a usted, y por detrás de usted, al jefe del departamento de plomería, al jefe de electricidad, al administrador, al jefe de la empresa... ¿cuántos jefes tengo ahí?»... y por eso me decían «Qué va, este hombre aquí no puede estar»... Bueno, mira, primero, yo era estudiante, ¿no? Estaba estudiando para el magisterio. A la edad de dieciséis años me reclamó el servicio. Presenté papeles y planillas en el Ministerio de Educación que está radicado en la calle Patrocinio esquina a Párraga... ahí mismo en La Víbora, cerca de la Plaza Roja... de ahí llevé yo papeles al Mónaco, que era donde me habían reclamado a mí... llegué allí y me dijeron, «Bueno mira, tú ves que ahí lo dice... Servicio Militar Obligatorio... usted tiene que ir. A nosotros no nos interesa si usted va a estudiar para maestro, a nosotros no nos interesa nada. Así que no traiga más papeles, que de todas maneras a usted lo va a coger el servicio.» Cuando aquello no había cumplido todavía los dieciséis años... estaban esperando que los cumpliera para cogerme, y efectivamente, así mismo fue. Así que dije, «Ah, así que nada de esto vale, ¿verdad?» y cogí y rompí todos los papeles en las caras de ellos... «No, que venga acá, compañero...»

«No, qué compañero de qué, compañeros son mis huevos que siempre andan juntos»... entonces, «No que esto que lo otro, que usted es un falta de respeto», y me dijeron veinte cosas, pero con todo y eso no lograron que les pidiera perdón. Bueno, desde ese momento, una rebeldía tremenda.
—O sea, que tú no eras rebelde antes...
—Bueno, no, yo siempre fui rebelde, desde pequeño, pero ahora era mucho más... cogía furias en mi casa y le daba piñazos al escaparate... y mi mamá, «Muchacho, cálmate, si son nada más que tres años en el servicio, eso pasa pronto» «Sí, pasa pronto para tí, que no los vas a pasar»... y así, alterado con mi mamá. Bueno, por fin vino el servicio... vinieron a buscarme a la casa, y me trajeron un papel que decía «De no presentarse el día y la hora señalados, son cinco años de prisión». Y me dijeron que después de esos cinco años, tenía que pasar los tres de servicio de todas maneras. Yo no tenía deseos de ir al Servicio, así que dije, «No, no voy nada y que me metan los cinco años» pero mi mamá, «No, muchacho que no seas loco, que te van a agarrar después igual»... bueno y tanto dio la vieja que cuando llegó el día siguiente preparé una muda de ropa y me presenté. Ahí empecé dentro de la vida militar. Pero la rebeldía seguía, rebeldía va y rebeldía viene, así que ya a los dos meses y pico visité ya la prisión. Me llevaron para la prisión por negación de servicio...
—¿Qué fue?
—Que no quise hacer una guardia. Pero fue por capricho de él, porque le dio la gana... de un jefe mío, ¿no?... yo le caía mal... y le dije, «No, no la voy a hacer». Y me condenaron dos meses a una granja... pero cuando llegué a la granja me fugué, porque esa granja... bueno, del carajo.... esas granjas que les dicen «Granjas de rehabilitación», pero para nosotros los militares les dicen de régimen disciplinario...ya tú sabes lo que es eso... un botoncito zafado y te echan deberes... igual por las botas sucias, y ahí tienes que hacer todo lo que te manden. Así que me fugué. Fueron a buscarme a la casa y no me encontraron, pero un día caminando por la calle me cogieron. Me echaron seis meses de cárcel, pero como a los cuatro meses y pico, por mi buena conducta, me sacaron y me llevaron a otra granja... el jefe de la granja vino a hablarme el día que llegué... «Mire, venga acá, nosotros lo que queremos es tener paz con usted. Usted es un muchacho joven, inteligente...» «Bueno, precisamente, si soy inteligente, no puedo ponerme al servicio de una injusticia.» «No, pero ¿a qué tú le llamas injusticia, a qué tú le llamas justicia?» y yo le decía «Pero, ¿usted no se da cuenta de que en la vida militar nosotros mismos no nos mandamos? El miedo a la libertad de ustedes les crea la necesidad del man-

do, y el hombre sólo es esclavo de su propia servidumbre.» Ah, para qué fue aquello...eso fue una ofensa grandísima... además le dije que la carrera militar en Cuba no valía nada. En Cuba los sargentos ya casi no existen. Todo el mundo es teniente, sub-teniente... eso es porque los embrean de honores para que estén contentos. Así que me dijo «No, contigo no se puede hacer nada. Vas a tener que volver a la cárcel hasta que termine la sanción.» «Bueno, pues para la prisión otra vez» Nos montamos en el carro y me llevó de vuelta para La Cabaña. En La Cabaña la verdad es que no me querían tampoco, porque ya tenían demasiados presos... más de siete mil. Fíjate que en 1975 Raúl Castro tuvo que declarar una amnistía para todos los presos militares porque ya no cabían en todas las prisiones de la nación... ahí fue cuando yo salí indultado, con esa amnistía. Llevaba ya en ese momento un año y siete meses preso. Había entrado por dos meses, pero como la solución de ellos es echarte más tiempo arriba por cualquier cosa, ya llevaba todo ese tiempo...

—¿Qué me puedes decir de la prisión?

—Mira, sinceramente, cuando entran en La Cabaña, los hombres dejan de ser hombres para convertirse en fieras. Eso es horrible... mira, en Cuba hay muchas escuelas, pero poca educación... y en la prisión todo el mundo es un salvaje. Esa gente son animales. Desde que entran en la prisión empiezan los disloques, la discrepancia, el antagonismo entre ellos mismos. Por gusto. «No, que la gente de La Víbora son unos maricones» Ahí salen todos los de La Víbora «Los de Marianao son unos singaos» Y una matanza ahí por gusto, todo el mundo dando puñaladas, navajazos... ¿por qué tú crees que Fidel no deja entrar a la Cruz Roja?...Muchacho, si entran ahí las enfermeras de la Cruz Roja se las comen vivitas y sin quitarles la ropa... como decía mi amigo Lisandro, «Estoy con un atraso que le entro hasta a una mona con el rabo cortado»....

—Bueno, ¿y qué hacen los guardias cuando hay una de estas broncas?

—No, los guardias no se meten en eso...nada más que para recoger los muertos... hay guardias que alientan a los presos a la bronca, porque se regocijan viendo ese sadismo salvaje de ahí adentro... ahí en la prisión fue cuando yo vi que se me iban destruyendo lentamente todas mis ideas y pensamientos, porque el odio que nacía de mí hacia ellos me corroía el cerebro... yo pensaba no en mí, sino en los demás... los demás... yo pensaba, «¿Cuántos inocentes no habrá encerrados en las prisiones, nada más que por capricho de ellos?» Bueno, un día otro preso, que había sido teniente, quería darme órdenes... porque en Cuba los militares, aún estando presos, les dan órdenes a los otros... pero yo le dije que de traje azul a traje azul, éramos dos presos iguales, que no me daba la gana de hacerle caso...«No, que yo soy el mandante aquí, y tú tienes que respetarme.» «No, te harán caso todos los siervos estos, pero yo no te voy a hacer caso.» Bueno, me metieron en solitaria once días... eso fue lo peor del tiempo que estuve allá. Bueno, llegó el día de la amnistía...pero ¿qué tú crees? ¿para la calle? Qué va, para las unidades otra vez, a seguir cumpliendo el servicio militar. Bueno, me mandaron para otra unidad. Estuve allí dieciocho días, y de vuelta para la prisión otra vez...fue porque tuve bronca con el director de la unidad. El ya había oído hablar de mí y dijo «Qué va. A este hombre no lo quiero aquí.» Así que llamó al jefe de la Fiscalía, que se llama Raúl Esmeriche, y le armó tremenda gritería «Esmeriche, ¿qué tú estás haciendo? ¿Tú no ves que yo tengo aquí una buena unidad? ¿Cómo tú me vas a mandar a Eloy González para acá?» Eso todo en mi presencia. Pero la Fiscalía le dijo que tenía que aceptarme. Yo me dije «Qué va. Si este hombre me acepta es porque la Fiscalía quiere todas las perversidades posibles por destruirme» Así que para no darle gusto a él, estuve allí un poquito más de dos semanas, y con la misma cogí y me alcé y no volví a la unidad... yo mismo me presenté en la Fiscalía... «¿Usted sabe que eso es deserción, no?» «Mire, yo me he presentado porque no puedo estar en la calle. Estoy caminando y oigo el ladrido de un perro y pienso que es el del técnico que está detrás de mí. Yo no puedo vivir en ese sigilo» «Ah, muy bien, usted razona muy bien... porque voy a decirle que ya nosotros estábamos cerca de su pista» «Sí, a lo mejor un presentimiento me lo dictó y por eso vine» «Usted sabe que va para La Cabaña. No hace mucho que salió de allí» «Sí, yo lo sé... yo no vengo de un convento de monjas, así que a mí no me van a meter miedo con La Cabaña. Yo voy adonde ustedes me manden». Así que de vuelta. A los veinte y pico de días llegó Manuela, una capitana, buena gente, mejor dicho, tan buena como tan mala, y me habló «Mira, tú tienes que llegar a un compromiso conmigo. Yo te voy a sacar de aquí y te voy a mandar a una granja en donde todos los trabajadores son buenos muchachos, muchachos nobles... ¿está bien?» «Bueno, está bien, pero yo no voy a hacer ningún compromiso con usted... yo me conozco.» En fin, que con todo y eso me mandó para la granja esa. Ya llevaba allí como tres meses, trabajando de lo más bien, ya incluso me habían dado un pase y todo... la granja era buena. Lo único malo que había ahí era el director, que llegaba borracho todas las noches, dando órdenes... si uno estaba durmiendo a las diez de la noche él, por gusto, te hacía pararte en atención.. y oye, como había mosquitos... y si alguien se mataba un mosquito, le daba un bofetón... «¡Un soldado en atención es un poste!»... y yo siempre decía bajito «Un soldado en atención es una pinga pará»...¡Ja ja ja!...

yo siempre lo vacilaba y le decía a la gente «Miren para ese par de guatacas que tiene... parece un yipi con las puertas abiertas»... ¡ja ja ja ja!
—Perdona, ¿qué son las guatacas?
—Coño, asere, las orejonas que se mandaba... yo también le decía la hidra... un monstruo de tres cabezas... ¡ja ja ja!
—Ah ya, ya, ya, claro. Perdona, es que hace tanto tiempo que no oigo la expresión.... mira, ¿qué es un yipi?
—El carro, chico, el carro de los soldados...
—O.K., O.K. En inglés le llaman Jeep. O.K. Bueno, sigue.
—Pues si, yo siempre estaba en el bonche con el director. Un día yo empecé a espantarme los mosquitos, porque me estaban picando la cara, y el empezó a cogerla conmigo... con el tufo a alcohol que tenía en la boca... yo pensaba «Si este tipo me da un gaznajón va a salir volando por la ventana... si nada más que me levanta la mano...» Pero no me la levantó, lo que hizo fue el gesto de empujarme... así que yo lo agarré por las manos, le metí un traspiés y cayó todo desparramado... ah, para qué contarte... todos los siervos esos a su servicio me cogieron... uno me dio con la parte de atrás del fusil, el otro con un machete, otro me dio por aquí por la rodilla con el canto del machete... y de ahí, directo para la fiscalía. «Oye, Manuela, mira, este hombre... mira lo que ha hecho» Pero cuando se fueron, yo le dije a Manuela por qué había pasado todo... «¿Tú estás seguro que existe ese abuso en la granja?» «No, seguro no, segurísimo» «Bueno, ven, yo voy a pedir que haya una reunión allá y que todo el mundo esté presente» Bueno, cuando llegó el día de la reunión, todos se viraron contra mí... ninguno decía que era verdad lo que yo decía...«No, no, si aquí nos tratan de lo mejor»...que para aquí que para allá... y Manuela les preguntó qué opinaban sobre el problema mío con el director. Oye, aquello fue un silencio de cementerio. Nadie nadie decía nada.... «Mire», le dije a Manuela, «ese silencio me está dando la razón» «No, ese silencio no le da la razón ni a usted ni al director» Eso me puso bravo. «¿Ah, no? Pues me voy» Y cogí y me fui y me senté en el comedor de la granja. Allá viene Manuela. «Mira, ahora sí es verdad que tú vas a estar en La Cabaña hasta que yo me acuerde que tú estás allí» «Coño, pues va a ser mucho tiempo, porque me parece a mí que usted es bastante olvidadiza». Cuando llegué a La Cabaña, el director se puso bravo. «Ven acá, muchacho, ¿a ti te gusta esto aquí, no? No me digas que a ti te gusta la calle, que a ti te gusta la libertad... ¿te gusta aquí, no? Mira, es más, yo voy a ir a tu casa para que te trasladen la libreta y todo lo tuyo para acá, para que vivas aquí ya» «Bueno, está bien, pero la libreta no me resuelve nada, si no puedo comer como un

hombre con ella, usted o su mujer se la pueden meter en el culo». Vaya pal carajo con mi lengua. Solitaria una semana. Pero nada. La verdad es que conmigo nunca sabían qué hacer. Como a los dos meses, y yo sé que Manuela estaba detrás de eso, me mandaron para una granja otra vez. Era una zafra en la provincia de Matanzas. Ah, para qué fue aquello. Allí todos los días era una bronca, y como todo el mundo tenía machete, era uno con los dedos llevados, el otro una oreja, y así. Porque uno le robaba al otro la caña que había cortado, y cuando el tipo protestaba, le decía «No, si lo que pasa es que tú le estás dando la caña a un mariconcito tuyo», o «a tu marido» «No, que tú lo que eres es un singao que le está robando la caña aquí a todo el mundo y yo sé que el computador es tu macho» Así que ahí mismo se caían a machetazos... ¿me entiendes la fraseología?
—Sí, sí.
—Bueno, que la gente parecía gladiadores en un campo de caña... Me acuerdo de estos dos... bueno ... tú sabes que si la caña no la cortas bien abajo, quedan esos collitos afuera... uno de ellos, fatalmente, tropieza con uno... se le van así los brazos, se le van así para atrás, entonces el otro, que está batiéndose con él, ahí mismo, batiéndose con él, le da por el pecho, ¿no?, ... veintiocho puntos le dieron... y en la parte donde más se adentró el machete, se le veían las muelas al tipo... las fibras de la cara...y bueno, Fulanito, el del machetazo, es de Marianao... ya tú sabes... la gente de La Habana, todo el mucho cogió machetes .... bueno, asere, aquello fue una película, Eloy...
—¿A machetazos todo el mundo?
—Sí, sí, a machetazos, eso fue un combate, fue una carnicería... yo estaba mirando eso «Coño, qué salvajismo, ¡Caballeros!»…. pero no había manera de contener aquel campo de carniceros... fue una carnicería, uno con el brazo guindado, otro con la cara rota, ya tú sabes... yo siempre decía «¡Qué salvajismo, caballeros! Caballeros, miren, hay muchos caminos, en el mundo hay muchos caminos, y el peor es el de la violencia»... siempre que yo veía una revuelta mala, trataba de aplacarla....¿a mí tú sabes cómo me decían en la prisión? José Martí, chico. Yo siempre trataba de aplacar las broncas por medio de las palabras. Yo decía, «Caballeros, miren, no confundan la prudencia mía y piensen que mi prudencia es un disfraz de cobardía. En el mundo hay muchos caminos, y más entre nosotros los hombres. Si nos es dable la facultad de expresarnos, ¿por qué vamos a recurrir a la violencia? Si hay dos maneras de combatir, una por la ley y otra por la fuerza. ¿Qué se resuelve con meterle una puñalada en la barriga a otro ser humano? Sacarle la sangre nada más.» Y cuando me decían «No, no te metas, que esto no es problema tuyo» yo les decía «Mira, cuando

una persona que a mí no me conoce se acerca a mí para darme un consejo, que yo crea que sea para el bien mío, yo se lo acepto, sea quien sea, porque yo nada más saco una conclusión: esta persona a mí no me conoce... me está dando un consejo... es señal de que me aprecia y no quiere que yo vaya por mal camino. Eso es lo que yo aprecio. Y eso es lo que tú no sabes apreciar. Porque tú crees que es una valentía darle una puñalada a ese muchacho. Eso tú lo consideras como una valentía, ¿no? Eso te hace pensar que tú eres un cojonúo, ¿no? Tú lo que eres es un estúpido. Qué cojonúo de qué.» Vaya, yo les podía decir eso, porque eran amigos míos. «No, Eloy, no me des más muela, que no me vas a convencer» «Bueno, está bien. Pero acuérdate, te vas a arrepentir.» Y luego siempre tenían que darme la razón, porque en ese salvajismo no se puede vivir. Imagínate: tú estás tranquilo durmiendo. Viene uno que tiene un enemigo que duerme cerca de ti. El tipo, por un error, se equivoca de cama. Levanta el mosquitero y te mete una puñalada a ti, que no tienes culpa de nada. Al otro día, «Coño, le metieron una puñalada a Fulano» «Coño, si Fulano aquí no tenía problemas con nadie» Y el tipo, «Coño, me equivoqué de cama» Y habían los que se remordían la conciencia, pero también habían los que decían, «Ah, carajo, por culpa del hijo de puta ése le metí una puñalada al que no era. Ahora sí es verdad que cuando lo coja, lo voy a poner como un colador» No, yo te digo, unos crímenes... si no tenían cuchillo, igual ponían a hervir leche condensada, agua, platanitos, cosas así, y cuando esto formaba una pasta, hirviendo, hirviendo, la cogían con dos toallas y te lo tiraban arriba de la cara cuando tú estabas dormido... Veintiséis años estaban echando por eso, cuando los cogían... en Cuba tú entras en una prisión y es un tipo con un brazo jorobado, el otro caminando así por una puñalada que le dieron, el otro cosido desde aquí hasta aquí, tremendos tajazos, el otro con un ojo picado... yo decía, «Coño, esto me recuerda los tiempos de Francis Drake, y Henry Morgan, y todos los salvajes aquellos». Pero bueno, volviendo a la zafra, aquello no tenía contén. Cuando los soldados vieron, después de un rato, porque ellos siempre los dejaban pelear un rato a ver si se mataban unos cuantos, cuando vieron que no paraban, mandaron a uno en tractor al campamento a buscar refuerzos. Por fin llegaron más guardias y pararon la cosa. Pero la fatal escaramuza aquella dejó un saldo como de ocho muertos y un burujón de heridos. De madre el caso. Bueno, yo me decía, «Coño, si la gente allá afuera, la gente que no está en las granjas o en las cárceles supiera lo que está pasando, yo creo que esto no podría continuar.» Por eso, en mis ratos de ocio, en las veces que estuve en la cárcel, yo empecé a escribir un libro...

—¿Un libro? ¿De veras?
—Sí, coño, de veras. Iba a ser un libro buenísimo. Ahí estaba relatado, en general, todo lo de la vida. Y yo estaba buscando un título, pero no lo encontraba. Yo quería algo como *El mundo de la hipocresía y el mundo del salvajismo,* vaya, algo así. Pero como no me venía el título a la mente, yo cometí el error, quizás la torpeza o la debilidad de decírselo a mis amistades y a mucha gente, «Coño, mira el libro»... le tenía hecho ya ciento setenta y dos páginas, en hojas de libreta en Cuba... pero yo me decía, «Coño, cómo voy yo a publicar esto... será en una maquinita que me consiga, por la noche... pero ¿cómo voy a sacar esto de aquí?» Pero... bueno, en fin, el libro me fue indultado, cuando yo estaba durmiendo un día. Pero fíjate, cuando yo esperaba una entrada de palos ese día, viendo que el manuscrito no estaba debajo del lavamanos donde yo lo ponía, no me hicieron nada, compay, ni siquiera me dijeron nada. Para mí que fue otro preso el que se lo robó, porque si hubiera sido un guardia... mira, ahí se reflejaban muchas cosas contra la injusticia de los presos contra otros presos... vaya, ahí se juntaban muchos temas... yo no tenía una unidad preconcebida de una cosa definida, ¿no?... yo juntaba ahí todos los temas, todo lo que me venía a la mente, coño ¿por qué el ser humano es así, por qué hace esto, por qué hace esto otro?.... yo estaba buscando el por qué de los por qués y la sinrazón de las sinrazones... y buscando, y haciendo, y escribiendo siempre.... por eso me pusieron José Martí, «Este siempre está escribiendo nada más, yo no sé lo que le encuentra a la escritura» «Bueno, yo en escribir encuentro más placer que en estar discutiendo con ustedes por gusto... ustedes siempre están «No, que Fulano es un singao, que le voy a meter una puñalada, que al otro le voy a escupir la cara, para que él vea que yo soy un pingúo, le voy a partir la cara!»... y yo les decía, «Nadie ha sido creado para destruir. Porque ustedes han venido a la cárcel, se conforman con destruir... pero si ustedes tienen el ingenio creador de escribir un poema, un verso, cualquier cosa, una idea, ¿por qué se conforman con destruir a los demás?» ¿Por qué, por qué? Porque como decían ellos, el ambiente, el ambiente. El ambiente, para mí, siempre ha sido un producto de la ignorancia. Eso es incultura.
—Mira, Eloy, veo que te me vas cansando de tanto hablar... pero de veras que quisiera seguir, si quieres otro día...
—¿Cansado? ¿Cansado yo de hablar? Mira, tocayo, yo, hablando, me la echo con el Perico... por mí, seguimos...
—Bueno, dime, todo escritor tiene siempre otros autores que lo han influenciado, o sea, escritores preferidos. Supongo que tú también...
—Sí, bueno, claro, el primero es el Apóstol de nuestra patria. Yo

tengo mucha admiración por él, y he estudiado su vida... me interesa mucho la historia de ese hombre, a pesar de los comentarios, que siempre estaba borracho, que le gustaba la ginebra... Pepe Ginebrita... porque a pesar de eso, él dejó algo plasmado... dejó su nombre clavado como una estrella en el cielo de la historia... lo más glorioso de un hombre es dejar un testimonio de su vida, y Martí lo hizo.... porque él tenía el don de revelar lo irrevelado, ¿comprendes?... yo no creo que Martí fuera egocéntrico, como lo llaman los que lo acusan... porque él era un hombre que pensaba y hacía pensar. También me leí *El Príncipe,* de Nicolás, del florentino Nicolás Bernardo de Maquiavelo, porque ese libro estaba prohibido en Cuba, pero circulaba por la cárcel... ese libro se lo dejé como reliquia sagrada a un hermano mío, y le dije, «Guárdame este libro hasta que nos volvamos a reunir. Porque lo último que se pierde es la esperanza. El hombre puede vivir sin aventura, pero no sin esperanza. Ella no salva, pero consuela.» Sí... yo me acuerdo que Maquiavelo decía que habían muchos gobernantes que construían murallas para protegerse de las invasiones, pero que no sabían como protegerse de los enemigos de adentro, en su misma corte. Y por eso él decía que él admiraba a los gobernantes que sabían protegerse de los enemigos de adentro también. Yo creo que Martí y Maquiavelo son, vaya, los hombres que yo más respeto.
—Ajá. Bueno, dime, ¿qué pasó después de la famosa zafra?
—No, pues nada, la zafra tuvimos que terminarla. Así que después de todo lo que había pasado, me vi en el campo otra vez con el machete y el traje de gala, que era como le decíamos al uniforme de los presos... así que me veo allí y me digo, «Coño, caballeros, aquí una vez más voy a tener que decir como dijo aquel gran apostolado de la verdad y del valor Antonio Maceo: la libertad se conquista con el filo del machete.» Así que a cortar caña como es. Yo me metía hasta por los campos de pica-pica, y me hinchaba todo, pero es que ya lo que quería era terminar aquello lo más rapido posible. Terminamos el veinte de abril. Así que un día viene un teniente, y me dice, «No, usted se ha portado muy bien. Le podemos suspender los ocho meses que tiene que cumplir y mandarlo para una unidad militar.» «No, conmigo no quiero ningún tipo de benevolencia. Ustedes me condenaron, así que ahora déjenme cumplir mi sentencia» Porque lo que pasaba es que ya llevábamos varios días de tiempo muerto y no había nada que hacer en la granja, así que ahora querían mandar a la gente de vuelta para las unidades. Así que me quedé en la finca y allí hicimos otra zafra más, y luego me dieron la baja. Libre otra vez. Así que fui a buscar a mi novia, que hacía tiempo que no la veía, la fui a buscar a su casa. El padre siempre estuvo de acuerdo, estaba muy impresionado por mi in-

teligencia y con mis ideas. Pero, qué compay, ahí salió la pantera de la casa, la madre de la muchacha. «Qué, ¿que tú va a vivir con el cara-de-criminal ese? ¿Con el negro ese?» Fíjate, hasta me acusaba de negro y todo. «¿Con tantos enamorados que tú tienes y te vas a ir con él? ¿Pero tú estás loca?» Tremenda bronca. Así que yo me fui, pero se lo dije a la vieja antes de irme, «Mire, señora, yo me voy, porque de mejores lugares me han botado y me he ido, pero si su hija me ama, ni usted ni nadie podría impedir nuestra eterna felicidad.» Así que a la jevita la vi al otro día cuando salía de la escuela, y concertamos escaparnos. A la otra noche, nos reunimos donde teníamos acordado y me la llevé para mi casa. Mi mamá, al ver que era una muchacha menor de quince años, empezó con sus cosas, ¿no? «No, mira a ver lo que tú haces, que esa muchacha tiene que seguir yendo a la escuela... tú no vayas a tocarla» Na, que mi mamá tenía sus miedos y sus cosas. Bueno, el padre de mi novia se enteró como a los quince días de donde yo vivía, y vino. El lo que quería era que nos casáramos y yo le dije que o.k., que estaba bien. Nos llevaron a Medicina Legal, para los exámenes de sangre. Así que cayó en estado y nació un muchacho, Eloy González, otro Eloy González. Yo cuando aquello estaba en la casa casi todo el tiempo, porque como había acabado de salir de la cárcel me negaban trabajo en dondequiera. Así que empecé con el mercado negro. Yo adquiría jabones en La Habana, a través de un amigo, los llevaba al campo y se los cambiaba a los guajiros por arroz, frijoles, maíz, la comida que yo no podía comprar en La Habana. Pero todo muy escaso, y siempre con la preocupación de que cualquier día me iban a coger. Bueno, pues resulta que un día me mandan a llamar del Ministerio del Trabajo. «Mire, nosotros le podemos dar la oportunidad de que usted estudie, que vaya a la universidad por las noches, si entra en la recogida de basura» «Bueno, está bien» «Sí, porque tenemos entendido que a usted le interesa estudiar para el magisterio, ¿En historia, no? «Sí, sí señor» «Bueno, si me permite, voy a hacerle una pregunta... usted sabe que hay dos teorías de cómo vino el hombre a la tierra ... una es la científica, que es la socialista, que dice que el hombre desciende del mono, que es la verdad, y la otra es la superstición de las iglesias que dice que el hombre viene de Dios... ¿qué piensa usted?» «Bueno, mire, eso es antropología y no historia, ¿no?» «Sí, es verdad» «Bueno, pues mire, como eso no es historia, la verdad es que no me importa. Para mí que el mono desciende del árbol, y el hombre de una guagua» ¡Ja ja ja ja! El tipo se estaba partiendo de la risa y me dice, «Mire, usted no va a tener problemas estudiando, yo estoy seguro de eso. Así que preséntese en el Departamento de Higiene Urbana». Pues allí fui el día siguiente, por la mañana temprano. Bueno, para qué contarte. Empecé a trabajar allí, en los camiones de la basura. Me dijeron que me iban a pagar ciento cincuenta pesos al mes por recoger basura, y eso en Cuba no es mal sueldo. Coño, compadre.... aquello era... bueno, se trabajaba salvajemente, en una forma infrahumana. Yo voy a explicarte esto, tocayo, porque en Cuba hay latas de basura en todas las calles, todas las calles están llenas de latas de basura. Hay tanques hasta de cincuenta y cinco galones. En el camión, los choferes siempre estaban apurados... eran camiones abiertos. Así que uno se paraba arriba, recibiendo las latas, y otro iba abajo subiendo las latas para que el de arriba las vaciara... una asquerosidad tremenda... una clase de peste que no había quien la soportara... y los hombres dentro del camión tenían que estar encaramados dentro de la basura, con un par de botas de goma altas, aplastándola, para poder llenar bien el camión, porque no tenían suficientes camiones. Así que ya tú sabes como era eso... corriendo al lado del camión, tirando para arriba latas de basura, que la mitad de la mierda te caía en la cara.. si la lata venía repleta, había que gritarle al de arriba «¡Pesa!», porque si no el de arriba, si era un hijo de puta, igual te la soltaba y te podía caer en un pie y romperte los huesos del pie... así que si habían botellas rotas, había que gritar «¡Vidrio!», o si venía un poco mojada con desperdicio de comida, «¡Sancocho!», y vaya, uno gritando esas cosas, y la gente que lo veía a uno, porque es en la calle, la gente en las paradas, esperando las guaguas, y todo el mundo, desde que veía el carro, tapándose la nariz y diciendo, «Coño, cómo esa gente gente puede resistir esa peste»... ése es el trabajo más discriminado que hay en Cuba.... «Los leones».... «El carro de la peste»...así nos decían, «Los leones», por la peste que tienen las jaulas de los leones en el zoológico... «¡Vaya, los leones, aguantan una peste que le ronca los cojones!», y esas cosas... ahí yo tuve tremendo problema en Juan Delgado y Goicuría por eso, y en Juan Bruno Zayas y Avenida de Acosta, por eso mismo... dos o tres muchachas de la secundaria, «¡Vaya, los leones!», y el que estaba arriba del camión les dice «¡Tócame los cojones!», y había un policía parado en la esquina, «¡Oigan, deténganme ese carro ahí!» Bueno, paramos el carro, y tremenda discusión con el guardia... a mi amigo le echaron dos meses en una granja, y a mí por poco también, porque lo que yo tenía era ganas de agarrar una lata y vaciársela en la jeta al singao ese. Pero es que eso era en dondequiera, todo el mundo... «¡Los leones!»... lo que nos hacía falta allí era una ametralladora... otro día esta muchacha, «¡A correr, que ahí viene el carro del perfume!», así que yo me le acerqué y le digo «Ven, acá, mi cielo, ¿por qué ustedes nos llaman los leones? Mira, los leones tienen dos características que ayudan a reconocerlos dentro de otros animales de la selva... se los reconoce o por el rabo, o por la melena, y nosotros estamos rapados, así que ¿por dónde nos reconocen ustedes a nosotros?» Vaya, yo le dije eso, porque nunca me han gustado las obscenidades, las malas palabras... el lenguaje mío, y no es que sea el lenguaje mío, nuestro idioma, es el más rico en palabras en el mundo, chico. ¿Para qué tengo yo que valerme de obscenidades? Otra vez me dijo otra, «Mira, tú no eres el perfume que yo tengo en mi coqueta», y yo le dije, «Y tú no eres la manteca que fríe mi chorizo.» Sí, coño, porque a una, otra. Entonces había un tipo allí de los C.D.R., «No, que eso es una falta de respeto... usted no tenía que haberle dicho eso a la muchacha»... «Bueno, y entonces ¿por qué usted no reconoce lo que ella me dijo a mí? Nosotros somos trabajadores, no nos metemos con nadie...¿por qué nosotros somos tan discriminados aquí en este país? Por donde quiera «Leones», «El carro de la peste», «El perfume», y nos dicen cuarenta mil cosas, «Analfabetos», que todo lo malo de la prisión que no tiene donde trabajar viene para la basura...¿por qué usted no reconoce eso?» Bien, pues salimos por esa calle y cogimos por Mayía Rodríguez. Por Mayía Rodríguez habían tanques de cincuenta y cinco galones que estaban... bueno, la basura estaba botada en el piso. Y me bajo a coger uno de los tanques, y coño, que el mismo tipo del C.D.R. le había dado vuelta a la manzana y está ahí parado. «¡Oiga! Mire que lo estoy mirando... esa basura en el piso hay que recogerla también. ¡Eso todo hay que recogerlo! ¡A ustedes les pagan para eso!» «Espérese un momentico. Nosotros sabemos nuestros deberes. Nosotros sabemos que el estado nos paga para recoger la basura. Usted no tiene que darnos ningunas indicaciones. Así es que lo mejor aquí es, que si usted estaba en su casa, se vaya para su casa otra vez, y no venga aquí a dirigir a nadie, porque si viene a dirigir, me voy, y nadie va a trabajar aquí.» «No, que porque quién es usted...» y saca una pluma, y una libretica que tenía en el bolsillo «No, que déme su nombre» «Qué va, sería muy insensato yo de incurrir en una debilidad, pisotear mi inteligencia, enterrar mi sabiduría, si yo le dijera mi nombre a usted» Entonces él le preguntó al chofer que quién era yo. «No, él se llama Eloy» «Bueno, ahora mismo voy a llamar a la empresa y buscar al Director» «Mande a buscar a quien le salga de las nalgas a usted», «No, y eso también se lo voy a decir» «Dígaselo, si yo lo dije. Y aquí no trabaja nadie hasta que se resuelva este problema» Entonces cogió y llamó al Director, que vino como a la media hora...los otros del camión, «Pero Eloy, tú siempre en las mismas, que tú no cambias...» «No, qué carajo, caballeros, que yo no voy a trabajar con ese hombre dirigiendo aquí, a santo de qué ... yo no cambio, ni quiero cambiar, ni me van a hacer cambiar tampoco». Bueno, que llega el Director. «¿Qué pasó ahora, Eloy?» «Bueno, que yo sepa, nada... el señor acá, estaba quejándose de que hace tres días que nosotros no pasamos por aquí. Usted es el Director de esto. Usted trabaja en este organismo, y sabe las necesidades y las dificultades que tenemos nosotros para trabajar. Nosotros venimos todos los días. Hay veces que el carro no viene y tienen que pagarnos el día porque nosotros no somos los que faltamos, sino que es que no hay transporte, no hay camión.» «No, sí, eso lo reconocemos nosotros, pero ¿qué más ha pasado?» «Más nada» «El dice que usted le ha faltado el respeto» «En ningún momento. El lo que llegó aquí dirigiendo, y usted sabe que nosotros tenemos aquí un jefe de camión que es el que nos dirige. Esto no es un trabajo en que hace falta mucha ciencia... ¿Recoger basura? Eso lo sabe hacer cualquiera. No hace falta dirigir» «Pero, ¿usted no le dijo que buscara a quien le saliera de las nalgas?» «Sí, se lo dije. Es cierto» «Bueno, pues eso es una falta de respeto» «Bueno, yo a veces tengo momentos en que se me divorcia el cerebro de la razón y no sé lo que digo. Y mucho más en estos casos». «Bueno, mire, no sé que le voy a decir... siga trabajando... y procure que esto no pase más» Nada, que fue a hablar con el hombre, y después cogió la moto y se fue. El tipo se me quedó mirando... «No, no me mire con cara de carretera, que yo no soy camión» «Yo te voy a vigilar a ti en ese camión» «¿Ah, sí? Pues mañana pido traslado para otro camión» Y así fue. Me fui para otro camión. No por temor de tener otro encuentro con él, sino porque yo me conozco, y yo sé que ese viejo es un tipo un poco soberbio, y me dije «Si se me atraviesa otra vez en mi camino, yo no voy a discutir con él». En el otro camión las cosas eran peores. El jefe del camión era tremendo chacal. Le gustaba chacalear a los demás. Y nos dijo, «No, ustedes tienen que recoger todos esos papelitos que quedan por fuera, que los perros, cuando bucean las latas, las viran» «No, que va, eso que lo recojan los C.D.R.» «No, que a ellos no les pagan por eso, y a ustedes sí» «Bueno, está bien. Pero a ellos tampoco les pagan por otras cosas y las hacen gratis. Que lo hagan por un favor que le hacen a uno» «Mire, usted sabe que esa basura hay que recogerla, ¿no?» «Bueno, si usted quiere recogerla, usted la recoge. Pero yo no voy a recoger lo que no esté dentro de la lata» «Mira, para que tú sepas, que yo ya tengo conocimiento de ti, y ya me han dicho quien tú eres, yo te conozco bien a ti» «Usted está en tremendo error. Usted dice conocerme porque ve mi rostro. Pero yo me escondo detrás de él. Usted no sabe quien soy yo todavía» «No, déjate de esa filosofía barata conmigo, que yo ahora mismo paro el carro aquí y te llevo para atrás para la empresa» «Mira, me estás llevando ya, porque yo no voy

a recoger esa basura» «Bueno, que me llevó. Casualmente, entrando nosotros, salía el Director. «¿Qué pasó otra vez, Eloy?» «Nada. Pero qué va a pasar. Si conmigo nunca pasa nada» «Bueno, lo de usted ya es mucho en esta empresa» «Mira», yo le dije a él, «sencillamente, que la basura que estaba regada en el suelo, yo no iba a recogerla. Porque aquí la gente es muy cochina. Períodos llenos de sangre y papeles embarrados de excremento, y cuarenta cosas más, y ¿yo voy a tener que recoger eso?» «No, pero a usted le pagan por eso» «Sí, yo sé que es mi trabajo...pero ¿por qué la gente no tiene más escrúpulo de envolverlo en un cartuchito, ponerlo en un nylon, o en un periódico? Porque ellos tienen que considerarnos a nosotros. No gritarnos que somos unos cochinos, que somos unos hediondos, y eso. Cuando nosotros somos realmente, los que les sacamos la suciedad a ellos de sus casas. Ellos no quieren reconocer eso. Porque si no fuera por nosotros los cochinos, ¿cómo vivirían los limpios aquí en Cuba?» ¿Tú no crees que le dije bien?
—Coño, Eloy, ese argumento es casi teológico.
—Bueno, por lo menos lógico, porque el Director no sabía qué decir. Y por fin, «Bueno, mire, le vamos a dar otra oportunidad, pero usted tiene que prometer que va a recoger la basura en cualquier forma y manera que ella estuviera. Usted tiene que hacer ese compromiso» «Mire, eso de mis labios jamás saldrá. Usted sabe que nosotros, sin nada en el estómago, tenemos que recoger esos tanques de cincuenta y cinco galones, y hay personas que les echan escombros, palos, piedras y yerba debajo, y arriba ponen la basura. ¿Quién levanta eso? Usted sabe que aquí no se da merienda, no se da almuerzo, porque nada más que se trabaja cinco horas y media, y yo en mi casa no como todos los días, así que ¿quién, con la barriga vacía, va a levantar un tanque de esos?» «Bueno, aquí los obreros lo hacen» «Sí, ellos lo hacen. Porque ellos tienen ese entusiamo, ¿no? Y a mí, desgraciadamente, en este momento, la naturaleza me ha privado de ese entusiasmo. No lo tengo, no lo poseo» «Pero varios jefes de camión dicen que usted no quiere levantar los tanques muy pesados» «No, no es que no quiero, es que no puedo. Y de no poder a no querer hay un abismo de diferencia. Porque es muy distinto, ¿no?, de que ahora mismo yo tengo cinco pesos, y usted me dice, «Préstame cinco pesos» y yo le digo, «Bueno, yo los tengo y no quiero dárselos», a decir «Los tengo, pero no puedo dárselos». Así que ya usted ve.» «No, usted siempre se basa en muchos argumentos para justificar sus cosas, y las faltas en que usted incurre.» «Porque mis argumentos son ciertos. Como es cierto que usted se regocija en darle órdenes a todo el mundo y que por eso se le conoce el nombre de 'El dictador del diez de octubre'.» Esto también era

verdad, porque nosotros le habíamos puesto ese nombre. Yo sabía que no le iba a gustar que se lo dijera, y a lo mejor no se lo debí haber dicho, pero ya me estaba calentando con su tonito de emperador. «¡Eso es una falta de respeto! ¡Usted es un falto de vergüenza! ¡Quiero que usted sepa que lo voy a dejar trabajar hasta que se tome acción, pero voy a reportarlo al Ministerio del Trabajo! Ahora, regrese a su camión y siga trabajando» «Usted me dice que usted me va a dejar que siga trabajando. Ahora falta que yo desee trabajar. Porque ahora no es que yo no pueda o que no quiera, ahora es que no me da la gana de trabajar. Y es más, me voy para mi casa.» Así que cogí y me fui. Como a los tres días viene esta gente del Ministerio a buscarme. Porque te voy a decir, tocayo, que a trabajadores como yo, había que mandarlos a buscar, porque yo era el incansable. Allí nadie podía seguirme el paso, y por eso los otros no querían trabajar conmigo. Bueno, esta gente tanto que me insistió, que tuve que volver, pero no volví al mismo camión, sino que me asignaron otra ruta. Esta ruta estaba mejor, porque como yo trabajaba ligero, cuando el camión cortaba por una esquina donde había una barra, «Oye, dame un corto de Coronilla ahí, mi socio» Ron, ¿no?, ¡Pa! Y a correr detrás del camión, y pa alante. Para atrás ni para coger impulso. Tirando latas como loco. Ya el tipo del piloto de Avenida de Acosta y Juan Delgado me conocía y me tenía el corto...

—Espera, espera...¿Avenida de Acosta y Juan Delgado? Pero si esa es exactamente la dirección de mi casa, bueno, mi ex-casa en La Habana... ¿un piloto, me dijiste?

—Sí, piloto es como les dicen a los bares en Cuba ahora...¿tú conoces ese bar?

—Pero claro, ese tiene que ser el Bar Victoria, que es viejísimo...

—Sí, es viejo con gusto... así que así le decían antes....

—Sí, tú tienes que haber visto mi casa muchas veces...

—¿Cómo era tu casa?

—Bueno, estaba como elevada...había una escalera de losas que subía al portal...

—Ah, sí, como no, frente por frente del piloto...¿el portal con toldos a los lados?

—Sí, unos toldos amarillos...

—Bueno, quién sabe de qué color serán ahora, porque las casas en Cuba no las cuida nadie... pero tu casa tenía arecas a los lados, ¿verdad? ¿Y el garaje está a a un lado, como con un balconcito encima?

—Sí, exacto, ése era el cuarto de estudio de mi padre.

—Ah, vaya tocayo, ¿tú que edad tenías cuando saliste de Cuba?

—Dieciséis años, apenas cumplidos.

—Ah, coño, pues a lo mejor yo he visto tu casa más veces que tú, porque yo paraba en ese piloto a cada rato.
—Sí, no me sorprendería. ¿Sabes quién vive en la casa ahora?
—No, no conozco a la familia, pero seguro que el tipo está en algo del gobierno, porque es blanco, y tiene carro, y tiene tipo de estar en el gobierno...
—¿Qué tiene que ver que sea blanco?
—Ah, porque tú no encuentras casi ningún negro en las posiciones altas del gobierno en Cuba.... por eso me encojonó tanto cuando la mamá de mi novia me acusó de negro, porque eso demuestra su racismo, y yo no soy racista....porque el que no tiene de moro, tiene de carabalí.
—Ajá. Mira, en otro momento te voy a preguntar más de por allí, porque ése es mi barrio, donde siempre viví...
—¿Ah, sí? Yo también me crié ahí, porque yo vivía en la casa de mi abuela, que estaba en Goicuría... mucha quimbumbia que jugué en el parquecito que estaba al lado del piloto....
—En ese parque yo estaba todas las tardes... muchas veces jugando quimbumbia, porque jugaba bien y los choferes de la piquera se apostaban un medio al juego y me pedían que jugara en su equipo....
—Coño, compadre, la piquera está ahí mismo..¿tú conociste a Carlos?
—¿El chófer? Era el chófer favorito de mi madre. Cuando tenía prisa y no quería esperar la guagua, siempre llamaba a Carlos... tengo entendido que era el más socialista de los choferes ahí, que incluso era miembro del Partido, y que lo habían hecho jefe de la piquera cuando la nacionalización...
—Sí, así mismo es...ya Carlos no maneja, porque está de gerente, así que a cada ratico, cuando puede, se da un salto al piloto y se mete un par de cortos... de ahí lo conozco yo...bien buena gente que es...
—Sí, así es. Otro día tenemos que volver a esto.
—Sí, pero la verdad es que esto no se lo va a creer nadie. Le roncan los cojones. Bueno, mira, en la recogida yo no cambiaba. Siempre estaba teniendo discusiones con los jefes, que me empezaron a llamar «Gusano» y a decirme que me fuera para los Estados Unidos. «Miren, les voy a decir una cosa. En los Estados Unidos, y en muchos países socialistas, la basura no se recoge así. Se recoge, ¿usted sabe cómo? Que se confunde un recogedor de basura con un doctor. Y sin embargo, mire cómo ando yo. ¿Usted cree que a mí me gusta estar así? Todo lleno de sancocho...que si al de arriba se le fue la lata y me embarró de sopa, mira eso...¿qué cosa es eso, chico? Mire a esos hombres que estan ahí arriba...mire eso...hasta la gorra la tienen llena de comida...

las barbas llenas de arroz con pollo...un día tiré una lata que estaba muy podrida por debajo y se desfondó, y me cayó todo en la cara, bueno, huesos, sopa, pedazos de potaje, frituritas, cascos de fruta, boronilla de café, y el de arriba que me dice, «Eloy, ya hoy no tienes que ir de almuerzo, porque tú almorzaste ya, y mejor que casi todos los días» ¿Usted cree que hay derecho a que le digan a uno eso? Por poquito allí mismo tengo un problema. Bueno, yo soportaba todo eso para poder seguir estudiando por las noches. Pero imagínate, con ese trabajo y todas las penas que yo estaba pasando, no podía rememorar nada, así que al ver la imposibilidad mía en el estudio, me dije «no voy a poder seguirlo». Bueno, fui al médico, y el médico me dijo que no, que no pensaba que yo necesitaba fitina, que fue lo que yo le pedí, sino que dejara los estudios por un tiempo. «Usted lo que necesita es un poco de reposo mental, porque usted es un hombre que se esfuerza mucho mentalmente» y me mandó con un psicólogo también. El psicólogo me dijo lo mismo, «Usted necesita reposo mental..y vaya, yo voy a ponerle, como mínimo, tres meses...» «Pero, después de eso, ¿puedo yo seguir estudiando?» «Bueno...no sé, después de eso...a lo mejor, pero paulatinamente... a lo mejor usted puede ir estudiando.... a ver». Bueno, que cuando dejé el estudio, ya no volví más. Así que me dije, «Bueno, ya aquí yo no puedo seguir estudiando, no puedo llegar a lo que yo quiero, bueno, pues de este momento en adelante, rebeldía todo el tiempo» Entonces empecé a dedicarme a la bebida todo el tiempo, y con eso empecé a crearme enemigos. En mi casa ya no me soportaban. Todas las antiguas amistades mías, al verme doblar una esquina, me huían, yo era el rompegrupos, porque siempre estaba hablando mal de todo en las esquinas, y casi siempre estaba borracho, para tolerar el mal de mi vida... y se lo decían a mi mamá, «No, mira, que Eloy está hablando mal de la Revolución en la esquina, mira a ver que tú puedes hacer con él» «¡Ay, por favor, tráiganme a ese muchacho para acá, que mira que yo lo he aconsejado»....«No, oye, que mira, que tu mamá...» Y yo les decía, «No, mi mamá que se vaya pa el carajo también, yo ya no creo en nadie ya, ya yo no creo en nadie...que venga la policía y me lleve preso....» Y yo seguía hablando mal del comunismo...bueno, no del comunismo en sí, sino del régimen que se vive en Cuba, que yo sé positivamente que no es el comunismo... eso de privarle a los tres años a los muchachos las compotas, la leche a los siete años, vaya son cosas que son injustas, y después venderla por un peso en la calle, por la libre...¿por qué?....vaya, ¿por qué? ...la caja de cigarros a uno sesenta, ¿por qué? ...porque es verdad que a usted le pertenecen, cada quince días, dos cajas de cigarros por la cuota, que valen veinte centavos... así que el que no fuma,

se gana un chorro de plata... y los C.D.R. saben perfectamente todo eso... tienen un control absoluto y total. Por eso cuando la gente me decía, «Me cago en Dios», yo les decía, «Mira, no digas me cago en Dios, di me cago en Fidel, porque Fidel es el dios de Cuba», porque yo a Dios no lo conocía, pero a Fidel sí.» ¿Qué en Dios de qué? Yo a Dios no lo conozco, pero me cago en Fidel y me sigo cagando en él, como fue? Porque yo sé que yo tengo mucho talento, mucha inteligencia, pero, como yo les decía, «Yo no voy a ser esclavo de ninguna sociedad, caballeros, y mucho menos de ésta. ¿Qué tú crees, irme a Rusia o a Alemania con el frío ese? ¿Pa qué? ¿Por qué no a la Florida? Porque los cubanos esos que viven en la comunidad dicen que en la Florida hay restaurantes buenísimos, donde uno se sienta y le traen tremenda comida... Entonces me decían que eso era divisionismo ideológico... «¿Coño, compadre, divisionismo ideológico por querer comerme un bistec vuelta y vuelta como los que se comen aquí los de la comunidad? Supongo que si lo acompaño de platanitos fritos eso es revisionismo. Revisionismo el de ustedes, compadre, porque yo no sé si tú sabes, tocayo, pero tú ya no eres gusano, eres miembro de la comunidad cubana en el exilio. Eso pasó porque los cubanos como tú empezaron a venir a Cuba a visitar a sus familias, y como traían divisas, el Perico les cambió el nombre. Pero volviendo al tipo aquel, le dije «Mira, y si ese bistec y esos platanitos me los acompañas con arroz con frijoles y una ensalada de aguacate, llámame contrarrevolucionario si quieres, y vamos a ver quién va a estar más contento, si tú con llamarme contrarrevolucionario, o yo con la barriga llena.» Bueno, por fin un día vino uno de los directores y me dice «Mire, nosotros sabemos que usted está disgustado aquí, que no le gusta su trabajo y ahora todavía menos porque ha dejado de estudiar, y que usted ha estado hablando mal de la Revolución. Mire, se van a abrir unas posiciones en en I.N.I.T. Nosotros podemos recomendarlo para que usted tenga un trabajo mejor y se tranquilice» «Bueno, como usted diga, pero no le garantizo que me voy a tranquilizar». Así que, a los pocos días empecé a trabajar para la I.N.I.T...
—¿Qué es la I.N.I.T.?
—Instituto Nacional de la Industria del Turismo. Yo empecé como ayudante de cocina, en un restaurante. Y la verdad es que empecé con buena intención, para quitarme de arriba a mi mamá y a mi abuela, que siempre me estaban diciendo cosas. Así que empecé bien, y la gente le decía a mi mamá «Oiga, mire que su hijo es trabajador...qué bueno es, qué servicial con todo el mundo». Tremenda admiración conmigo, porque como en todas partes yo trabajaba duro de verdad. Bueno, allí estuve varios meses. Con el tiempo, la I.N.I.T. decidió

abrir unos cursos para prepararte para ser dependiente de una tienda o cantinero. Yo decidí ir por la cantina, porque pensé que era donde podría recoger propinas. Hice el estudio de tres meses y medio, en el Hotel Vedado, y empecé ya a trabajar como cantinero. En un piloto en La Habana vieja que queda en Serrano y Monserrate. Coño, me acuerdo que pasó a los cinco meses exacto. Me acuerdo, porque ese mismo día el encargado del restaurante me lo había recordado por la mañana...«Hoy cumples cinco meses aquí, Eloy» El tipo me llevaba bien, y después de cerrar él y yo siempre nos metíamos los tragos juntos. Bueno, pues ese día, ya tardecito, entra al bar un hombre que venía muy embriagado ya, y me dice que le sirva bebida. Pero me lo dice de una forma...vaya, como si aquí él fuera el jefe...«¡Oye, a mí hay que servirme bebida aquí!»...y después dando golpes en la mesa con el vasito...«No, que ya lo vacié, así que pónme otro» «Espérese un momentico, tengo que atender a los demás. Usted no es el único que está tomando aquí» «No, pero yo soy Fulano» El tipo tenía tatuajes por los dos brazos...de la cárcel...un peligroso, como los catalogan en Cuba...

—¿Cómo sabías que los tatuajes se hicieron en la cárcel?
—Porque eran tatuajes todos mal hechos, como los que te hacen en la cárcel...yo mismo tengo uno en la espalda, que dice «La libertad es la pasión del esclavo»...
—¿La libertad es la pasión del esclavo?
—Sí, o sea, que para el esclavo, la única pasión de su vida, ¡la única pasión de su vida!, la única cosa por la que él vive, es ¡ser libre otra vez!.. esa frase la inventé yo... ¿está buena, no?
—Sí, formidable.
—Bueno, por cosas así era que me decían José Martí. Bueno, pues el tipo allí haciendo mucho alarde de sus tatuajes «Mira, muchacho, que tú no sabes yo soy Fulano..¿y tú no sabes quién es Fulano en la Habana vieja?» Ya no me acuerdo ni que nombre me dijo. «No, mire, yo no sé que usted sea Fulano, pero no me sorprende que tenga nombre, porque todo el mundo tiene nombre, hasta los animales. Yo tenía un perro que se llamaba Tribilín» «Oye, mira, si no me sirves, voy a brincar el mostrador y me sirvo yo» «Bueno, mire, si quiere brinque, y vamos a ver qué pasa» «Entonces un hombre del bar, que parece que lo conocía, viene y me dice, «Mira, no le hagas caso, que él lo que pasa es que está borracho y cuando está borracho se pone así» «Bueno, mire, si está borracho, ¿por qué no le da por coger una guagua y irse para su casa, o meterse con un policía, en vez de meterse conmigo? Porque más borracho que yo, seguro que él no lo es...mire, ¿usted no está viendo que yo trabajo en esto?» «Sí, sí, muchacho, yo reconozco

lo que tú dices, pero mira, sírvele el trago, que yo me lo voy a llevar para allá a beber conmigo, y él no va a discutir contigo más» «Bueno, está bien, porque usted me lo pide». Bueno, le serví, el hombre me pagó, cerré la cuenta, le di sus veinte centavos de vuelta. «No, que yo sabía que tú tenías que servirme. Que no me hubieses servido para que ustedes vieran...«Mire, fíjese bien...usted está tomando porque el señor que usted tiene al lado me pidió que le sirviera y me dijo que usted no iba a seguir con la discusión. Pero si usted sigue, voy a coger una botella y se la voy a romper en la cabeza» «¿Qué? Mira, muchacho, te quedas manco primero» Coño, nada más que me dijo eso, me viré, cogí una banqueta del bar y le metí dos banquetazos en la cabeza. Nos llevaron a la estación de policía. Me quitaron la razón a mí y se la dieron a él. En fin, que no pude volver a ese piloto. Desde entonces ya no volví a trabajar en Cuba. Iba a volver a trabajar en un restaurante en Obispo que se llama «La lluvia de oro», pero nunca llegué a ir. Así que el resto de los meses me dediqué por completo a la bolsa negra con los rusos...
—¿Perdón?
—Sí, con los rusos en Cuba, tú sabes, porque como ellos tienen un tratamiento especial, tienen de todo, y muchas veces venden cosas barato para tener más dinero. Así que yo empecé a negociar con ellos. ¿Tú sabes una cosa? Tengo eso escrito, y te lo puedo dar si lo quieres ver...
—¿Tienes tu contacto con los rusos escrito? Me encantaría verlo.
—Bueno, pues yo te lo traigo mañana.

ELOY GONZÁLEZ NARRA SUS EXCURSIONES AL CAMPO SOVIETICO. TITULO POSIBLE: LA CONEXION RUSA.

«No hay vida posible fuera de la lucha. La vida no se ennoblece si no es por la lucha, y no se inmortaliza si no es por el sacrificio. Lo que les voy a contar a continuación no es una leyenda ni una fábula, son hechos de la vida real, que le ocurrieron a cuatro hombres en la infernal isla de Cuba, sin omisión de ninguno de los nombres que yo mencione.»
«Sin temer el peligro que constantemente los acechaba, no le dieron tregua, ni mucho menos cuartel, a dicho peligro, para continuar sus actividades ilícitas, impulsadas por la dolorosa necesidad de tratar de sobrevivir de tan pésima situación creada por el hambre que atropella hoy a Cuba. Este hecho ocurrió en un reparto llamado «El Electric», en las afueras de la ciudad de La Habana. El mencionado reparto está edificado en construcciones modernas. En él habitan extranjeros, me-

jor dicho, soviéticos. Estos edificios están cercados porque allí residen extranjeros. Quien sobrepase sus verjas, comete un grave delito, ya que está considerado como área de militares, militares soviéticos que dirigen unidades cubanas. El jefe supremo de esta área militar es es un capitán de las Fuerzas Armadas de Cuba, quien tiene a su servicio un sinnúmero de siervos que le rinden culto a su esclavitud, hombres y mujeres que han renunciado al 'Yo', para mezclarse y fundirse en la voluntad de su amo, seres insensiblemente insensibles, carentes de todo sentimiento humano que no sea el de destruir. Los moradores de estas viviendas —los soviéticos—, conocedores de la miseria en que vive sumida el pueblo cubano, se dedican a la venta de productos alimenticios como pescado en lata, carne, arroz, pollo, café, puré de tomate, cigarros, y otros productos de gran necesidad. Ellos los adquieren en un mercado especial, por la libre, a un precio bastante bajo, por ejemplo: un paquete de dos libras de arroz les cuesta sesenta y cinco centavos; ellos lo venden en tres pesos. Dos onzas de café, doce centavos; lo venden en dos pesos, y así sucesivamente. No muchas personas tienen conocimiento de este mercado negro. La razón es razonable, ya que les puede resultar perjudicial a aquellos que se dediquen a frecuentar tal mercado para abastecer al necesitado y a su vez ser abastecido.
«Era el diecinueve de marzo de mil novecientos ochenta. Moría la tarde bajo un cielo gris, intranquilo, ya agotado por el sediento calor del día, como una mar en calma detrás de una tormenta. La gente vagaba de un lugar al otro con el rostro contrariado. Algunos ancianos tomaban, sentados en los portales de sus casas, la brisa de la noche ya acabada de nacer. Los niños jugaban en las aceras y calles haciendo pequeños grupos. Entonaban canciones en memoria de los mártires caídos años atrás por conquistar la libertad. Pero a su vez resaltaba, en su inocencia, la miseria y la pobreza en que su tirano los hacía vivir. Otros niños jugaban al taco y otros a la quimbumbia.»
«Eloy, un joven de mediana estatura, de aspecto gallardo, los ojos relucientes rebosantes de inteligencia, que gozaba en el barrio de buenas y malas reputaciones, pensaba en ese instante, viendo a los niños allí concentrados, 'No hay mayor virtud que la ignorancia. ¿Sería yo tan feliz como esos niños si pudiera contagiarme de su ignorancia?' En eso un amigo le salió a su encuentro. '¿Cómo estás, Eloy?' 'Aquí me ves, huyendo de mí mismo', contestó él, con un tono de voz en que se apreciaba a las claras una gran preocupación, pues a las siete de la noche tenía que verse con Esteban, sujeto que se dedicaba a la compra ilícita de productos alimenticios en complicidad con él. Eran las siete y cinco minutos cuando llegó Esteban. Después

de un cordial saludo, le preguntó a Eloy '¿Has esperado mucho?' 'Por ti esperaría toda una vida', contestó Eloy con tono irónico. Marchaban ambos amigos por la calzada de Menocal, dialogando sobre las necesidades del pobre y del despotismo de que eran víctimas, mientras el cielo tropical, cuajado de estrellas, ahondaba en la negrura; suave, la brisa de la noche acariciaba sus rostros. Al pasar por un local público, Esteban dijo 'Espérate un momento, que tengo que mear' Concluída esta necesidad, continuaron su marcha por la calzada y su conversación. En diez minutos llegaron a la parada de ómnibus, en la cual había una gran conglomeración de personas, que por espacio de una hora permanecían allí en espera de dicho ómnibus. Veinte minutos después de haber llegado a la parada, llegó el tan ansiado ómnibus, que tan pronto se estacionó, fue asaltado por la jauría humana allí concentrada, que se lanzó sobre él con la misma ferocidad y gesto salvaje con que se lanzó Napoleón a conquistar la Europa. Como animales espantados acometieron las dos puertas, no dejando bajarse a aquellas personas que tanto deseaban hacerlo. Las palabras vulgares '¡Cojones, caballeros, no empujen!' podían percibirse por doquier. Así sucedía siempre en cualquier parada de ómnibus en la ciudad de La Habana. Eloy y Esteban ya estaban acostumbrados a esta escena, porque era la misma todos los días, razón por la que no les fue difícil engancharse al ómnibus, colgados de la parte de afuera, que era algo tan común como tomar el ómnibus en esa forma tan desordenadamente y salvajemente civilizada. A las nueve y siete minutos llegaron al término de su viaje y cuando descendieron del ómnibus, se dirigieron a paso rápido hacia el sitio donde esperaban Omar y Rafael. Los dos sujetos mencionados eran hermanos. Omar, un joven de complexión atlética, ojos claros, melena rubia, carácter jovial, poseedor de una risa contagiosa a toda alma que como la de él, amara la mediocridad. Su hermano, algo más delgado y conversador. Era electricista, y con un amor tan desenfrenado por la obediencia, que llegaba hasta el servilismo. Esteban era un muchacho ecuánime, diáfano, sencillo como la sencillez y en ocasiones superior a ella. Era alto y delgado, siempre tenía una sonrisa a flor de labios a pesar de las penas que constantemente lo asaltaban, porque su lugar de residencia se le estaba cayendo encima por la pudrición del techo y las paredes. Eloy había conocido a Omar en ese hacinamiento de esclavos que es una unidad militar en Cuba. La desgracia común los convirtió en buenos amigos. Omar recientemente acababa de salir. Esteban no tuvo que ir, porque padecía de asma. ¡Feliz el que padece de asma en Cuba, si es hombre y está en la edad militar! Omar apenas llevaba un mes de sentirse dueño de sus acciones, y de vez en cuando, a través de sus palabras, se podía apreciar su timidez de la libertad de que era dueño. Hacía preguntas absurdas carentes de toda sensatez. Eloy, quien escuchaba en silencio la conversación de los tres, especialmente la de Omar, pensaba 'Es mil veces más fácil encadenar a un hombre libre que libertar el alma de un esclavo.' Esto a él lo entristecía, pero ¿qué hacer?, si a fondo sabía que de esa pedagogía de esclavos era imposible esperar pensamientos de hombres libres. El no lo era, no se consideraba un esclavo pese al esclavismo en que vivía. Se enorgullecía cuando decía que era un hombre esclavizado, pero no un esclavo, un rehén de la victoria si la juventud de su patria sintiera por la libertad la misma desmesurada pasión que él sentía. Omar todavía no tenía trabajo por el poco tiempo que llevaba desmobilizado de la vida militar. Por fin llegaron al lugar donde, valiéndose de su habilidades, podían penetrar para comerciar. Allí tenían que esperar algún descuido del guardián que vigilaba la entrada, pero el momento siempre llegaba, y ellos hacían esto casi todas las noches. El primero en entrar fue Omar. Acto seguido, al unísono, en su compañía, penetró Eloy, y después los otros. Con más sigilo que el sigilo, como lógicamente requería la situación en que se encontraban, ascendieron al apartamento donde una dama rusa los aguardaba ansiosa. La dama rusa era alta, ni flaca ni gorda, con pelo rubio y ojos azules, bastante quemada por el sol. Omar frecuentemente hacía alusión al posterior de la dama, pero a Eloy le parecía que estaba demasiado aplanada. Ella era la mujer de algún oficial ruso, pero al ruso nunca lo vimos, siempre nos recibía sola. Ella sabía la palabra 'peso', y algunas otras palabras en castellano, pero no entendía muchas otras cosas. Por eso nunca pudimos saber cómo se llamaba. El contacto fue un poco por casualidad. Esteban estaba un día haciendo cola en el mercado, cuando la rusa se le acercó y le preguntó, como pudo, qué quería comprar. Esteban le dijo, y ella le dijo que lo podía ayudar a obtener los productos alimenticios necesarios si venía a su dirección por la noche. Ella también le explicó cómo era más fácil penetrar el reparto. Ahora que empleo el término 'penetrar', recuerdo que Omar y Rafael sospechaban que Esteban tenían más que una relación comercial con la rusa, porque es verdad que algunas veces él iba a verla solo, pero yo no lo creo, porque él se lo hubiera dicho a Eloy. Bueno, hicimos una buena compra. Cuando Omar descendía las escaleras del edificio, lo sorprendieron, y huyó escaleras arriba. Otra soviética le dio asilo a sus pertenencias, pero no al propietario de ellas. Finalmente, el guardia capturó a los cuatro, y fueron conducidos a la oficina del capitán que capitaneaba la base militar, y el interrogatorio comenzó con Rafael: 'Carnet de identidad, por favor' Lo enseñó y surgió esta pregunta '¿A qué se dedica usted?' 'Soy electricista' '¿Qué edad tiene?' 'Veintiséis' '¿Casado?' 'Sí' '¿Cuántos hijos?' 'Uno solo' '¿Sabe usted que ha incurrido en un delito de gravedad?' 'Bueno, yo sólo vine en busca de comida' '¿No sabe usted que esta zona es de extranjeros?' 'Sí, pero no tengo comida en mi casa' Así, sucesivamente, interrogó a los cuatro. Su decisión fue aplastante. Llamar a la policía. En la espera de la llegada de los agentes al servicio del neronismo imperante en la nación, tres de ellos buscaban la forma de evadirse, y estaban más inquietos que la inquietud, desesperados como la desesperación, en un estado más cobarde que la cobardía. Pero esto era lógico, pues nunca antes habían sido acusados de un delito de gravedad, y el miedo ya les hacía verse detrás de las rejas, sin otra esperanza que la de sucumbir. Eloy era por supuesto el más ecuánime. Omar, exteriorizando la cobardía de que estaba apoderado todo su ser, decía 'Déjenos ir, capitán. Le juro que no volveremos. Es la primera vez que venimos aquí' Y pensando en el dinero y la mercancía invertidos que permanecía en poder de los comerciantes-vendedores, Eloy, enojado, le expresó a Omar 'Ensayar desarmar al enemigo por el ruego es mostrarse incapaz de vencerlo por la astucia, Omar. No olvides que comprar el perdón con la debilidad es más vil que merecerlo por desprecio. Al enemigo se le demuestra valor y decisión. Tú bien sabes lo peligrosa que era esta misión. Sólo tenía dos alternativas: cumplirla o sucumbir en el intento. Y hoy, desgraciadamente, la derrota se ha puesto de nuestra parte. Acéptala con la misma alegría con que hubieses aceptado la victoria.' El guardián que nos vigilaba mientras esperaban la llegada de la policía, al oir estas expresiones, comentó '¿Ha estado usted preso?' 'Sí', contestó al momento Eloy, como si ya de antemano esperase la pregunta. '¿Por qué?' 'Problemas militares' '¿Estudias?' 'No, estudié' '¿Esto a usted no lo asusta entonces?' 'Nó, en lo absoluto. Más me asustan otras cosas'. Terminando la frase, se sumergió en un profundo silencio, trasladándose totalmente al pasado. Le dio comienzo a ese pasado sufrido y agonizante que había vivido en la prisión. Recordaba, con alegría heroica, la vida insoportable e infrahumana que existía en ese cementerio de vivos, donde el hombre pierde toda figura humana para convertirse en un animal irracionable, huraño y feroz, donde la maldad es una virtud y la prudencia una debilidad, el pillaje un culto, y el crimen una bandera, la bandera del idiotismo y el culto de la bestialidad. Esas horas sin sol, sin luz, sin tener un ser humano al lado con quien poder conversar, a la expectativa de la muerte que a cada segundo lo acechaba, insultado y humillado por un grupo de explotados a quienes el hábito de la obediencia les había formado la necesidad del mando, y se vengaban así en los demás de su propia servidumbre. Hombres que habían renunciado a la justa gloria de ser libres, y que irreconciliables contra esa gloria, estaban en su contra. Esos días agonizantes, tristes y aburridos, azotado por las desvelaciones y atropellado por el hambre, lleno de piojos y de caspa, lo hacían estremecerse. Se sentía mucho más feliz cuando dejaba pasar por la ventana de su cerebro la idea de la muerte. Veía una multitud rodeando su cadáver, con los ojos húmedos y la voz temblorosa buscando su nombre y maldiciendo su rebeldía. Reía con gran beneplácito pensando en la rebeldía de aquél que nunca pudieron dominar. En ese momento sonó el teléfono. El guardia que los custodiaba fue el que habló. 'Está bien. Esperaremos' No escucharon nada más. La policía llamó para decir que tardarían veinte minutos más. Eloy se entregó de nuevo a sus pensamientos. Recordaba que el día posterior era el cumpleaños de su progenitora, y había quedado con ella en verla esa noche, para llevarle un regalo que el había podido comprarle a través de la dama rusa, una caja completa de Kotex, que en La Habana eran tan difíciles de encontrar como gemas del Oriente. Entonces se le ocurrió una idea. 'Si yo soy conducido a prisión, y han de condenarme, las mismas medidas de severidad deben ser tomadas con quienes me suministraron los productos.' Pidió permiso para hablar con el capitán. Este le concedió el derecho pedido, y ya frente a él le dio rienda suelta a su elocuente expresividad. Al terminar el diálogo, el capitán quedó deslumbrado. No sabía que decisión tomar. Pensaba que cometería un crimen si les otorgara la libertad, pero también en las posibles repercusiones por la falta de seguridad del reparto, que era su exclusiva responsabilidad. Por fin llegó la policía, que se abalanzó sobre los detenidos, dispuestos a aplastarlos o devorarlos. El capitán habló con los agentes por espacio de cinco minutos. Antes de introducirlos en el carro, los registraron a todos, quitándoles los pocos productos alimenticios que habían podido meter en los bolsillos. Eloy pensaba, ya dentro del malévolo automóvil, 'Ahora, Eloy, la vida tuya ha llegado a una de esas confluencias definitivas ante las cuales es necesario deternerse a reflexionar antes de dejar ir la barca a la derivé olas abajo. El destino del hombre depende de la orientación que impone al azar de la existencia. Así que es una de dos cosas: Esteban y yo nos quitamos los cinturones con cautela y se los amarramos al pescuezo a esos dos esbirros en el asiento de alante, o esperamos a ver qué pasa. Considerando que el delito que se nos imputaba no valía la vida de dos hombres, o de tres, porque los policías estaban armados, Eloy adoptó la estrategia de aceptar lo que fuera a pasar, que para él era desconocido, pero el temor a lo desconocido es como el temor al miedo mismo. En la estación de policía les hicieron volver a declarar

otra vez todo lo ocurrido, con la consecuente impaciencia de Eloy, que detesta y deplora repetir las cosas veinte veces. Al final, 'Siéntense ahí' en un banquito arrimado a la pared. Eloy comprendió mucho después que había sido, él y sus amigos, víctima de tortura psicológica. Cinco horas infinitas estuvieron sentados en ese banquito, sin que nadie les dirigiera la palabra. Esto era obviamente para hacerlos sufrir, porque al final de las cinco horas vino un teniente que les dijo 'Miren, como es la primera vez que los cogemos en esto, los vamos a dejar irse. Pero ustedes tienen que prometerme que no van a volver a negociar con los soviéticos' Los amigos de Eloy, débiles, ideológicamente debilitados por las picas y banderillas del marxismo-leninismo, prestamente accedieron a este compromiso. No así Eloy, quien le dijo desafiantemente al símbolo de la despótica autoridad, 'Mire yo no hago promesas nunca. La promesa oral, como contrato, tiene el valor del papel en que no está escrita' Al fin y al cabo, sin embargo, tuvo que prometer, ya que el teniente decía que si no prometían todos, no salía nadie, y los amigos de Eloy lo apremiaban. Así que, porque como dijo el filósofo, París bien vale una misa, Eloy aceptó la humillación de prometer lo improm etible, hallando su único consuelo y regocijo interior en pensar que él prometía de la misma forma que Galileo, que cuando le hicieron decir que la tierra no se movía, por lo bajito dijo 'Pero para mí que se mueve' Efectivamente, esta promesa forzada no fue lo suficiente para evitar que Eloy continuara negociando con los soviéticos, cosa que hizo hasta pocos días antes de abandonar, tal vez para siempre, su adorada e inolvidable Cuba, bella aunque esclava.»
—Bueno, ¿qué, qué te pareció?
—Pues...me parece que lo cuentas todo con lujo de detalles....es indiscutiblemente una narración muy personal. Qué, ¿continuamos con la entrevista?
—Usted manda, tocayo.
—Entonces, ¿ése fue el último incidente que tuviste con la policía en Cuba?
—¿El último? Qué va, compadre. Yo había una época que estaba ahí tres veces por semana, principalmente porque en Cuba hay que llevar un carnet de identidad a todas partes, y yo, esos meses, como estaba ya tan disgustado, me negué a llevarlo más, así que estaba durmiendo más noches en la estación que en mi casa. «Coño, Eloy, ¿tú aquí otra vez?» «Sí, aquí otra vez, pero si ustedes aprendieran a no pedirme el carnet, esto no tendría que ser así. Ustedes me conocen bien, así que yo no veo por qué siempre tienen que pedirme que me identifique. Yo estoy bien identificado ya. Además, Cuba es un país que no tiene fronteras...» «No, pero aquí hay infiltrada gente de la C.I.A.» «Ah,

míreme bien, compadre, ¿yo tengo cara de ser de la C.I.A.? Usted míreme bien...» ¿Tú no crees que le dije bien?
—Completamente de acuerdo contigo.
—Bueno, mira, nada, los últimos días... en Cuba... porque aquí en los Estados Unidos de Norteamérica, a un hombre que combate la tiranía, se le dice que es un héroe, pero en Cuba te dan publicidad de delincuente, un delincuente que quiere vivir del negocio, del negocio personal.... no, allá un héroe es un estúpido, como decimos nosotros, un habla-mierda...uno no podía darse el aquello de decir, «No, yo soy un héroe aquí», porque te decían que estabas comiendo mierda. «Tú lo que quieres es vivir del business», me decía mucha gente. Bueno, entonces llegaron los acontecimientos de la embajada de Perú. Yo no soy como otra gente que vino, porque yo no estaba en la prisión, hacía más de dos años que estaba en la calle. Además, yo tengo un tío en New Jersey. Cuando sucedieron los sucesos de la embajada, abrieron unas estaciones de policía, que eran para todos aquellos que habían estado presos con anterioridad, por robo, por homosexuales, o por drogas, y yo me dije, «Bueno, las causas mías, por las que yo he estado en la cárcel acusado de algo serio, son todas militares, yo no tengo nada común...yo he robado, pero al efecto no he robado, porque no he robado para la Justicia, porque nunca he sido sorprendido... así que no tenía de qué valerme. Me dijeron, «Mira, si el C.D.R. de tu barrio dice que tú eres un elemento anti-social, si te lo ponen en una carta, tienes un chance» Bueno, yo fui al C.D.R. Fui al C.D.R. para pedir esa carta. El C.D.R. me dijo que ellos lo sentían mucho, pero que no podían darme esa carta porque para ellos yo era un muchacho correcto, que ellos no tenían nada contra mí. Entonces fui a la estación de policía y les dije que yo me quería ir de Cuba. Para mí que el capitán se alegró, porque enseguida apuntó mi nombre en una listica que tenía. Mi mamá no estaba de acuerdo con que yo me fuera, por mi hijo, pero ya yo estaba resuelto. Así que a los cinco días me llegó una carta, diciendo que el capitán de la policía me había reportado como anti-social, que yo me reunía con elementos anti-sociales y homosexuales, cosas que eran inciertas, pero ellos me hicieron ese favor, porque para que me dieran el pasaporte para salir del país, la carta tenía que decir eso. También decía que en dos días me presentara con el pasaporte en un lugar que se llama Cuatro Reyes, para esperar la salida del país. Bueno, ese mismo día fui a sacar el pasaporte, y de allí fui a las oficinas de la recogida de basura. Cuando el jefe allí me vio entrar, por poco se desmaya del susto. «Mira, yo no sé qué es lo que tú has venido a buscar aquí, pero si es trabajo, ni lo pienses. Si lo que has venido es a crear problemas, ahora mismo estoy

llamando a la policía» «Mire, se equivoca en las dos cuentas. Mire lo que tengo aquí», le dije, y le enseñé el pasaporte. «Yo lo que he venido es a despedirme, ya que en Cuba no hay campo para un hombre joven si no es el campo de la caña. Así que abur. Fidel, cuando el asalto al Moncada, dijo 'La historia me absolverá', pero yo me voy de aquí, porque si no, a mí la escoria me absorberá. Tenga usted un buen día, y que recojan mucha mierda». Y me fui para mi casa. Mi mamá seguía con sus cosas, que mi abuela se iba a morir si me iba, y veinte cosas más. Bueno, a las cuatro de la mañana me presenté en Cuatro Reyes. Allí me montaron en una guagua y me condujeron al Mariel. Ese mismo día empaté con una lancha y salí para los Estados Unidos. Veníamos setenta y cinco cubanos en la lancha. Estaba una familia de cubanos de la comunidad que habían venido a buscar familiares, pero siempre los obligaban a llevarse a los indeseables, como nos decían, o si no, no podían sacar a los familiares. La lancha no era muy grande, era un bote de mediano tamaño, así que íbamos allí como sardinas en lata. Yo le decía a la gente «Coño, caballeros, vamos aquí como los negros esclavos que los españoles trajeron a América». Y la verdad es que la comparación es buena, porque la mayoría en el bote eran negros. Había una muchachita americana, de lo más bonita, que había venido con la familia cubana, porque era amiga de la hija de la familia, y hablaba un poquito de español, así que yo me puse a hablar con ella, pero al cabo de un rato el papá le dijo a su hija y a la amiga que bajaran para el camarote. Yo creo que tenía miedo de ver tanto hombre en el bote. Como a las siete horas llegamos a Cayo Hueso, un siete de mayo, ya cayendo la tarde. Allí vivíamos en carpas, en carpas grandes de circo. Bueno, a los pocos días nos llevaron para el aeropuerto, y nosotros pensamos que íbamos para Miami. Pero al cabo de hora y media, la gente empezó a alterarse, porque ya era mucho tiempo de vuelo. Por fin nos dijeron que nos calmáramos, que adonde ellos nos llevaran íbamos a estar bien. Cuando llegamos, un oficial puertorriqueño en el aeropuerto nos dijo que estábamos en el estado de Pensilvania, y que íbamos para el fuerte Indian Town Gap. Desde allí yo llamé por teléfono a mi tío en New Jersey, y el habló con los oficiales. Me dijeron que no iba a tener problema, que al llegar el pasaje del avión, me podía ir. Y así fue.
—¿Qué te hizo irte de New Jersey?
—Bueno, yo había conocido a Narciso en Pensilvania. En New Jersey estaba difícil conseguir trabajo, y además el lugar no me gustaba, todo muy sucio, gris, los edificios muy viejos...si no fuera porque aquí la basura la recogen bien, uno pensaría que estaba en La Habana vieja. Así que cuando me habló de aquí, y me dijo cómo era el campo aquí, y

que habían trabajadoras sociales que le buscaban trabajo a uno, le dije a mi tío, «Mira, préstame el dinero del pasaje, y yo te lo voy pagando poco a poco» Que por cierto, todavía no le he pagado nada, porque he estado corto de plata. Pero a mi tío le convino, porque el apartamento de él es muy pequeño, y yo siempre llegaba muy tarde por la noche y los despertaba a él y a mi tía, su mujer. Así que a mudarse otra vez. ¿A ti te gusta aquí? ¿Cuantos años has estado aquí?
—Bueno, sí, supongo que es un buen sitio para trabajar, muy calmado. Hace cuatro años que vine.
—¿Y te piensas quedar aquí?
—Bueno, vamos a ponerlo así, no tengo planes de irme.
—Aquí tú enseñas español, ¿no?
—Sí, cursos de lengua y literatura.
—Sí, a mí también me gusta la literatura, pero me gusta más la historia.
—Bueno, hay quien dice que la historia es otra forma de la literatura.
—Na, pero eso no es verdad, porque la historia es real...es sobre lo que pasa en realidad.
—Sí, Eloy, pero la historia se escribe desde el punto de vista del historiador, y este no siempre relata las cosas como son, sino como él las ve.
—No, pero hay cosas que son evidentes para todo el mundo, que son verdad.
—Bueno, dame un ejemplo.
—Bueno, por ejemplo, Fidel Castro es un hijo de puta, ¿no?... Porque eso está bien claro para cualquiera que sea objetivo.
—Pero no está tan claro para un historiador marxista.
—Bueno, por eso te dije, para cualquiera que sea objetivo, porque un marxista no es objetivo. Si es objetivo no puede ser marxista, y si es marxista no puede ser objetivo.
—Sí, te sigo, pero ese historiador diría que tú eres el que está equivocado, el que no es objetivo.
—Sí, él diría eso, pero eso no es ser objetivo.
—Bueno, Eloy, O.K., creo que en este punto ni tú me vas a convencer a mí ni yo a ti.
—Está bien, pero mira, piénsalo, porque lo que yo te digo es la verdad.
—Lo pensaré.
—Mira, tocayo, me tengo que ir ahorita, pero te iba a pedir un favor. ¿Tú tienes algún libro en español de la historia y de cómo es esta parte del país? Porque yo no sé nada de aquí, y me gusta siempre saber del lugar en que vivo, cómo es, qué hay, cómo fue su historia, cómo es la

gente que vive ahí, y eso. ¿Tú tienes algo?
—No, en español no... tal vez en la biblioteca pueda mirar...
—No, mira, si te es más fácil, me lo puedes escribir...no tiene que ser nada muy largo.
—Bueno, Eloy, la verdad es que no sé...no sé si podría hacerlo...
—Ah, compadre, seguro que tú puedes...yo, que sé algo menos que tú, porque no he estudiado tanto, te pude escribir de los negocios con los rusos en Cuba, ¿no?
—Bueno, mira, porque es verdad que me escribiste eso, tal vez te pueda corresponder con una especie de 'mise-en-scène' como diríamos...
—¿Cómo se come eso?
—Sí, ya, eso en francés quiere decir poner algo o a alguien en la escena, o sea, que te sitúen, que te pongan en tu lugar...
—Sí, sí, eso mismo.
—Bueno...O.K., está bien. No va a ser nada muy largo, pero trataré de complacerte, de escribir algo que sea a tu gusto.
—Bien. Bueno, tocayo, tengo que irme, pero seguro vamos a seguir hablando otro día. Hasta luego, tocayo.
—Hasta luego, tocayo.

III. MISE-EN-SCENE

Los pueblecitos de Moscow y Pullman, aunque en diferentes estados, son casi similares. Separados por una distancia de menos de diez millas —aproximadamente quince kilómetros— su semejanza se manifiesta no sólo en su topografía y ecología, sino también en los tipos humanos que habitan ambas comarcas. Pullman es la sede de la Universidad del estado de Washington, la segunda universidad más grande del estado, con una población estudiantil de unos diecisiete mil. Moscow también ostenta su institución de estudios avanzados, con una población de unos ocho mil, u ocho mil cien. El carácter agrícola de la zona afecta considerablemente ambas instituciones. Las facultades de agricultura —hay una variedad enorme de ramificaciones en los estudios relacionados con la vida campestre: veterinaria, agronomía, zoología, botánica, formas de mejorar su jardín— son las más poderosas en ambos centros docentes, y entre las más productivas en los Estados Unidos. En la universidad de Washington, el profesor Vogel, años atrás, llevó a cabo, con gran éxito, los cruces de trigo que resultaron en la variedad del llamado trigo enano, cuya ventaja es su gran rendimiento. En al menos dos variedades de trigo, el tricticum aestivum y el tricticum durum, Washington se ufana de tener el mayor rendimiento de los Estados Unidos. Esto tiene en parte su explicación natural. En la Edad del Hielo, la glaciación cubrió la zona por espacio de 20,000 años, sellando la abundante ceniza volcánica que es responsable por las colinas en que vivimos, un tanto molestas en el invierno, pero capaces de una productividad cuantiosa.

La fertilidad de la comarca es algo más de lo que puede verse, palparse, gustarse, en las ondulantes colinas verdes: es casi un intangible, algo que flota en el aire, un aliento de vida. Quizá por ello el primer poblador de la zona, Asbury Lieuallen, la denominó «Hog Heaven», en español «El cielo de los puercos», para indicar su felicidad estática con su nueva residencia. La oficina de correos de que Lieuallen se haría cargo en mil ochocientos setenta y cinco —la fecha revela cuán breve ha sido el tiempo que el hombre blanco ha hollado estos lares— recibió el nombre de «Paradise Post Office». Nada, que nuestro amigo Asbury tiene que haberse sentido en el quinto cielo. Uno de los lugares más hermosos del imponente «Noroeste del Pacífico», que es la expresión favorita de los nativos y los comentaristas del clima en las estaciones de televisión para referirse a estos estados, es la «Skyline Drive», que sería algo como «Calzada o Paseo por la línea del horizonte,» o «por dónde las montañas se reflejan contra el cielo.» Pero mucho antes de la llegada de los colonos, los indios de la tribu Nez Perce se inspiraban en la grandeza de las alturas para elevar los ojos a su Creador. Descendiendo de la austeridad de las elevaciones a las muelles colinas suaves, se percibe gradualmente que la región se torna en una verdadera cornucopia, pues aunque predomina el trigo, se da una gran cantidad de otras plantas y vegetales, cultivados o silvestres. Washington, el estado cuya divisa es un honor al pino, posee, en compañía de Oregón, los que tal vez sean los mejores del mundo, sobre todo en las especies llamadas Pino Ponderosa y Pino Oregón. Hay también una gran cantidad de cedros y otros árboles explotables. Si no en calidad, en cantidad, los bosques de pino blanco de Idaho no tienen rival en el mundo. La industria de madera, aprovechando los anchos ríos, es la segunda industria del estado y una de las más activas en el mundo. El Columbia, el Snake, el Salmon —como indica su nombre, una panacea para pescadores— además de navegables, son un placer a la vista, ensortijando las cumbres con sus aguas frías y claras. La vista de la puesta del sol en uno de estos parajes donde el río encuentra a la montaña es de una majestuosidad y una belleza indescriptibles. El turista que tiene la suerte de acampar en uno de estos sitios, invariablemente experimenta una sensación doble de pequeñez ante lo incommensurable del paisaje, y a la vez una especie de frescura interior, como si el aire frío de la cima cubierta de nieve tuviese la propiedad de purgarlo, de absolverlo. Tres días en las montañas son una cura infalible para el ciudadano infectado de males oficinales, financieros o maritales. Descendiendo de las montañas otra vez —será difícil no volver a ellas— la agricultura es la industria principal de Idaho desde mil ochecientos noventa, cuando decayeron las minas. Quien dice Idaho, naturalmente, dice una papa. Si son las mejores del mundo o no, tiene poca importancia. Las papas de Idaho, como dicen los Idahonians, han situado a Idaho en el mapa. (En el mapa por la papa.) Por supuesto, es el mayor productor de papas en los Estados Unidos, y hay quien no cambiaría una papa de Idaho por una naranja de la Florida. Pero además, el suelo generoso produce cantidades de remolachas, guisantes, frijol blanco, manzanas, melocotones, peras, ciruelas y cerezas. El alto número de braceros mexicanos en estos estados tan alejados de su país es evidencia de la abundancia de las cosechas. La lenteja, la arveja, la zarzamora, se dan con una facilidad pasmosa. Es notable, en las colinas como en las montañas, la forma en que cardos y flores silvestres de todo tipo —el girasol asoma a cada paso— forman diseños que parecen creados por la mano del hombre. En la primavera, los prados y las colinas se cubren de un manto multicolor. Las rosas silvestres a veces parecen nacer de la roca misma, y su fragancia tiene el encanto de lo indomado, lo espontáneo, lo libre. Además, Moscow es «la capital de lentejas y arvejas del mundo.» Del noventa y tres al noventa y cinco por ciento de la producción de arvejas de los Estados Unidos se produce en esta zona, y el cien por ciento de la producción de lentejas. Gracias a Moscow, nadie más en los E.U. tiene que preocuparse por las lentejas.

La fauna es tan rica como la flora, y no tiene rival en ningún otro estado. Los valles y montañas de la Cordillera Lemhi alojan una de las más grandes manadas de antílopes en el país. El carnero abunda a través de todo el río Salmon, y en las montañas de Owyhee, donde también se encuentra el poderoso alce norteño. Frecuentemente, en las autopistas de Idaho, el motorista ve señales de tráfico en que está dibujado un venado, que en cualquier momento, con rapidez olímpica, puede cruzársele enfrente. Las cumbres de las Rocky Mountains son el albergue del chivo montañés, el oso negro, el jaguar americano, el gato montés y el coyote. Entre los animales de piel valiosa se encuentran el castor, la marta, la nutria, el visón, el zorro, la almizcera y la marta del Canadá. Abundan también el conejo, la ardilla y la ardilla listada, animal raro y gracioso. El olor de la mofeta muerta inmediatamente revela su presencia. Entre las aves más preciadas merece la pena mencionar la paloma, la perdiz, la perdiz blanca, la codorniz y el faisán. Existe, además, una especie de golondrina que emigra a Chile y Argentina en el otoño, el pato salvaje, el búho, la urraca, el cuervo, el ganso, el urogallo y el hermoso petirrojo. La región es, en fin, un sueño hecho realidad para cualquier buen cazador. De venir a Idaho, no olviden sus escopetas.

Penetremos ahora en la historia de la región. Los nativos americanos, que es como se le llama ahora a los indios, han residido en el estado por más de diez mil años, tal vez mucho más. Habían cinco tribus claramente diferentes: los Kutenai, Coeur d'Alene y Nez Perce (cuyo nombre significa «Nariz horadada») en el norte, y los Paiute y Shoshoni en el sur. El nombre de «Coeur d'Alene» se explica porque muchos de los cazadores de pieles venían del Canadá, y por bromear con los indios les pusieron el nombre, que significa «Corazón puntiagudo». Estos indios eran hombres fuertes, dignos, honrados, que negociaban honestamente con los cazadores de pieles. Por eso todavía parece una lástima que hubiera que ponerlos en las reservaciones. De hecho, las tres batallas contra indios ocurrieron porque a los indios no les gustaba la idea de vivir en reservaciones, aunque éstas estaban en Idaho. La mayor guerra tuvo lugar en mil ochocientos setenta y siete, cuando el jefe de los Nez Perce, el Jefe Joseph, condujo su tribu de Idaho a Montana. El año siguiente vio la contienda contra los Bannocks, bajo su jefe Cuerno de Búfalo. La última paliza a los indios fue en la llamada «Guerra contra los Devoradores de Ovejas», en mil ochocientos setenta y nueve. Concluidas las guerras, habían muchos menos indios que al principio.

De los cazadores de pieles puede y debe decirse que jugaron un papel de importancia en la historia de Idaho. Estos hombres conocían la región como la palma de su mano, que debe haber sido una palma seca y callosa por el fuerte bregar. La festividad más alegre del año ocurría cuando los cazadores, indios y tenderos se reunían para intercambiar pieles por mercancías y munición. Los encuentros ocurrían principalmente en el «Hueco de Pierre», en el «Lago del Oso» y el valle Cache. Después del intercambio de pieles y productos, se declaraba una gran fiesta, que duraba una semana, desafortunadamente interrumpida en ocasiones por las peleas a cuchillo que el alcohol hacía inevitables, incluso entre estos hombres curtidos por la intemperie. El cuchillo que empleaban era el famoso cuchillo Bowie, que mide unas diez pulgadas de hoja. Una puñalada con un arma así, estudios recientes indican, representaba la salvación de aproximadamente seiscientos conejos, mil setenta y dos faisanes, y más de quince osos. No se ha verificado nada con respecto a truchas o salmones. Uno de los cazadores más famosos, gerente de la compañía Northwest Bay de Idaho, Donald MacKenzie, hombre agreste y decidido si los hay, con una reputación de habilidad para la caza y valentía inigualables, por sí solo aniquiló setenta y cinco mil castores. Otro nombre que recuerda la historia entre los cazadores es el del formidable Jim Bridger, apodado «El jefe de las Frazadas». Mientras acampaba en el río Bear, alguien le hizo la apuesta de que no podría encontrar la desembocadura del río. No se sabe a ciencia cierta en qué estado se encontraba el jefe, pero lo cierto es que emprendió la jornada con entusiasmo. Como recompensa, descubrió el lago Great Salt. Habiendo descubierto el lago, Jim Bridger regresó al campamento por el mismo camino en que había venido. Estos son solamente dos casos que damos como ejemplos, pero la historia de los cazadores de pieles está repleta de similares anécdotas de audacia, astucia y valor.

Quizá los dos nombres más importantes en la historia de Idaho sean los de los exploradores Lewis y Clark. Subsiguientemente a la compra del territorio de Louisiana, el presidente Thomas Jefferson autorizó la expedición de estos intrépidos viajeros, para reclamar para los Estados Unidos las tierras al oeste de las montañas Rocky. Está claro, y demostrado por la historia de México, que a los Estados Unidos siempre le ha interesado reclamar tierras. Vituallas vitales a la empresa, principalmente mercancías para comerciar con los indios, incluían abalorios, anzuelos, espejitos, medallas con la efigie del presidente en imitación de oro, y cuatro mil seiscientas agujas de coser. El costo total de la expedición fue dos mil quinientos dólares, lo cual no fue, de manera alguna, una mala inversión, si se piensa en la extensión de las tierras reclamadas. Mientras invernaban en North Dakota con los indios de la tribu Manda, Lewis y Clark conocieron a Sacajawea y su esposo francés, Charbonneau, que acordaron ser sus intérpretes en la expedición. Sacajawea era de la tribu Shoshoni, pero de niña había sido secuestrada y vendida a los Mandans. O sea, que era bilingüe. Charbonneau también era, por lo menos, bilingüe. En agosto de mil ochocientos cinco, Lewis y Clark cruzaron las montañas que hoy separan a Montana de Idaho, y cerca del pueblo que hoy conocemos por el nombre de Salmon, hicieron contacto con los indios Shoshoni. Allí cambiaron sus abalorios, espejitos, etc., por caballos y comida, y después de considerar la ruta del río Salmon y la del río Snake, finalmente se dirigieron hacia el norte, más bien por inspiración que por otra cosa, logrando cruzar los Bitterroots en compañía del guía indio que habían obtenido en cambio por las medallitas con la efigie del presidente, el simpático Shoshoni que Lewis y Clark llamaban Old Toby, tal vez recordando alguna mascota dejada atrás. Por fin, la expedición tomó rumbo oeste y cruzó la senda de Lolo, tierra agreste si la hay, con la inconveniencia añadida de las tempranas nieves del invierno y la poca caza. Donald MacKenzie de seguro le hubiera venido bien a Lewis y su amigo Clark. Finalmente, hambrientos y cansados, llegaron al valle Clearwater, nombre hermoso que significa «Aguas claras», donde hicieron contacto con el jefe de la tribu Nez Perce, Pelo Enroscado. Los indios resultaron ser seres pacíficos y amigables, dispuestos a dar albergue a los recién llegados. A expensas de repetirnos, conviene declarar una vez más que es una pena que a los indios no les hubiera gustado la idea de las reservaciones, porque la historia demuestra que eran personas afables, aunque no siempre fueran buenos negociantes. En el Campamento Canoe, Lewis y Clark lograron que los indios les construyeran cinco canoas hondas, en las que escondieron los víveres que les quedaban del viaje, más los víveres que pudieron tomar prestados de los Shoshoni. A continuación, dejaron los caballos necesarios para emprender el viaje de retorno a cargo de los indios, en intercambio por una buena porción de las agujas de coser, y acometieron la tarea de continuar hacia el oeste por vía fluvial. De esta forma los exploradores llegaron a dar nombre, nombre que se mantiene en el presente día, a los pueblos que se llaman Lewiston y Clarkston, denominación original por su musicalidad. Para más honrar su nombre, en el presente día, la Autopista Doce, a través de todo el norte de Idaho, traza la ruta de la expedición que Lewis y Clark llevaron a cabo entre mil ochocientos cinco y mil ochocientos seis, y lleva el nombre de «Autopista de Lewis y Clark». Idaho se sumó a la unión de estados de los Estados Unidos en mil ochocientos noventa. Desde ese momento hasta el presente día, desde la perspectiva histórica, en realidad no ha ocurrido nada que merezca la pena señalar. Quizá el último suceso de cierta importancia haya sido la apertura de la Universidad de Idaho en mil ochocientos noventa y dos, con una matrícula de cuarenta estudiantes.

Todo lo cual nos apartará, quizá para siempre, de las implicaciones históricas que la *Gaylussalia* o la trucha, el róbalo y nuestro buen amigo, «El hombre de las nieves», denominado por los nativos «Big Foot» —Pie Grande, o tal vez Huella Grande— puedan implicar en la historia del mundo. Con relación al antedicho animal, si así puede denominársele —tal vez sea monstruo prehistórico, lo cual no sería una sopresa en el estado de Idaho, o simplemente un agricultor que sorprende al mundo con su humor inmitigado y problemas comprando botas— el hecho es que conocemos, personalmente, a varios cazadores, hombres que constituyen la versión contemporánea de los cazadores de castores, que aseguran haberlo visto repetidamente, aunque las descripciones varíen un tanto. La cosa —animal, hombre, o lo que produzca el estado de Idaho, que como hemos indicado anteriormente, es enormemente fértil— es por lo visto un ser analfabeto, que se expresa en enormes alaridos, tan enormes como su persona, que excede diez pies de estatura, no se rasura, no tiene conocimiento del desodorante, y cuyo concepto de la modestidad personal deja mucho que desear, ya que anda en cueros. Por otra parte, su individualismo, una de las características que enorgullecen a la región, se demuestra en el siguiente episodio: cuando la explosión del volcán denominado 'Mount St. Helens' (ese día regresábamos de la infructífera búsqueda de un automóvil de tercera mano en la hermosa ciudad de Spokane en el estado de Washington) el famoso ciudadano Harry Truman simplemente se negó a aceptar ser evacuado, aunque las autoridades mucho le rogaron, apoyándose en las poderosas razones que ameritan su mención en esta historia, a saber: en primer lugar, no le daba la gana. En segundo lugar, no tenía a dónde ir en caso de que la montaña explotara. En tercer lugar, la persona que había pronosticado la explosión era un profesor, profesión que a Harry siempre le había parecido el límite de la inactividad. En cuarto lugar, porque tenía tres galones de whiskey que él mismo había enterrado en algún lugar en la montaña, y que no iba a abandonar por las predicciones de un académico miope. Que no se supiera más de Harry después de la explosión que arrasó bosques, aplanó no sólo colinas, sino verdaderas montañas, inundó por igual lagos, ríos, ciudades y pueblos de ceniza volcánica, y a la vez produjo inmensa fertilidad en los campos, fue motivo de inmensa tristeza, tanto por la consideración hacia el individuo como por la popular aceptación de sus motivos, los motivos de Harry, que han inducido a sinnúmero de ávidos exploradores a encontrar los tres galones que constituían su tesoro.

Habiendo penetrado en la historia de tan núbil estado hasta este punto, conviene retrotraernos al momento. Discutamos, ya que así el lector lo pide, la presente situación demográfica del susodicho estado de la unión. En las personas que habitan los estados de Washington, Idaho y Oregón, puede encontrarse mucho de todo, ya que hay bastantes personas. En Idaho, que es lo que principalmente nos interesa, mucho menos, obviamente, porque hay menos personas. Es importante notar que la extensión de Cuba, o sea, su área en millas cuadradas, es de cuarenta y dos mil ochocientos veintisiete, y su población, según el estimado de mil novecientos setenta y cinco, alrededor de nueve millones, doscientos sesenta y cinco mil, novecientos. En contraste, Idaho tiene una extensión de ochenta y tres mil quinientas cincuenta y siete millas cuadradas y una población, de acuerdo al censo de mil novecientos setenta, de setecientas doce mil quinientas sesenta y siete personas. En mil novecientos ochenta, dado el atractivo de la región, la fertilidad de los campos y la riqueza vacuna — de hecho, un profesor de la universidad me preguntó, en sorna, recientemente: «¿Sabes qué tienen en común la zona de Pullman-Moscow con la India? Que en ambos lugares las vacas son sagradas»— la población probablemente sea de setecientas quince mil cuatro personas. Como decíamos, no hay mucha diversidad en la comarca. La minoría racial más abundante, probablemente en las dos universidades, es la de estudiantes de varios países del Oriente, tratando de aprender la forma de alimentar a sus pueblos. Estos orientales son seres simpáticos, callados, practicantes de su proverbial cortesía, odiados por los estudiantes norteamericanos en las clases de ciencias porque siempre obtienen mejores notas que ellos. Frecuentemente, después de terminar los estudios, regresan al Japón, construyen automóviles excelentes, los venden en los Estados Unidos, y producen la bancarrota de algunas compañías obsoletas, tal vez vengándose de los años de ostracismo que sufrieron como estudiantes. En Detroit, existe el lema «El desempleo: hecho en el Japón». Pero lo cierto es que en sus años de estudios, se dedican a ellos y no se meten con nadie. No sólo por esta actitud de los orientales, sino por la composición racial en general, la comarca casi hace irrelevante el concepto de la miscibilidad. La población de origen mexicano en la universidad es bastante escasa. De la minoría negra, puede decirse que brilla por su ausencia, con la consabida excepción de los equipos atléticos, muy predominantemente el baloncesto —que en Cuba conocíamos como báhquebol—, deporte merced al cual reciben becas, préstamos, y otros privilegios conmensurables con la altura del jugador. Y no hablemos de altura. Vemos por la descripción del comercio con los soviéticos que el narrador de dicho texto se considera de mediana estatura. Tal vez —o mejor dicho, sin duda— esto sea cierto en la endemoniada pero paradisíaca isla de que nos habla, pero ciertamente ésa no es la percepción que los habitantes de la zona, y casi podría decirse del país, tendrían de su persona. Mencionamos esto al paso, porque aunque seguramente estaríamos de acuerdo con el narrador en que el verdadero valor del hombre, su grandeza, se mide por el corazón que lleva en el pecho, y no por su aparente dimensión vertical, mucho de lo que constituye el adaptarse a otras culturas es aceptar las diferentes percepciones que puedan reducirnos a la marginación. Pero regresando al tema de la miscibilidad, el mayor impedimento a su ocurrencia radica en el hecho de que los habitantes de estos lares no tienen mayor interés en integrarse a las minorías. Son éstos descendientes de ingleses, irlandeses, alemanes, escandinavos, de los pueblos eslávicos, de creyentes en la religión judaica, incluso de alguno que otro italiano. Ergo, la piel blanca prepondera, los ojos claros, serenos, que no siempre miran sin ira, darían motivo a más de un madrigal, y no es difícil encontrar no digamos ya cabelleras de oro, sino, en mayor compatibilidad con la región, color de mantequilla.

Todo lo cual crea un ambiente que cualquier observador independiente tildaría, al menos, de conservador. Tal vez el término «conservador» tenga un significado algo diferente para nuestro lector. Un «conservador», en este país, no es una persona que corta peras, melocotones, etc., y las pone en conserva, sino un pensador, mejor dicho, un político, de la derecha. Vale la pena mencionar que los grados que distinguen la izquierda de la derecha en los Estados Unidos, desde nuestra humilde entrada en el país del que nos consideramos ciudadanos, en el terreno político, son tan tenues, que para un lector objetivo de la revista *Time,* resultan imperceptibles. La única izquierda que merece la pena observarse en el presente estado de la unión es la de Sugar Ray Leonard, o tal vez la de alguno que otro lanzador (pitcher) de la Liga Nacional. Hay la derecha. Se puede ser izquierdista de la derecha —con poco éxito en estos días— o derechista de la derecha. Pero cómase con la izquierda o con la derecha, el queso llamado «Queso Cougar» es francamente formidable y debe ser comido antes de que otra vez empecemos a cantar «No hay queso ya, ni mucho menos una lasca de jamón...etc».

Pero algo merece ser advertido. Si bien la región en general es cuáquera, mormona, fundamentalista, inmune a la vida, aunque no a la vida vegetativa, la universidad (podemos afirmar que los llamados «Pueblos universitarios» en los Estados Unidos son todos exactamente iguales sin ninguna exageración) altera modestamente la atmósfera con sus experimentos intelectuales. Ejemplaricemos: se rumora, y no nos concierne la verosimilitud del dato, ya que sea o no verdad, bien podría serlo, que la ciudad de Colfax, a pocas millas de la Universidad del altiplano Estado de Washington —el estado recibió su nombre en honor a un hombre que probablemente no lo hubiera visitado en su vida, incluso, si la Delta le hubiera regalado el pasaje— fue el centro y la sede de la organización llamada «John Birch Society», club ultra-derechista si los hay. De no vivir tan cerca del mencionado lugar, de seguro entraríamos en disquisiciones acerca de la filosofía peculiar de dicha organización. Si no lo hacemos, es por temor a ser expulsados de la comarca con un letrero en la espalda anunciándonos como comunistas irredimibles. Lo cual sería bastante peregrino. Pero por decir algo, mencionaremos que si un observador —otra vez, objetivo— visitara el bar en la ciudad de Pullman denominado «The Depot», encontraría un grupo de ciudadanos fácilmente identificables como miembros de la Sociedad. Los identifica su edad, corte de pelo —lo más corto posible— y vestimenta. Vestimenta de caballeros: el llamado «leisure suit», hecho de «polyester», preferiblemente en los colores verde-trigo, amarillo-pollito o pardo-caca de vaca, botas de vaquero, gastadas, con sombrero de vaquero igualmente gastado por las incertidumbres del terreno, camisa del Oeste (así la llaman), y un cordón un tanto más ancho y largo que el cordón que normalmente se usa para atar los zapatos, atado por una piedra preciosa del desierto, en torno al cuello. La indumenta total se puede obtener en la tienda *Sears* por un precio razonable. Si verdaderamente se quiere ser auténtico, hay que indulgir en calzoncillos largos. Vestimenta femenina: vestido o «leisure suit» de «polyester», zapatos blancos con manchas oscuras de tacón alto, medias de «nylon» con leves aperturas, y un tanto flotantes, aretes largos de plata falsa con innumerables imitaciones de frutas, un collar de cosas que se parecen a perlas, muchísimo maquillaje y, sobre todo, pintura labial que forma una boca.

Todo lo cual crea un marcado contraste con la población estudiantil, que prácticamente vive en uniforme, cosa aparente a primera vista. El artículo fundamental del uniforme, el que no admite sustitución, es el llamado pantalón de vaquero, que en Puerto Rico se llama «Mahones» y en La Habana, por supuesto, «Pitusa». Esta pieza, como dijimos, es insustituible, y un estudiante preferiría la muerte a ser visto por sus pares usando cualquier otros pares. Lo demás, admite variaciones. La camisa puede ser una sudadera, preferiblemente sudada, o una camisa de franela a cuadros, que no tiene que estar siempre sudada. Los zapatos pueden ser de tenis o botas de vaquero. Nadie debe separarse mucho de estos cánones sartoriales, so pena de ser tildado de «extraño». La mera idea de pantalones negros y camisa blanca hace pensar inmediatamente en algún país oriental, espejuelos, física nuclear y hacer la cama.

Respecto a los profesores —y entiéndase que esta disquisición sobre los hábitos de indumentaria se hace para que nuestro lector, con su acostumbrada ligereza mental, pueda saber inmediatamente con quién está tratando— la situación es otra. Los profesores de promociones tempranas ostentan su venerabilidad en sus blancas canas o bien moldeadas calvas, y normalmente van de cuello y corbata, chaqueta, y pantalones que les quedan muy cortos. Las medias frecuentemente caen sobre los zapatos. Estos servidores del antignorantismo normalmente son casados, dueños de sus casas, de las que sus dos hijos se han largado hace años, hombres pacíficos que por las noches se dedican a fumar la pipa y acariciar sus perros. Los profesores de las promociones más recientes viven en apartamentos donde no admiten animales o niños, también fuman en pipas, o cigarrillos enrollados por ellos mismos, no se sabe a ciencia cierta si son casados o no, y su vestimenta consiste en pantalones de vaquero, sudadera o camisa de franela, y botas de vaquero o zapatos de tenis.

Tenemos, entonces, una situación bastante clara. La comarca es, básicamente, un bastión de valores tradicionales. La actitud conservadora predomina. Pero aún así, una universidad es una universidad, cosa que es históricamente cierta. Esto quiere decir que siempre va a haber un grupo de discrepantes, o si se quiere, sediciosos. Estos son los llamados liberales. No confunda el lector esta palabra con lo que, por ejemplo, Cervantes, llamaba «liberalidad». La liberalidad de los liberales que hemos conocido hasta ahora se practica con todo menos con los bolsillos. Así que no es la misma cosa. La actitud liberal tiende a regirse por un principio básico: oponerse en todo a los conservadores. O sea, que si los unos llevan el pelo corto y grasiento, los otros lo llevarán largo y grasiento; a los placeres de la ginebra oponen la mariguana; al armamentismo nuclear, el pacifismo nuclear, siempre que no haya peligro; al racismo, el anti-racismo o su apariencia; a la familia y el matrimonio, el amor libre (de gastos), elaboradamente anti-reproductivo, etc., etc.

Pero, por ponerlo en pocas palabras, la mayor distinción que hemos podido apreciar entre conservadores y liberales es que el conservador quiere que los pobres y las minorías (casi sinónimos) trabajen para él en su fábrica, y cobrarles lo más posible por el producto que ellos fabrican, y el liberal quiere proteger a esos pobres y minorías, trabajar para ellos, y cobrarle lo más posible al gobierno federal por su labor compasiva. ¿Pero, hay una verdadera discrepancia, un antagonismo real entre liberales y conservadores? Bueno, al nivel de la campaña política, es cierto que se odian cordialmente, más por cuestión de los egos involucrados que por ideología. También es cierto, e históricamente legítimo y apropiado, que los liberales no van a las fiestas de los conservadores y viceversa. Pero en el fondo, no llega nunca la sangre al río. Todos se quejan por igual del invierno, del verano, y los impuestos. Nadie le regala un pollo frito a nadie. Los comerciantes liberales no les pagan más a sus empleados que los conservadores. Los conservadores no van más veces a la iglesia por semana que los liberales, y se duermen en los sermones aburridos con igual o mayor prontitud. Véase, por ejemplo, un partido de cualquier deporte. Allí todos juntos cantan el himno nacional y aplauden la bandera, demostración palpable de unidad nacional. En Moscow, concretamente, no habiendo verdaderos pobres o minorías que merezcan la pena, la rivalidad entre conservadores y liberales se reduce en última instancia a debates que se caracterizan por su aburrimiento.

Concluyamos. El lector ha llegado, por suerte y gracia, a una comarca ideal para el estudio, la meditación y la abstinencia. Aquí, si se quiere, se puede aprender inglés, como demuestran los estudiantes asiáticos. La vida es un discurrir tranquilo, sosegado, sin problemas de tráfico, contaminación, prostitución, crimen de cualquier tipo, o tensión nerviosa. Hay quien deja las llaves en el carro, e incluso quien deja la puerta de su casa abierta toda la noche, sin temor a que le roben. Al lector le vendrá muy bien este Bálsamo de Fierabrás para la fiereza que le puede haber causado el ser comparado al felino que es rey de la selva. Calma, paz y tranquilidad son la orden del día. No olvidemos que tranquilidad viene de tranca. Habiendo, en nuestra humilde opinión, ubicado lo suficientemente al señor lector, nuestro tocayo, concluímos esta breve historia pensando que hemos cumplido con un deber.

IV. DIARIO DE LAS PERIPECIAS DE (ENTRE OTROS) JULIO Y NARCISO EN MOSCOW, NARRADO (EN PARTE) POR LAS MALAS LENGUAS.

«High life in remote and sinful Moscow, Id.»
V. Nabokov, *Ada or Ardor*

20 de junio, 1980

Ayer me llamó Abe (en un tiempo fue Abrahán o Abrahám, quién sabe, ahora se pronuncia «Eib») para decirme que había llegado el primer marielito a Moscow, que lo iba a traer por la oficina hoy temprano. Así fue, y así conocí a Julio. Lo que el individuo me contó es lo siguiente: según dice, no estaba en la cárcel; fue uno de los de la embajada del Perú. Sus motivos para salir de Cuba son lo que podría llamarse «digeribles». O sea, que el muchacho estaba en una dieta de hambre permanente. No sólo hambre de comida, sino de todo lo demás también: zapatos, ropa, vivienda, etc. Al cabo del rato, cuando entramos en confianza, me intimó que la falta de vitaminas en la poca comida ordinaria podía afectar la actividad sexual de los hombres jóvenes en Cuba. Dice saber esto de primera mano, que varias mujeres se lo habían contado. Julio decidió que esto no le iba a pasar a él, y por lo tanto cuando oyó de la gente refugiándose en la embajada, no perdió tiempo y fue uno de los primeros. Entró, incluso, al edificio, cosa que la mayoría de los diez mil no logró hacer. Los oficiales de la embajada estaban al borde de la locura. Diez mil cubanos vociferantes y hambrientos literalmente cubriéndolo todo; en el techo, en los muros, en los árboles, en la totalidad del patio. Julio estaba en un cuarto pequeño en compañía de veintiséis otros. Las comidas se hacían cómo y cuándo se podía. El uso del baño podía adquirir proporciones de tragedia. En los días en que estuvo en la embajada, Julio acostumbró su cuerpo a necesitar el baño dos veces al día, a las doce del día, cuando los demás empezaban a exigir un almuerzo que no llegaría hasta las tres, si llegaba, y a la una de la mañana, cuando todos empezaban a dormirse. Según lo ve Julio, los peruanos y los cubanos apenas pueden entenderse. Al embajador no lo vio nadie. El hombre se escondía, o quizás se pasaba el día discutiendo con las autoridades cubanas sobre el costo de la alimentación de los refugiados o de cómo sacarlos de allí. Los subalternos vivían con un continuo dolor de cabeza, causado sin duda por el lenguaje cubano, que se habla lo más alta y rápidamente posible. Además, los baños estaban descompuestos y ni hablar de las duchas, así que la atmósfera era insoportable. Al fin de la semana, empezaron los rumores de que Carter iba a aceptar a los refugiados. El nerviosismo era enorme. Uno de los cubanos le partió la cabeza a un secretario con un coco que se encontró en el patio. Varias de las pocas mujeres solicitaron protección especial, por motivos obvios, que les fue otorgada al menos en parte. Pusieron un grupo de tipos forzudos a defenderlas. Finalmente, los rumores se hicieron realidad y empezaron a desalojar el local. Julio salió del puerto de Mariel como a los once días desde que entró a la embajada. También él vino con una familia de cubanos exilados que no tenían mayor interés en traerlo, pero que no podían evitarlo. La parte de mayor interés en la historia de Julio fue lo que ocurrió cuando llegó a la Florida. Como no había suficiente albergue para los muchos refugiados, empezaron a poner largas tiendas de campaña por todas partes. A Julio le tocó ir a una de éstas, colocada en el estadio, porque no era temporada de fútbol. Julio estuvo allí varios días. Entonces dice que «se empezó a correr la bola» (a rumorar) que los iban a poner a todos en cárceles hasta que decidieran qué iban a hacer con ellos. La cárcel que Julio conoció en Cuba (solamente estuvo una vez y por poco tiempo, por lo visto) no le cayó en gracia, y estaba decidido a no volver a ella, fuera cárcel cubana o norteamericana. Empezó a vigilar los cambios de guardia. Un buen día, empezando a oscurecer, se le presentó la oportunidad, y en un abrir y cerrar de ojos, tenemos a Julio en la calle, con la comida que se pudo llevar, un paquete y medio de cigarrillos, y el total de ocho dólares y treinta y nueve centavos en los bolsillos. Cuando se le pregunta cómo pensaba vivir, de qué forma iba a alimentarse, dice que él mismo no lo sabe, que no sabía cómo iba a a vivir, pero que a la cárcel, ni hablar. Pronto se enteró de que la zona del suroeste de Miami es prácticamente una ciudad cubana. Julio merodeaba por tiendas y restaurantes pidiendo dinero a venerables damas cubanas, diciéndoles que la policía lo había dejado salir del estadio, pero sin dinero y sin dónde vivir. Las compasivas señoras no se portaron mal, sin duda, pues Julio vivió en Miami de esa manera por ocho días. Por las noches, empezó durmiendo en el parque, pero no dormía bien por temor a que lo arrestaran. Así que encontró un sitio seguro debajo de un puente un tanto apartado. Lo peor era que la ropa que le habían dado en el estadio se le ensuciaba mucho, y había que lavarla con agua nada más, que encontraba en las piletas de los jardines, porque no tenía jabón. Esto era lo que más lo preocupaba, porque las damas cubanas son quisquillosas, y temía que si lo veían muy sucio no iban a tolerar que se les acercara para pedir ayuda. En fin, llegó el noveno día, y Julio se aproximó a esta señora, a todas luces cubana. Resultó que no era cubana, sino colombiana, que se llamaba Marta Ramírez-Kemp y que no vivía en Miami, sino en un lugar que dijo que se llamaba Moscow, y estaba de visita con su hermana. La señora es una católica devota, que hace veinte años le consiguió, a través de la iglesia, un patrocinador a Abe «Eib» (entonces Abrahán), recién llegado de Cuba. Cuando la buena mujer oyó la historia de Julio, se apiadó de él. le dijo que ella podría buscarle un patrocinador y empleo en su pueblecito. A Julio le encantó la idea, aunque no sabía dónde podría estar el pueblo de que le hablaba. La señora le dio dinero para que arrentara un cuarto (lo que no hizo) y para comer, y le dijo que en dos días viniera a encontrarla a tal y tal dirección y que viniera preparado, que se iba con ella para el pueblo. Julio había estado en Moscow dos días cuando Abe lo trajo a mi oficina, y ya tenía un lugar provisional donde vivir, en el sótano de la iglesia. El cura no iba a cobrarle renta hasta que encontrara trabajo. El día antes de conocerlo, la señora lo había llevado de tiendas y le había comprado varias camisas, pantalones y zapatos, así que el hombre se veía de perlas. Julio tiene veintiséis años, es alto, delgado y bien parecido. Se le ve alerta y arrojado. Para ser cubano, quizá porque se dio cuenta rápido de cómo hablaban los norteamericanos, apenas si grita, y la voz resulta un tanto meliflua, casi acariciante. Abe me dijo que estaba haciendo la ronda con él, presentándole a todos sus amigos de habla española, incluyendo varios estudiantes norteamericanos con quien Julio pudiera hacer buenas migas. A Abe le parecía formidable que hubiera un cubano joven, negro, y anti-fidelista por estos rumbos, para contrarrestar las voces izquierdizantes de otras minorías que se sentían discriminadas. La conversación con Julio giró casi en su totalidad en torno a los precios y los sueldos en Cuba, y las insuficiencias del sistema de racionamiento. Julio dijo que había completado el bachillerato, pero después había trabajado en la construcción, como aprendiz de albañil. Su educación es obviamente muy deficiente, y su intelecto no asombra, pero no hay duda de que es muy vivo, con una sagacidad natural, casi podría decirse instintiva. Me dijo que le encantaba lo que había visto por la universidad, en especial las estudiantes. Quería saber si yo conocía a alguna estudiante latina. Sí, claro. Y muchas estudiantes norteamericanas que hablaban español bastante bien o hasta muy bien. Aunque yo en realidad tenía poco contacto con estas jóvenes fuera de clase, le avisaría si me enteraba de alguna fiesta. Abe le dijo que no tendría problemas encontrando amistades, lo más difícil sería encontrar trabajo sin hablar inglés. Julio comprendía esto y se iba a matricular en un curso que se enseñaba en la iglesia para refugiados, principalmente vietnamitas. Pero a lo mejor podía hacer contacto con una de esas muchachas que querían aprender español, y él podía enseñárselo si ella le enseñaba inglés. El problema era que tendría que ser alguien que ya supiera eso de la gramática, porque en eso él no entraba. Pero quizá pudiera encontrar a alguien que quisiera practicar la enseñanza del inglés con él. Después de todo, el pueblo tenía universidad. ¿Y el invierno? ¿Era un invierno del carajo? Bueno, pues más razón para buscar la forma de mantenerse caliente. Y tratar de buscar un trabajo que fuera dentro de un edificio, no nada como construcción. En fin. Hasta otro día. «Pero déjame decirte, compadre....coño, mira que Fidel les cuenta mentiras a los cubanos. Yo no sé por que se dice en Cuba que las americanas tienen las piernas flacas. Coño, yo he visto cada tronco de mujer ahí afuera que levanta un muerto. Hasta dolor de cuello me ha dado de mirar de un lado para otro. Igual el otro día en la misa. Yo creo que me va a gustar mucho aquí».

cuatro de julio, 1980

No volví a ver a Julio hasta dos semanas después, más o menos, y cuando lo vi salíamos del bar al que él entraba con Abe. Se lo presenté a Toni y Delfina, que estaban conmigo, y hablamos unos minutos en la puerta del bar. El inglés estaba cabrón, pero ya había conocido a muchas personas e incluso había estado en una fiesta de «gente de color», invitado por una mujer que sabía algo de español. ¿Conocía yo a Angela? No, no me sonaba. A Toni sí, dijo que ese nombre le era familiar. A lo mejor iba a dejar de vivir en el sótano de la iglesia. ¿Qué planes tenía? Bueno, no sabía por el momento. Pero a lo mejor se le daba un trabajo que estaba buscando —me dijo que el asunto era que el gobierno le pagaría a las personas que emplearan y entrenaran a los refugiados, la mitad del sueldo del refugiado, así que era buen negocio para todo el mundo. Bueno, para atrás ni para coger impulso. Estaba bastante contento en Moscow.

Ese cuatro de julio nos invitaron a comer hamburguesas Javier, el venezolano, y su esposa Allison. Estaban pasando el verano en casa de los padres de Allison, que tenía piscina, y habían llamado a montones

de amigos a nadar, beber cerveza, tal vez bailar después. Cuando Julio entró, rodeado de un grupo, yo al principio no lo reconocí. Estaba en traje de baño con la camisa desabrochada.
—Oye, ¿ése no es tu amigo el cubano?— preguntó Toni.
—Ah, pues sí, sí es. ¿Quiénes son esas personas con él?
—Pues creo que la mujer...sí, sí es, ésa es Angela. ¿No la recuerdas del departamento de lenguas? Andaba por allí a cada rato.
—Pues no, nunca fue alumna mía... quizá muy vagamente. ¿Y esos muchachos?
—Esos deben de ser sus hijos...yo recuerdo que alguien me lo dijo... ellos iban a buscarla al departamento. Yo creo que no la conoces porque no llegó a tomar cursos avanzados nunca. No sé cuanto español sabrá. Pero eso es mejor para Julio, ¿no? Porque así tiene que hablar algo de inglés...
—¿Los hijos? ¿Pero no es ella demasiado joven para tener hijos tan crecidos? Esos muchachos tienen al menos diecisiete o dieciocho...
—¿Joven? Bueno, joven relativamente cuando mucho. Mira, vienen para acá. Pónte los espejuelos.
—¡Ey! Hello, my friend!
—Hola, Julio, qué tal. Gusto de verte. ¿Hablando mucho inglés, eh?
—Sí, compadre, todo lo que se puede.
—¿Te acuerdas de Toni, ¿no?
—Sí, sí, cómo no, ¿Cómo está, Toni? Mira, ésta es Angela, y sus hijos...
—Mucho gusto.
—Encantada. Yo sé quien es usted, porque lo he visto muchas veces en el departamento de lenguas, pero usted probablemente no me reconoce.
—Bueno, ahora que la veo más de cerca, sí, usted me resulta familiar. Así que por lo visto ustedes tienen una buena oportunidad para practicar las dos lenguas, ¿no?
—Sí, cómo no. Ya Julio está aprendiendo algo de inglés. Pero es difícil, porque el español que yo aprendí en la escuela no es nada como el español que habla él. Y no es sólo porque habla rápido, sino porque usa palabras tan diferentes. Es como otra lengua.
—Sí, me imagino. Bueno, mucho gusto. Bueno, que la pases bien, Julio.
—Sí, compadre, de seguro. Nos vemos.
—Angela — me dijo Toni cuando se apartaron de nosotros — ahora trabaja en la escuela de graduados, creo que ayudando a las minorías. Una de esas cosas de «Igual Oportunidad», un programa de ésos. Ella es muy activa con la campaña anti-racista, y con el movimiento de

liberación de la mujer. Muy simpática. Divorciada, según creo. Pero, ¿ves que es la madre de esos chicos?
—Sí, de cerca aparenta más su edad. Estará en los treinta y pico.... Pero se conserva bien.
—De treinta y siete a cuarenta sin quitarle una semana. Y lo de bien conservada... bueno si le quitamos quince libras y un par de arrugas en los ojos... sí, supongo que no está mal.

En las horas subsiguientes, intercambié con Julio en un par de ocasiones, trivialidades. Me llamó la atención lo obsequioso que estaba con todo el mundo, trayendo cervezas y comida a todos, especialmente a Angela y sus hijos. Ayudó a preparar las salchichas y las hamburguesas, a cortar la sandía, a recoger los platillos de cartón al final. Con los primeros cohetes de la celebración, Toni y yo nos despedimos.

—Oye, ¿te diste cuenta de lo super-amable que estaba tu amigo cubano con Angela?
—Bueno... sí. ¿A qué vas?
—A lo obvio. Cuando estaban en la piscina todos esos juegos de mano no me parecieron juegos de niños. Y bailando después, ¿te fijaste?
—No.
—Pues no cabría un pedazo de papel higiénico entre los dos. Pero no es eso, y no es que me importe, pero las miradas profundas a los ojos daban ganas de morirse de la risa.
—Bueno, los dos son creciditos, ¿no?
—Mira, sabes que me importa un bledo lo que cada uno haga consigo mismo y con cualquiera que quiera acompañarlo. Pero me llama la atención la forma de protección al desterrado que Angela parece estar brindando. Y cómo se empata este tipo de compasión con su militancia en la liberación de la mujer, que alguien me lo explique. Por lo demás, parece un buen negocio para los dos. Pero las escenitas de Romeo y Julieta me parecen un tanto burdas. ¿A la edad de los dos? Por favor...
—Ah, Toni, Toni, siempre cínica. Pon las yemas de los dedos en mis palmas y si quieres en mis cocos, pon tu mano en este mi costado abierto, y admite, Tomasina, la fuerza incontrolable del amor.
—Tus cocos y tu costado abierto sabes qué puedes hacer con ellos. Será interesante ver que pasa, mi arveja olorosa.

Llegamos al apartamento en cinco minutos, como siempre en Moscow. Era una noche fresca, apacible. Las luces de casi todas las casas ya estaban apagadas. Al bajarnos del carro, Toni se echó a reir.
—¿Sabes en qué estaba pensando? Recordando a Julio con Angela y sus tres hijos, pensé que probablemente hoy hemos festejado no la

fecha de la independencia nacional, sino los cuatro de julio.

dieciocho de julio, 1980

El lunes de esta semana Angela llamó a Toni para invitarnos a cenar con ellos. Lo primero que le dijo fue que ella era ahora la patrocinadora de Julio y que él estaba viviendo en su casa. Había suficiente espacio porque dos de sus hijos habían regresado al dormitorio en la universidad. El único problema seguía siendo la dificultad de entenderse, aunque Julio estaba leyendo un libro para aprender inglés y oyendo unas cintas especiales. Además, veía mucho la televisión y oía la música moderna. El hombre se volvía loco en las tiendas y en los mercados. Ya estaba recibiendo subvención del gobierno y dentro de poco iba a trabajar en una guardería, porque le gustaban mucho los niños. Además, estaba haciendo gestiones para sacar de uno de los campamentos a un antiguo amigo de La Habana, un tal Narciso. Sí, Julio tenía sus rarezas culturales, pero era muy buena persona. El otro día Angela había preparado un jamón para la comida. Julio no lo había comido nunca, y le encantó. En fin, al otro día, hizo que Angela lo llevara al mercado y se gastó la mitad de la subvención en comprar cuatro jamones. Aunque ella le explicó que no había que preocuparse de que fueran a acabarse los jamones, Julio le dijo que le había gustado tanto que quería estar seguro de siempre tener un jamón al lado. Angela se lo tomó como cosa de risa. No era más que una extravagancia comprensible en un refugiado que había pasado tanta hambre. Otras rarezas eran menos simpáticas. A Julio no le importaba ayudar en la cocina —y comía por tres—, pero cosas como lavar la ropa, limpiar el baño, cosas así, le dijo que él no hacía nada de eso, porque en su país, eso lo hacían las mujeres, y él no quería sentirse menos hombre aquí que en Cuba. Angela pensaba que había que tener paciencia. Cuando se fuera adaptando, todo ese machismo desaparecería. Era cuestión de irle enseñando. Pero que fuéramos de seguro a la cena del viernes. Julio nos lo rogaba, ya que solamente con nosotros y con Abe podía comunicarse plenamente. Abe dijo que asistiría con su esposa. No, no había que traer nada. Quizá una botella de vino. Y la receta del arroz con frijoles negros, que Julio extrañaba tanto.

El viernes a las siete, cuando llegamos, ya Abe estaba allí, conversando con Julio, en tanto que su esposa acompañaba a Angela en la cocina. Toni estuvo indecisa al principio, pero al rato se refugió en la cocina también. Toni es una mujer que susurra cuando habla, y detesta los gritos y la conversación en voz alta. Yo le había advertido que tres cubanos juntos sería para ella una experiencia nueva. Pensó que refugiándose en la cocina evitaría la inevitable jaqueca que la molestó hasta que se quedó dormida.

Julio estaba de maravilla con su ropa nueva. De habernos vistos juntos un observador casual, nunca hubiera pensado que Julio era el refugiado entre los tres. Tenía, además, un reloj nuevo y una cadena —esperemos que no sea de oro— al cuello. La conversación no versó sobre nada en particular. Julio estaba convencido de que si de repente pusieran un mercado como los que había estado viendo en La Habana, habrían por lo menos doscientos muertos en la rebambaramba. Y que con la ropa y accesorios que tenía, si volviera a dicha ciudad, se comía a cincuenta mulatas en un mes. Las tumbaba con el reloj nada más. En un momento. Sí, ya le habían comprado abrigo, porque aunque faltaba mucho para el invierno, vieron unos que estaban reducidos, así que se había comprado tremendo abrigo. ¿Queríamos ir al aposento a verlo? Cuando empezamos a caminar hacia él, Angela le preguntó que adonde íbamos. Julio le dijo. Angela pensó que sería mejor que él fuera a buscar el abrigo y nos lo trajera. O.K. Era verdad. Tremendo abrigo.

La velada transcurrió sin incidente. Sí, Narciso pronto estaría aquí. Muy buen amigo de Julio. Y Angela había oído que iban a traer a Moscow a varios de los cubanos detenidos en la cárcel de Seattle. ¿Conocíamos a Virginia? Sí, la conocíamos. Pues debíamos hablar con ella, porque parecía que estaba muy bien informada. Lo que el gobierno le estaba haciendo a los pobres cubanos era una vergüenza. Traerlos a este país para luego tratarlos como delincuentes. Abe le preguntó a Julio en español si estaba contento con la idea de trabajar en la guardería. La guardería, dijo Julio, era un jamón, compadre. Trabajo bajo techo, cuidando niñitos, y una de las muchachas ahí hablaba español. La expresión me hizo pensar que el jamón que comimos no le había quedado nada mal a Angela. Los tamales mexicanos que trató de hacer eran otra cosa. Julio nos pidió que le dijéramos que él nunca había comido algo así y que en Cuba los tamales eran muy diferentes. Así se hizo, con gusto.

Después de comer, nos sentamos a seguir conversando en la sala. Julio se sentó al lado de Angela y la puso el brazo sobre la espalda. Una escena rebosante de ternura. Entonces me dijo que me acercara a ellos, que quería que le tradujera algo a Angela. Me habló sin gritar, pero en voz lo suficientemente alta como para que todos oyeran perfectamente lo que decía.

—Mira, yo quiero que le digas a ella, porque yo quiero que me entienda todo, lo contento que yo estoy aquí, que nunca he estado tan contento.

El pensamiento le fue comunicado a Angela en mi pobre inglés.

—También quiero que le digas que yo sentía cuando iba a salir de Cuba, que iba a llegar a un lugar así. Yo sabía que ella me estaba esperando, que ella sería la mujer de mi vida. Yo no sabía cómo se llamaba ni dónde estaría, pero siempre soñaba con ella, y ahora el sueño es una realidad.

Traducir no es una labor fácil. Al menos, la respuesta de Angela no necesitó traducción, porque simplemente lo besó en la mejilla. Cuando me di vuelta para regresar a mi asiento, vi que Toni había salido de la sala.

—¿Y Toni?

—Tuvo que ir al baño — me respondió la esposa de Abe.

«Por poco me orino de la risa allí mismo», confesó Toni de regreso a casa. «No sé que fue mejor: si oirlo a él, o tu traducción. El sabía que ella lo estaría esperando, qué maravilla. Tu compatriota tiene la cara más dura que el hormigón. Por cierto, ¿te diste cuenta de cómo saltó Angela cuando vio que iban a entrar al aposento? Algo hay ahí que me huele a gato encerrado, porque la intensidad no fue la de una persona que no ha hecho la cama. Todo se está poniendo «curiouser and curiouser».

primero de agosto, 1980

Angela nos llamó ayer para decirnos que Narciso llegaba hoy. Mencionó el nombre de la familia que se había ofrecido a darle residencia en el sótano de la casa hasta que encontrara empleo, pero yo no los conocía. La familia no iba a regresar a Moscow hasta pasado mañana, así que la noche de hoy Narciso iba a quedarse con Engelbert y Cynthia. Le habían dicho a Angela que me conocían. Sí, claro, cómo no. Engelbert el bibliotecario, ¿no? Ella se tomó la libertad de decirles que me llamaran si surgía algún problema de traducción. ¿Estaba bien? Sí, por supuesto. El teléfono sonó por primera vez a eso de las ocho.

—Hola, ¿cómo estás?

—Ah, hola Cynthia. Qué tal. ¿Ya les ha llegado el cubano?

—Sí, Narciso ya está aquí, precisamente por eso te llamo. Es muy simpático y muy atractivo. Pero lo noto muy cortado, naturalmente, porque no entiendo nada de lo que me dice ni él parece entenderme a mí, aunque algo nos hemos comunicado con un pequeño diccionario que tengo acá. Pero mira, quiero que le digas antes que nada, que por favor se sienta en su casa, que está en una casa amistosa, que queremos que sea nuestro amigo y se sienta en completa libertad de hacer lo que quiera, oir música, si quiere, creo que tengo un disco en español por alguna parte, ver la televisión, o si quiere comer, que se sirva de lo que hay en el refrigerador. Si quiere, le hago un sandwich. Dile que ya le tenemos una cama preparada, y en cuanto se sienta cansado, se puede ir a dormir. Que no se sienta asustado o con pena de nada. Yo sé lo que es llegar a un país donde uno no habla la lengua y sentirse rodeado de extraños. Así que por favor, que actúe con toda libertad. Si quiere quitarse los zapatos, que lo haga. Si quiere darse una ducha, ahí está. O.K.?

La voz de Cynthia me sonaba algo rara, algo pastosa, pero al mismo tiempo estaba claro que la presencia del marielito la alegraba.

La traducción se hizo con el mayor esmero posible. Cuando terminé, hubo una pausa.

—Bueno, mire, yo eztoy muy bien y no me falta nada, dígazelo a ella, zi me haze el favor. Yo no nezezito nada. Bueno...quizá a lo mejor, una cajetillita de zigarrilloz para pazar la noche. Me pareze que ella no fuma y no la quiero moleztar, pero zi ella me dize cómo ze llega a la tienda, yo mizmo voy a buzcarla. Mire, y aunque todavía no tengo el guzto de conozerlo perzonalmente, le agredezco mucho ezte favor que uzted me haze.

No recuerdo lo que le respondí, pero sí que pensé «Ah, carajo, un zezeador» desde que empezó a hablar. El deseo de Narciso le fue comunicado a Cynthia, y ella me pidió que le dijera que ahora mismo lo llevaría a la tienda para comprar los cigarros. Y un millón de gracias. ¿Podía llamarme luego si surgía la necesidad, aunque ella no creía que fuera a surgir? Sí, por supuesto. Ah, una cosa más, ¿podía preguntarle a Narciso que le gustaba beber? Ella tenía borbón y ginebra en casa, pero no sabía si a un cubano joven le gustarían esas cosas. Si quería, ella podía comprarle unas cervezas.

—No, mire, dígale que no ze moleste. Yo bebo cualquier coza. Lo mizmo que ella eztá bebiendo, cualquier coza. Y dígale que le eztoy muy agradezido por llevarme a la tienda.. Bueno, hazta mañana. Zí. Adióz.

Toni estaba tumbada en el sofá mirando la televisión.
—¿Qué, qué tal suena el cubano nuevo?
—Zuena a zeta.
—¿Cómo?
—Zí, que zuena a zeta, que el hombre zezea, que lo pronunzia todo con zeta. Un zorro.

—¿Un cubano que zezea? ¿Cómo puede ser eso?
—¿Qué zé yo? Pero como no creo que haya eztudiado en Zalamanca ni en Zaragoza, debe zer que tendrá un defecto del habla. ¿No te pareze?
—Deja de pronunciar ese infernal sonido sibilante y vente aquí.
—Yes, ma'am.
—No, díme en serio, ¿qué te pareció?
—Bueno, suena agradable, muy humildito y todo eso. Cynthia parece muy contenta, quizá demasiado contenta —para mí que tenía unas copas de tenerlo allí. Así que supongo que todo marchará bien.
—Sí, por qué no. Este muchacho viene recomendado por Julio, que en realidad se ha portado muy bien... además, Englebert seguro que podrá ayudarlos a entenderse, porque es un hombre tan académico. El teléfono volvió a sonar un poco antes de las diez.
—Mira, de veras, discúlpame. ¿Te molesto demasiado? O.K. Pues mira, aquí, con el diccionario, he estado tratando de componer unas preguntas en español a ver si nos podemos entender. —La voz sonaba más pastosa que antes. Considerablemente.— ¿Se dice «jaser»? Oh, «hacer». Ya veo. La hache no suena. Bien. «Iusted». ¿Como? «Usted». Ahá. «¿Qué gustar usted?» Sí, O.K., aunque no sea perfecto, pero es para entendernos un poco mejor. —Pensé que se entenderían mejor si bajaran un poco la música.— ¿Se dice «Iusted gustar» y entonces un verbo para preguntar diferentes cosas, no? Ah, sí, «Usted». «Usted, usted». Me parece que el español es tan gracioso. Por cierto, él ha aprendido a pronunciar mi nombre muy bien. Lo dice consonido de «th» y todo. Pero la estamos pasando muy bien. Así que no te preocupes de nada. Ya no te molesto más. La última cosa. ¿Cómo se dice en español «Usted es un hombre muy bien parecido»? Yo sé la palabra «jombre», pero no sé como decir lo demás...¿se dice «lindo», «jermoso»? Ah, sí, que tonta soy, la hache inicial no suena. Por eso no me entendía. ¿Cómo? «Guapow» ¿Más o menos? Sí, O.K., ¡ja ja ja ja! Voya tener que estudiar español ahora. Bueno, mil gracias otra vez. Hasta pronto.
—Qué — dijo Toni— ¿te van a estar llamando cada vez que tengan que decirse dos palabras? Si tienen un diccionario y el tipo puede leer, no veo por qué te necesitan a ti.
—El problema parece radicar en la pronunciación. Y el agua de fuego no parece ayudar.
—Bueno, pues que no pronuncien, coño.

Transcurrieron unos cuarenta minutos. Al ir a responder pensé que iba a decirle que lamentablemente, no podía seguir jugando el juego de la traducción con ellos, porque Toni había estado trabajando

todo el día y estaba muy cansada. Era Julio.
—Oye, mira, tengo que decirte lo que está pasando. Narciso acaba de llamar, y no le gusta nada la situación. Cynthia parece que se puso no un poquito fresca con él, y el hombre está cagado por los pantalones. Lo que pasa es que el marido de Cynthia no está en la casa, parece que tuvo que ir a alguna conferencia, o yo no sé qué, pero el caso es que están los dos solos, y Narciso no sabe cuándo el marido va a regresar. Además, coño, es la primera noche de él aquí, así que la cosa está un poco fuerte...
—¿Pero bueno, qué puedo hacer yo?
—Bueno, Angela piensa que hay que ir a buscar a Narciso ahora mismo y sacarlo de allí, que venga a dormir con nosotros esta noche. Pero no quiere ofender a Cynthia, así que lo que hay que decirle a ella es que Narciso se encuentra fuera de lugar porque extraña mucho la compañía de otros cubanos, que no se halla sin poder conversar conmigo, así que por eso viene para acá. Angela sabe que te pide un favor muy grande, pero quisiera mucho que tú nos acompañaras a buscarlo, para que tú hables con Cynthia, porque es mejor así, ya que tú eres profesor, y eso.
—Bueno, está bien. Vengan a buscarme. Voy a vestirme. Pero yo creo que hay que llamar a Cynthia y decirle que todo ese batallón va para su casa.
—Sí, Angela la va a llamar ahora mismo y decirle que Narciso llamó y que parecía que no estaba contento porque no estaba conmigo, y luego tú con más labia se lo explicas mejor. Yo le dije a Narciso que se metiera en el baño. Vamos para tu casa ahora mismo.

A Toni le hizo mucha gracia el incidente.
—Pero oye, ¿a quién se le ocurre no preguntar si Engelbert iba a estar en casa o no? Claro que quién pudiera pensar que Cynthia... Carajo, y en la primera noche del hombre en Moscow. Qué gran recepción. Mejor que la banda municipal, ¿no te parece? Quizá Englebert sea demasiado académico, quién sabe. Bueno, al menos mañana es sábado y no tendré que verte bolsas en los ojos todo el día. Que la pase muy bien usted, señor Don Quijote. Para que te sientas mejor, una concesión a tu estilo: Don Quijote acude a la defensa de un virginal zagal cubano, para rescatarlo de las garras de una dragona anglosajona, que despide llamas por la boca. Por favor, no enciendas la luz cuando regreses.

En casa de Cynthia todo parecía perfectamente tranquilo. Narciso estaba en un sillón enfrente del pequeño sofá en que estaba sentada Cynthia, con las piernas dobladas. Nos recibió muy amablemente.

—Bueno, Cynthia, parece que el trauma de haber llegado tiene al hombre un tanto descentrado. Dice que quiere estar con Julio, y tal vez eso sea lo mejor.
—Sí, pero qué pena, yo traté de convencerlo de que se sintiera a gusto, por lo visto no pude...
—No, mira, todos te agradecemos mucho la hospitalidad, y sabemos que tú has hecho todo lo posible, pero es que el choque es duro...
—Sí, sí, yo lo comprendo. Pero por favor, dile que esta casa siempre estará abierta para él, que si después ven que no tienen suficiente espacio con Angela, que yo lo voy a buscar si él quiere. Díselo, por favor.

En unos minutos estábamos en la calle. Angela propuso que nos fuéramos a un bar, a tomar una copa para calmar los nervios. Además, ella quería preguntarle a Narciso lo que había pasado. Narciso, por cierto, también era alto, más alto que Julio y bien parecido. Pero había algo en los ojos y en el bigote de Fumanchú que sugería la posibilidad de que Toni no hubiese estado muy acertada respecto a su virginidad. Llegamos al bar. Bueno, a ver, Narciso, qué pasó. No, él prefería no hablar de lo que pasó, ya estaba fuera, que era lo que importaba, y no se le había hecho daño a nadie, así que para qué hablar de eso. Bueno, sí, él tenía razón, aquí no ha pasado nada, pero de todas formas Angela quería saber, porque ella pensaba que tal vez Cynthia le expresara su amistad a Narciso de una forma que él no pudo comprender, tal vez se le acercó un poquito demasiado bailando, o le dio un beso, o un abrazo, cosas que en los Estados Unidos son expresiones de afecto perfectamente inocentes, que no quieren decir nada, y que tal vez Narciso interpretara mal. Esto le parecía a ella lo más probable. Y si esto era cierto, la ocasión era excelente para darle una lección sobre las diferencias de las dos culturas. Era importante que él comprendiera que en los Estados Unidos, las mujeres podían tomarse más libertades sociales sin por eso comprometerse a ir más lejos. ¿Fue algo que ocurrió cuando estaban bailando? No. Pero bailaron algo apretados, ¿no? Sí, pero no fue eso. ¿Cynthia lo había abrazado, besado? Sí, pero no fue eso. Vamos. Que no quería decir, decía Angela, pero tenía que haber sido algo así, una inocentada de Cynthia, lo que había causado el mal entendimiento.
—Ah, compadre —le dijo Narciso a Julio— dile a Angela que no piense que yo no zé cuando la coza ez inozente o no. Yo no zoy un niño. Bueno, pues entonces, dijo Angela, que nos lo cuente, que nos diga que pasó, porque aquí no hay ningún niño. Traducción. Pausa. Por fin Narciso se sonrió. Una sonrisa de dientes blancos, brillantes, llena de malicia.

—Bueno, chico, mira, ez que quería jugar a Tarzán conmigo. Ella era Tarzán y yo el bejuco.
—¿Cómo?
—Que me la tenía agarrada, compadre. Zi no me levanto, me la zacude.

5 de septiembre, 1980

Pasaron varias semanas sin incidente. Julio me llamaba de vez en cuando. Todo bien. Todo el mundo contento. Angela había llevado a Narciso a la misma trabajadora social que le había conseguido empleo a él, y le había dado instrucciones de lo que tenía que decirle a la trabajadora. Coño, Narciso se la comió, porque le iban a dar empleo en la guardería a él también. Lo que no le gustaba mucho era tener que vivir en el sótano, aunque no era porque el sótano no estuviera bien, sino porque se sentía muy solo ahí abajo. El señor de la casa hablaba un poquito de español y lo trataba bien, pero no le gustaba que Narciso llegara tarde, así que los fines de semana se iba a dormir a casa de Angela, para poder ir a los bares o a fiestas, si las había.

Ese día, Toni llegó de la dulcería y me preguntó si sabía quién era la mujer con Narciso. «¿La mujer con Narciso?» Sí, Toni los veía todos los viernes en el supermercado, con sus jamones en el carrito, porque también pasaban a comprar pasteles, y siempre venían los tres, pero esta vez venía además una mujer con ellos. ¿Cómo era la mujer? Blanca, alrededor de los treinta y cinco, relativamente graciosa, se veía simpática. Ni idea de quién pudiera ser. Llamé a Julio.

—Eh, qué pasa, my friend. Sí, yo ya contesto el teléfono siempre, porque así practico más. Todo perfecto. Narciso y yo trabajamos juntos con los mojoncitos esos. Sí, bien chévere. ¿Narciso? Narciso de lo más contento también. Ya no está viviendo en el sótano de la familia aquella. Ahora tiene otra patrocinadora. ¿Quién es la patrocinadora? Una muchacha que era empleada de Angela en lo de la «Igual Oportunidad», muy buena gente. Narciso llevaba casi una semana viviendo con ella. Sí. ¿Por qué no nos reuníamos todos después de la comida para tomar unas cervezas? Sí, O.K., a eso de las nueve. Goodbye.

—No me negarás que mis compatriotas tienen un magnetismo animal simplemente irresistible, amiga Toni.

—Sí, me pregunto qué fue lo que no salió bien en tu caso. Pero es la historia del «país de la oportunidad» hecha en Hollywood, perfecta. De los trapos a la riqueza, como dicen. Llega este cubano con una mano alante y otra atrás, como pudiera decirse, y el mismo día que

llega lo ataca una dama, y no pasa un mes y lo vemos con mujer, casa y trabajo. Nunca le cuentes eso a nadie, porque no te lo van a creer.
—Asombra cómo ciertas actividades logran rebasar la barrera de la lengua, ¿no?
—Sí, supongo que si se sabe usar la lengua bien no importa mucho cómo se use.
—Ah, Toni, Toni, ¿todavía no crees en el amor?
—Sí, claro que creo. Creo en el amor del jamón, de los relojes y las camisas nuevas. Pero sobre todo creo en el amor de la satisfacción.
—Ah, Toni, Toni, pon tus yemas en mis palmas, o si quieres en mis cocos...
—Calla, cochino.

La joven acompañante de Julio se llamaba Dolores. «¿Será un vaticinio?» murmuró Toni cuando pudo. Estaba divorciada desde poco más de un año. Se le había hecho la vida imposible con su ex-marido, que era campesino. Todo el día en la granja, todas las conversaciones eran de los animales o la remolacha. Además, el hombre era un racista y un chauvinista, actitudes insoportables para Dolores. Había tratado, incluso, de quitarle a la hija de quince años, pero la familia de Dolores en California estaba bien situada, y se habían ofrecido a ayudarla. Después, gracias a Angela, que era su mentora y su mejor amiga, había conseguido empleo en lo de «Igual Oportunidad». Y ahora había conocido a Narciso. Ella, como Angela, pensaba que a los cubanos se les había hecho una gran injusticia. Pero ella sabía que Narciso quería estudiar, trabajar, abrirse paso. Era cuestión de ayudarlo ahora, cuando más lo necesitaba. Luego, él se encaminaría sólo hacia la carrera que escogiera. Narciso le había dicho que cuando aprendiera inglés quería ir a la universidad y estudiar algo, y a Dolores le parecía loable su buena disposición.

Recuerdo aquella velada, todos alegres, todos amorosos, como el principio de la «Edad dorada» de Julio y Narciso en Moscow. Los viernes, Toni siempre contaba la misma cosa. Iban los dos marielitos detrás, con los carritos, hablando entre ellos, y las dos mujeres delante, escogiendo los jamones y demás. La imagen misma de la domesticidad. Los cuatro se veían contentos. Narciso pronto adquirió un reloj como el de Julio, la consabida cadena dorada al cuello, y además una sortija. Andaban muy galanes y bien vestidos. Toni seguía pensando que la situación era un arreglo de conveniencia mutua, pero no podía negar que parecían llevarse muy bien.

La «Edad dorada» duró aproximadamente dos meses y medio. Su deterioro comenzó con la llegada, casi simultánea, de Diosanto y Eloy González.

15 de diciembre, 1980

    Recuerdo que el día empezó con un pequeño desastre casero. Estaba calentando algo en la cocina para desayunar, y en una de mis clásicas distracciones, lo puse en uno de esos platos que llaman «Pyrex». La cosa explotó con la fuerza de una bomba. Afortunadamente yo no estaba en la cocina en ese momento. Estaba en el baño. Casi inmediatamente después de la explosión, que embadurnó de la comida que fuera absolutamente toda la cocina y parte de la sala, sonó el teléfono. Me quedé sin saber que hacer, así que debe haber sonado varias veces. Era Virginia. Cuando acabamos de hablar, quedé un tanto atontado. Gracias a la necesidad de limpiar la cocina, volví al mundo de los vivos. No es agradable limpiar de comida el techo y la ventana, pero alguien tenía que hacerlo, y en ese caso, el alguien era yo.

    He aquí lo que pude reconstruir más tarde, no sólo por la conversación con Virginia, sino con las muchas otras personas que me hablaron del asunto. Los primeros días, antes de mudarse a un apartamento con Diosanto, que había recibido la subvención casi al salir de la cárcel, Eloy González había estado viviendo con Narciso. No está claro qué ocurrió primero, pero la cosa fue con Angela. Un día parece que la discusión fue porque Angela se había referido a un partido de fútbol llamándolo fútbol. Eloy González le dijo que eso era incorrecto, que ese no era el verdadero fútbol, que el verdadero fútbol se jugaba en Europa. Angela le dijo que ése era el fútbol europeo. Eloy le respondió que ése era el verdadero fútbol. Otro incidente: Narciso se había torcido una pierna. El doctor recomendó que no la ejercitara mucho por un tiempo. Eloy no era de esta opinión, porque a él le había ocurrido algo similar, y lo mejor era el ejercicio. Cuando Dolores regresó del trabajo y se encontró a Narciso jugando al baloncesto con Eloy, lo primero que hizo fue llamar a Angela. Angela le dijo a Narciso que dejara de jugar en ese mismo instante, porque Eloy González no sabía más que el médico. «Bueno, está bien compadre—comentó Eloy — pero tú debes hacer lo que te de la gana, no lo que te estén diciendo.» Se rumora también que un día Julio había invitado a comer a Eloy, Narciso y Dolores, y que a Angela no le gustaron los hábitos de comer de Eloy. Cuando quiso enseñarle cómo se usaba el tenedor en los Estados Unidos, Eloy le espetó «Pues ahora no como, vaya». Después Eloy se le quejó a Narciso que Angela lo estaba queriendo dominar y eso no iba con él. Otro día Dolores se encontró a Eloy y Narciso en la comioneta del vecino, Eloy al timón. Les dijo que salieran inmediatamente. Eloy quería que Narciso le explicara que no tenía las llaves ni nada, que era solamente para verla. Parece que Dolores finalmente comprendió esto, pero todavía le pareció muy mal lo que habían hecho. Cuando se lo contó a Angela, ésta le hizo saber que opinaba que lo mejor sería que Eloy González se mudara lo antes posible y que Narciso no debía reunirse mucho con él. Eloy iba a empezar a trabajar lavando platos en la universidad, así que podía ser independiente. Ya mudado Eloy, ocurrió otro percance. Julio y Narciso lo llevaron a una fiesta para que conociera gente, muchachos de la universidad. Angela y Dolores no fueron porque era entre semana, y tenían que levantarse muy temprano. Julio y Narciso regresaron a las cuatro de la mañana, borrachos como dos cubas. Al día siguiente, los dos faltaron a la guardería. Julio soportó la crítica de Angela, pero Narciso no resistió muy bien la de Dolores. Le dijo que él no era ningún niño para que «ze me eztúviera gritando» y que no había razón para tanta bronca. En cuanto a la guardería, le importaba un carajo, porque «en fin de cuentaz, ez trabajo de mujerez ezo de cuidar niñoz», y «en máz de una ocazión me han entrado dezeoz de caerlez a cocotazoz a loz jodidoz mojonzitoz.» El iba a empezar a «buzcar otro trabajo» e iba a mandar la guardería al carajo «lo máz pronto pozible.» Dolores le entendió muy bien, desafortunamente. Ella le dijo que él estaba diciendo esas cosas por Eloy, que Eloy lo estaba influyendo. «Qué carajo», fue la respuesta. «A mí no me influye nadie. Y acuérdate que tú erez mi mujer, no mi mamá.» Dolores, que había querido aleccionarlo, terminó llorando. (Un detalle que tal vez contribuya a clarificar la situación fue lo que me dijo, días después, un muchacho latinoamericano que conoció a Narciso esa noche en la fiesta. Antes de emborracharse, Narciso había estado bailando como un trompo y hablando todo lo que podía, como podía, con las muchachas. En un momento dado, Narciso le dijo al muchacho «Coño, compadre, qué ganaz tengo de comerme una papaya joven» Al principio el latinoamericano pensó que le hablaba de la fruta —luego supo la verdad— y le dijo «Pues cómetela» a lo cual Narciso respondió «Cualquier día de éztoz, mi zozio, cualquier día de éztoz». Cuando le conté este incidente a Toni, me cantó, completa, «Love is a many splendoured thing»). La gota de agua que colma la taza ocurrió ayer. Por varios domingos, Angela había llevado a Julio y Narciso a la biblioteca a estudiar, porque ellos decían que lo hacían mejor juntos, sin las distracciones de la casa. Los dejaba en la biblioteca a eso de las dos y pasaba a buscarlos a las cinco o cinco y media. Lo que ocurrió ayer fue que algún entrometido —nunca pude averiguar quién fue, pero ciertamente no pudo ser un cubano. Ningún cubano quebraría así el cógido de masculinidad implícito por el que

nos guiamos— metió el chivatazo del bar. Angela llegó al bar y efectivamente, allí estaban jugando billar Julio, Narciso, Diosanto y Eloy González. Lo que pasó después siempre será un episodio turbio, dada la variedad de los testimonios. Dolores está segura de que Angela increpó a Julio y manifestó su desagrado, y eso es todo. De acuerdo con Eloy González, sin embargo, Angela entró al billar hecha un obelisco. Lo primero que hizo fue agarrar dos de las bolas en la mesa y lanzárselas a Julio. Falló con una, pero con la otra lo agarró por las costillas. Todo este tiempo gritaba a voz en cuello «¡Tú mentira, tú mentira!». Con la misma agarró uno de los tacos de billar y le fue para arriba a Julio. Alcanzó a darle un palo en un brazo, pero Julio logró quitarle el taco después. «¡Darme mi dinero! ¡Darme mi dinero!» empezó a gritar Angela ahora. «Oye, mire, coño, —le respondió Julio en español— como no te calles te voy a partir la bemba aquí mismo.» Se lo dijo en español, pero como al mismo tiempo le hizo un gesto delante de los ojos con el puño cerrado, ella lo entendió. Narciso, además, la tenía sujeta por los hombros, así que dejó de forcejear. Entonces la cogió con Eloy. «¡Tú tener culpa de todo! ¡Tú!» Según Eloy: «Le respondí con calma, no sólo porque es la mujer de un amigo mío, sino por evitar más escándalo. Le dije, 'Perdónala, padre santo, que no sabe lo que dice'. Y a los demás les dije: esto parece una burda comedia de pasión en la que mi persona sobra, así que me voy para mi casa». Diosanto, que estaba muerto de la risa, se fue con él. Eloy añade que en el momento en que salían del bar, oyeron a Angela, ya más calmada, decirle a Julio y Narciso «Ustedes creer que ser libres, pero no ser». Lo que pasó después se ignora, porque fue entre los tres. Pero Julio obviamente se quedó muy indignado, porque esa noche se había ido a dormir con Eloy y Diosanto. Angela no estaba muy contenta consigo mismo, por lo visto. No era nada, según Virginia, que no se pudiera resolver. Una disputa de hombre y mujer. Nada nuevo. De hecho, Angela le había dicho que hablaría con Julio si él la llamaba. Pero, ¿querría Julio llamarla? Virginia suponía que la vanidad masculina de Julio probablemente había quedado un tanto horadada. Le dije que podía contar con eso. Bueno, ¿por qué no llamaba yo a Julio para decirle que Angela esperaba su llamada? «Bueno, Virigina, en español hay un dicho, entre marido y mujer nadie se debe meter». Sí, pero en realidad esto no era meterse, era simplemente comunicarle a Julio que Angela hablaría con él si la llamba. «Bueno. Está bien.»
—Ah, qué pasa, compadre. Sí, bueno, me alegro de que te hayas enterado, porque yo quiero contarle mi lado de las cosas a alguien. Díme qué cosa tan mala hay en jugar un par de juegos de billar. Coño,

si yo hubiera estado con mujeres, o si hubiera estado borracho, o si le hubiera pegado, yo entiendo que se encabrone. Pero por jugar un juego inocente con los amigos, ella no tiene que ponerse así. ¿Qué, que lo que más le molesta es que yo le dijera una mentira? Pues mira, coño, yo pensaba que le estaba haciendo un favor, porque si le hubiera dicho la verdad, que nos estábamos yendo los domingos a echar un billar, no le iba a gustar nada. Como yo sabía que no le iba a gustar, por eso le dije lo otro. No, mire, porque Angela se lo toma toda demasiado en serio. Ella se cree que eso de aprender inglés es estarlo estudiando todos los días y a todas horas, sábado, domingo, todo. Coño, yo trabajo por la semana, así que si me divierto un rato los domingos, tengo mi derecho de hacerlo. Sí, sí, yo he estado contento con ella, yo la quiero a ella, y la voy a llamar, pero ella tiene que ver que lo quiere todo a su manera, y que la cosa no es así. Sí, yo sé que yo he tenido suerte. Pero yo no me he portado mal con ella tampoco. Bueno, mira, aquí, está tu tocayo, que te quiere decir algo.
—Ave, César, los que van a morir te saludan. ¿Que qué me parece? Bueno, yo le he estado cantando a Julio una vieja tonada de nuestra tierra natal: «María Cristina me quiere dominar, y yo le sigo, le sigo la corriente, porque no quiero que diga la gente que María Cristina me quiere dominar.» No, mira, yo no me quiero meter, porque el asunto es entre ellos, pero es verdad que Angela es muy dominante y la tiene cogida conmigo. No, yo sencillamente, ya se lo he dicho a Julio, no voy más por la casa de ella. Contra Julio por supuesto que no tengo nada, él es mi amigo, y siempre que quiera nos podemos ver en el bar o en mi casa. Pero yo mejor que me desaparte de Angela, porque ella quiere dominar a todo el mundo, y conmigo no va. Bueno. Sí. A ver cuando nos reunimos que me hagas esa entrevista que me mencionaste. Porque te voy a decir: oírme a mí es oír hablar a Cuba. Sí, tocayo, José Martí el Apóstol me decían a mí mis niñas de Guatemala. O.K., bacán. Cuando tú quieras.
—Love, my love —me dijo Toni en su comentario final al incidente— not only means you never have to say you are sorry, but also that you don't have to be sorry.

19 de diciembre, 1980

Toni había visto a Julio y Angela hoy en el supermercado, pero Dolores y Narciso no había ido con ellos. Tal vez había decidido separarse un tanto, lo que quizá fuera buena idea, pero Toni lo sentía por ellas, ya que eran tan buenas amigas. Virginia me llamó para preguntarme si había llegado a conocer a un tal Teodosio. No. Bueno, pues si no lo había conocido, ya no lo iba a conocer, porque el hombre había durado en Moscow la totalidad de once días, y nadie sabía donde estaba. Se le había conseguido un compañero de cuarto, un muchacho boliviano, estudiante en la universidad, y trabajo en el restaurante mexicano. Ella no sabía bien lo que había ocurrido, porque todo había sido tan rápido, y los cubanos que lo conocieron no querían contarle nada. Resulta que Teodosio iba a limpiar los platos y el piso en el restaurante, pero por lo visto tenía una opinión equivocada de sus deberes, porque casi desde el primer día tuvo disputas con el cocinero, un chicano que hablaba bastante español. Teodosio no podía entender la comida mexicana. «¿Para que estás siempre moliendo los frijoles?» parece que le preguntó un día. «¿Tú vas a poner el picadillo dentro de un ají verde y echarle picante encima? Coño, qué mierda.» «¿También vas a moler el aguacate? Coño, ustedes no saben hacer más que moler y meterle picante encima.» En fin, el cocinero se indignó y habló con el dueño. Al fin de una semana, Teodosio se quedó sin trabajo. Pero a través de esa semana, se había gastado toda la plata de la subvención en comprar comida y todas las tardes, antes de ir a trabajar, daba estos banquetes cubanos e invitaba a todo el mundo. A Nacho lo había invitado por lo menos tres veces, y siempre iba, porque allí se reunía con los otros cubanos. El día antes de desaparecer vino a visitar a Nacho, pero no quiso entrar a la casa, sino que quiso hablarle afuera. A Virginia le pareció extraño, porque estaba haciendo mucho frío y ella sabía que a los cubanos no les gustaba nada. De hecho, Nacho había faltado a varias clases de inglés a causa del frío insoportable. Virginia los espió por la ventana. Teodosio estaba hablando en voz muy baja, pero la forma en que miraba a Nacho parecía un tanto agresiva, amenazante. Discutieron, gesticulando, por unos minutos. Finalmente, Nacho entró a la casa y Teodosio se quedó esperándolo. Al minuto regresó, y Virginia pudo ver que le daba dinero, lo poco que tenía. Teodosio se metió los billetes en el bolsillo y se marchó sin sonreír y según Virginia, sin dar las gracias. Cuando Nacho entró, Virginia le confesó que había estado espiándolo, y que quería saber de qué se trataba el asunto. Nacho no quería decirle nada. Virginia insistió, diciéndole que ella no podía cubrir todos sus gastos, y si él regalaba su subvención, que se fuera olvidando de comprar cigarrillos etc. Sin embargo, en esta ocasión, y sólo en ésta, si él le decía que había pasado, ella lo ayudaría. No hubo forma. Todo lo que Nacho dijo fue que Teodosio tenía un problema que se le había presentado de repente, y que le estaba pidiendo dinero prestado a todos sus amigos. Todos los otros cubanos le habían prestado, y Nacho pensó que él debía hacerlo también. Pero ¿para qué quería Teodosio el dinero? Nacho le dijo que Teodosio no le había explicado cuál era el problema. Virginia pensaba que Nacho sabía pero no le quería decir, así que lo amenazó con no darle dinero extra. Nacho le dijo que estaba bien, que no tenía que darle nada, y así quedó la cosa. Al día siguiente, Teodosio se había largado, sin pagarle la mitad de la renta al chico boliviano que tan generosamente se había ofrecido a ser su compañero de cuarto. Por si esto fuera poco, el radio de onda corta del boliviano había desaparecido también. Lo que se preguntaba Virginia era qué iba a hacer ese hombre por el mundo, sin hablar inglés y con poco dinero. ¿Adónde iba a ir? ¿Quién lo iba a ayudar? Era una locura. Cuando yo entrevistara a los cubanos que fuera a entrevistar, ¿podría preguntarles por Teodosio? Ella no creía que fueran a decirme nada, pero que preguntara de todas formas. Había una cosa más que tenía a Virginia algo preocupada. En los días que habían transcurrido, Nacho no sólo no había dejado de fumar, sino que parecía que nunca le faltaba un paquete de cigarrillos nuevo. Tal vez no le había prestado a Teodosio todo el dinero, o tal vez otros cubanos le estaban prestando a Nacho. Esto no sería sorprendente, porque parecía que se lo prestaban todo entre sí. Uno le cogía a otro y éste a otro, y en fin, nadie tenía idea de quién le debía cuánto a quién. Virginia había querido que Eloy González abriera una cuenta de banco, pero éste se había negado, porque le parecía muy complicado el asunto, y además porque le dijo que no se fiaba de nadie, ni siquiera del banco, y que prefería tener su dinero encima. Bueno, como quiera que fuera, a Nacho no le faltaban cigarrillos. Recuerdo haberle dicho a Virginia que no era solamente a Nacho a quién le sobraban los cigarrillos. A los demás también. Eloy González me había regalado por lo menos dos cajetillas de la marca que fumaba Toni. ¿Se las estarían robando de la tienda? sospechó Virginia. Quién sabe. Nadie podía saber de seguro. Por lo demás, Nacho bien, comiendo como se come a esa edad. Se reunía a cada rato con los otros a jugar dominó y beber cerveza. Virginia le había regalado una guitarra, y se pasaba mucho tiempo con ella. Quizá demasiado. Virginia desearía que pasara más tiempo con el libro de inglés y menos con la guitarra, pero en esto Nacho no le hacía mucho caso. En fin. Era cuestión de paciencia.

    Esa noche vino a visitarnos Delfina, la hermana de Toni. Delfina estaba trabajando en un bar por esos días. Quizá merezca la pena decir que Delfina es prácticamente inmune a la realidad que la rodea. Es el tipo de persona que puede presenciar un incendio o una gallina poniendo huevos sin cambiar de expresión. Y no es que en esta oca-

sión estuviera alterada, porque no lo estaba, pero parece que la otra noche lo estuvo.
—Oye, ¿qué le pasa a esos compatriotas tuyos? ¿Tienen más de dos manos, o es que no saben qué hacer con las que tienen?
—Descendientes somos de Vishnu. ¿Qué pasó?
—Pues ayer por la noche estaban en el bar. Eran cubanos de seguro, por la forma de hablar. No estaba el que me presentaste. Eran tres, dos de color y uno semi-blanco. El blanco y uno de los negros eran bajitos, y el otro relativamente alto.
—Sí, sé quiénes son.
—Bueno, pues el alto me tocó el posterior dos veces. La primera vez pensé que fue un accidente y no dije nada, pero la segunda no dejaba lugar a dudas. Además, el muy descarado me sonrió y hasta me guiñó un ojo. Le dije muy seriamente que se fuera al infierno y que si me molstaba una vez más, iba a llamar al bouncer para que lo sacaran del bar. Me entiendió, porque me dijo «Perdón, Mizz» ¿Cuál es ése?
—Narzizo.
—¿Ese no es uno de los que vive con una mujer del pueblo?
—Correcto.
—¿Pues que le pasa? ¿Es un maniático sexual?
—Vamos, vamos, Delfina, estoy seguro que no es la primera vez que un hombre perfectamente feliz sexualmente te ha tocado el derrière en el bar. Este caso no es nada diferente. No es nada mejor, pero no es diferente.
—«Perfectamente feliz sexualmente». Por lo visto vivir con mi hermana no te ha ayudado mucho con el inglés. Ahora te diré, tal vez tengas razón, pero lo que me interesa de todo esto es lo siguiente: ¿estos cubanos piensan que tienen derecho a propasarse así como así?
—Probablemente, y muy específicamente en el caso de Narzizo, sí.
—¿Cómo es eso? —intercaló Toni—
—Bueno, para empezar, hay que ver que estos buenos señores vienen de lo que podríamos llamar una cultura tropical sub-desarrollada. Lo del sub-desarrollo tiene también sus aspectos psicológicos. Ustedes operan bajo las reglas de lo que llaman «ética del trabajo». Francamente, el concepto nunca me ha entrado en el magín. ¿Para qué se trabaja? Los cubanos diríamos que para asegurar el arroz con frijoles, el jamón, lo que sea. Pero no porque haya gloria o mérito en el acto mismo de trabajar. El trabajo es una carga, algo que hay que hacer por necesidad, y no algo que «ennoblece» o te hace mejor persona. De seguro mi país le construiría una estatua a quien lograra vivir bien sin trabajar. «Yo no tumbo caña, que la tumbe el viento, que la tumbe Lola con su movimiento».

—¿Qué fue la cancioncita? —preguntó Delfina—.
—Algo de cómo él no va a cortar caña —repuso Toni— sino esperar a que la corte el viento o una Lola con el movimiento de sus caderas. Típico.
—Bien, ¿me lo podría decir en griego la proxima vez? ¿Adónde vas con toda esa disquisición sobre el sub-desarrollo? ¿Qué tiene que ver con lo que estábamos hablando si el hombre trabaja o no?
—Pues escucha un ejemplo. En Cuba, yo recuerdo, cuando era muchacho, los mangos se daban silvestres. Todo lo que había que hacer era subir al árbol y cogerlos. Al dueño del árbol no le haría mucha gracia, pero había poco que pudiera hacer. Ahí estaban los mangos. Mangos y muchachos quiere decir que algunos mangos te van a robar, y el tipo acababa por resignarse a que fuera a ser así. Estaban ahí, al alcance de la mano, ¿me entiendes?
—Todavía no veo a qué vas. —dijo Delfina.
—Momento, momento —interpuso Toni—. Empiezo a sospechar que estás comparando los mangos de tu tierra a las posaderas de mi hermana. Espero estar equivocada. ¿Lo estoy?
—Bueno, de cierta manera, no. La comida y la sexualidad se relacionan muy estrechamente, en tu cultura tanto como en la mía. Piensa en la cantidad de palabras que se aplican al comer o al intercurso sexual con igual frecuencia, casi...
—O sea, que está proponiendo que mango sea sinónimo de nalga.
—Bueno, no estaría mal.
—O.K. Vamos a ver las cosas como son, —dijo Toni—. Lo cierto es que si tu amigo le tocara las nalgas a una dependienta en un bar en Cuba, podría esperar que dicha dependienta le diera una bofetada, llamara al dueño, y lo sacaran a patadas del bar, ¿correcto?
—Oh, tal vez no tanto como eso...
—Lo que quiero decir es que tu famosa cultura tropical no implica que exista el derecho de tocarle las nalgas a nadie que no desee ser tocada. ¿Sí o no?
—Sí, tienes razón.
—Entonces tu amigo Narciso sabe perfectamente que lo que hace cuando le toca las nalgas a una dependienta está mal, ¿no? O sea, que no hay excusa «cultural» posible. El hijo de puta sabe lo que está haciendo, no es ningún niño, como él mismo dice, y sabe que lo que está haciendo es un abuso. ¿Cómo se le puede excusar?
—Mi intención, hermosa dama, no es excusarlo, ya que no soy su abogado, sino tratar de entenderlo. Omites reconocer, Toni, que las circunstancias, en el caso de Narzizo, son muy especiales. Piensa un momento. El hombre llega a Moscow, y la primera noche que llega,

una hermosa dama lo ataca. Acá el profesor, entre otros, tiene que rescatarlo de las exigencias, imaginarias o no, de una aventura inimaginable de acuerdo a todos los cánones de la sociedad en que vivimos. No pasa un mes, y el hombre se encuentra con lo siguiente: reloj, cadena —esperemos que no sea de oro— al cuello, sortija, ropa nueva, trabajo, aunque no le guste, abrigos, suéteres, comida caliente, casa y mujer. Hay millones de personas que hablan inglés y han vivido millones de años en este país que no tienen lo que Narzizo ha conseguido con decir «Aquí eztoy yo». Entonces ¿qué pasa? Pues que el hombre se considera irresistible, que piensa que la tiene de oro y con música, que no hay mujer en los Estados Unidos que no quiera un pedacito de Cuba. El hombre anda buscando una millonaria joven que no tenga gran opinión del inglés. The pursuit of happiness. ¿Te das cuenta? Se le ha dado todo demasiado fácil.
—Las mujeres son unas estúpidas —comentó Delfina— Y no estoy pensando en esas pobres mujeres con tus compatriotas, sino en las mujeres en general. Pero dime, ¿cómo carajo se entienden?
—¿Qué hay que entender?
—¿Cómo, qué hay que entender? ¿Cómo se comunican?
—El Dr. Johnson hizo un comentario interesante acerca de los perros amaestrados en el circo, que pueden caminar usando solamente las patas traseras: «No lo hacen muy bien, pero es sorprendente que lo hagan de cualquier forma».
—Pues en fin, te diré— concluyó Delfina— que en realidad no me importa un carajo si están pasando por un trauma cultural, por un dilema psicológico....
—No, de dilema psicológico nada —la interrumpí— aquí la psicología, en lo que respecta a los cubanos, quizá no a sus patrocinadoras, es de una simplicidad abrumadora. Sobra Freud.
—O por lo que estén pasando. —prosiguió Delfina— Se las va a tener que ver con el bouncer del bar, que es lo más parecido a King Kong que he visto en mi vida.
—Y tal vez sería una buena lección —comentó Toni—.
—Bueno, sí, hasta cierto punto. Miren, Toni, Delfina: por supuesto que tú, Delfina, tienes todo el derecho del mundo a que no te moleste nadie. Pero en cuanto al valor pedagógico de tu acción, lo que mi compatriota aprendería de la lección es que uno no se mete con esa camarera específica, porque tiene mal temperamento y llama a un mastodonte que le crea problemas si toca ese culo particular. Pero eso es, claro, una situación anormal. Todo lo que hay que hacer es cambiar de bar, y por consiguiente, de culo.
—Con esa lección me basta. Toni, ¿sabes que esta noche ponen

«African Queen» en la tele? ¿No quieres verla otra vez?
—Bueno, si al caballero acá no le importa.
—Oh, esta noche estaba pensando leer a Vico o a Dilthey.
—¿En qué canal? — le preguntó Toni a Delfina.
Cuando Toni se estaba adormeciendo, después de la película, me preguntó:
—Oye, en serio, ¿no crees que evitaría problemas decirle a Narciso que dejara a mi hermana en paz?
—Carajo, Toni, a tu hermana no le hace falta que la ayude nadie.
—No, claro que no.
—Entonces lo mejor es que ellos descubran en cabeza propia que no le pueden tocar las nalgas a todas las mujeres que ven en un bar. Por otra parte, si lo que te molesta es que el honor de la familia haya sido escarnecido, me pongo mi capa y espada, lo voy a buscar, y lo obligo a que se case con tu hermana ante Dios y ante la ley, o «lo he de ahorcar, vive a Dios».
—¿Necesitas que te mande a la mierda, o puedes hacerlo de voluntad propia, mi arvejita olorosa?
—No, pero piénsalo, Toni, como dicen ustedes en inglés, ¿para qué llorar por la leche que ya ha sido derramada? ¿Para qué llorar por las nalgas que ya han sido tocadas? De haberlo sabido antes le habríamos recomendado a Delfina que se comprara unos panties a prueba de manos.
Toni me respondió pretendiendo que estaba roncando.

21 de diciembre, 1980

—Bueno, ¿cómo vamos?
—Vira ahí. Los dos más grandes con las dos más bajas.
—Caja de muerto aquí.
—Cinco dos.
—Vaya, el blanquito.
—Ocho y la puntilla.
—Entonces vamos Diosanto y yo contra Eloy y Narciso.
—Ah, están muertos, compadre, los cara de tranque estos...
—¿Muertos? Muertos he visto cargando arena, mi socio. ¿Tú te atreves a apostarte algo que les ganamos?
—Sí, van a ganar...la puerta para salir corriendo. Uno de seis de cerverza, ¿va? ¿Tú no ves que yo estoy jugando con Eloy el barín? Sí, porque en Moscow hay dos Eloy González, mi compañero, que es Eloy el barín, y Eloy con quien yo vivo, que es Eloy el mofú.

—Sí, tu compañero será muy bueno, pero a ti yo te doy candela, y más cuando te tengo abajo. Tú lo vas a ver, tocayo.
—Narciso, ¿pares o nones?
—Nonez.
—Son pares. Ya están cogidos, compadre. Sale tú.
—No, si tú tienes algo bueno, Diosanto, sale tú.
—No, no, sale tú por lo que tú quieras, que yo me empato contigo.
—Oye, Narciso, díle a Dolores que se traiga unas cervezas ahí.
—¿Dolorez? ¿Dolorez? Zome biarz, my love, yez? Graziaz. Zank yu.
—Per ¿tú ves, tocayo? Si Angela está aquí, Dolores le hubiera dicho que se las buscara él. ¿Digo verdad, o no?
—Bueno, Eloy, deja ezo, compadre. Yo tengo mi manera de entenderme con ella, azí que tú déjame a mí.
—No, no, si yo no me meto en tu vida. Pero es que es así.
—Bueno, va el doble siete.
—Ah, ¿el apestoso doble? Ya no podemos perder.
—¿El apestoso doble? ¿Por qué, Diosanto?
—Compay, ¿tú no te acuerdas de los números de la charada en Cuba?
—Bueno, de algunos, pero del apestoso no.
—¿Es que tú no te acuerdas? ¿Tú no te acuerdas que el siete era culo?
—Coño, es verdad.
—Bueno, qué, Eloy el mofú, ¿ya te pasaste?
—Sí, me voy a pasar. Cuando no tenga, pero es que los tengo pululos. Vaya la puyita. Bueno, qué, tocayo, así que te vas de vacaciones manaña...
—Sí, Toni y yo vamos a San Francisco.
—¿Ya tú has estado en San Francisco antes?
—Sí, cómo no. Es una ciuad fantástica. Es la ciudad que nos gusta más.
—Coño, dale, Narciso, que esto no es para mañana. ¿Usted pasa, o qué?
—Déjame, déjame penzar a mí, Diozanto, que uzted no ez el rey del dominó ni nada de ezo. Voy a poner.
—Bah. Pa lo que sabe. Botar la gorda na más.
—Me doblo.
—Paso.
—¿Ves, ya le diste un pase a tu compañero? Vaya, yo te repito.
—Nuevitaz puerto de mar.
—¿Tú entendiste eso, Eloy el barín?
—Sí, porque veo que es el nueve. Y en ese nueve me vuelvo a doblar.
—¡Bota eso, muchacho, que no lo quieres pa na! No paga renta. ¿Llevas, mofú? ¿Ah, sí? Pues mira, guarda pan pa mayo y avena pa

tu caballo, que se te van a acabar. Vaya. Cuadradito te lo dejo. ¿Todavía llevas, Narciso?
—Tranquilo, tú tranquilo, cómo no voy a llevar.
—Oye, tocayo, y ¿hace frío en San Francisco?
—Bueno, hace su poquito de frío, pero no el frío y la nieve que tenemos aquí.
—Eloy, prezta atenzión al juego y deja a Zan Franzizco pa dezpuéz.
—Ah, estáte quieto, que yo presto más atención hablando que tú en un profundo silencio.
—Ay, qué bueno. Vaya a nuevitas, compadre.
—Coño, ¿tú vez, Eloy? Ya me pazaron.
—Qué, compadre, qué me dice usted a mí. El primer nueve, ¿no lo dio usted?
—Porque le eztaba huyendo a la puyita eza tuya...
—Eh, eh, caballeros, que este juego lo inventó un mudo. Narciso, deja que las fichas hablen, a ver si el mofú aprende.
—Paso.
—Mira, tú que sabes tanto, Diosanto, ya le diste un pase a tu compañero también. Ahora cómetela.
—Sí, sí, yo me la voy a comer. Cuando tenga hambre, pero ahora tengo la barriga llena. Mi compañero...
—Eh, qué pasa gente...
—Eh, Nacho, ¿qué tal?
—Eh, qué pasa bacán. Coño, hacía días que no te veía.
—Sí, yo creo que desde los días en que te entrevisté no te volví a ver. Tú sabes, el trabajo, el frío. ¿Vino Virginia contigo?
—Sí, tu progenitora.
—Ah, cállate, Eloy, que ya te he dicho que no me jodas más con eso. No, no vino. Yo le dije que para qué carajo iba a venir, si no entiende na ni juega al dominó. Además, bacán, yo no quiero estar yendo con ella a todas partes. Ella se cree que tiene que estarme cuidando, y yo me sé cuidar solo. Vaya, que yo quiero tener mi libertad también.
—Sí, pero ¿qué va a pasar si te meas los pañalitos? Otro nuevecito para ti, Narciso.
—Ah, Diosanto, vete pa el carajo.
—Zí, pa el carajo lo mando yo también. Pazo.
—Y yo.
—Pues esto se trancó.
—Sí, ¿cómo no se iba a trancar? ¿Yo no te dije que estos tenían cara de tranque? Ahora tienen cara de pollona. Cuenten ahí.
—Sesenta, setenta y dos, setenta y nueve.
—Un palito más, y quedan al campo.

—Coño, tocayo, pero ¿tú ves lo que hace Narciso tirando a nueve?
—Ya yo te dije que no llevaba máz. ¿Qué quierez, que laz invente?
—No, pero tú no tenías que entrar con el nueve. Mira como te contaron el siete blanco ahí. ¿Para qué tenías que entregar el nueve? ¿Para que se doblara Eloy?
—Ah, compadre, como voy yo a zaber que él tenía el doble.
—No, chico, es que esa ficha no se entrega así. ¿Y no tengo razón?
—Yo no sé si tu tienes razón o un cabrón jugando contigo, pero denle agua ahí, cara de capicúas, que en la próxima vienen de nalgas.
—Bueno, Eloy, hay mucho de suerte en el juego.
—Sí, tocayo, yo sé que hay de suerte, pero es que estoy jugando contra tres y la mala suerte. Coño, mi ficha sale a la intemperie como barca de cubanos refugiados en mares tempestuosos, a ver qué le pasa.
—Nacho, tráete ahí unaz zervezaz.
—Bueno, y qué, Narciso, ¿todo sigue bien en tu trabajo?
—Sí, viento en popa.
—Coño, cállate, Eloy, la verdad ez que tú no dejaz a la gente hablar. No, compadre, la verdad ez que ya me eztoy canzando de cuidar muchachitoz. Que zi ze caga uno, que zi el otro viró el helado, que hay que eztar arriba de elloz todo el día. Yo eztoy buzcando por otraz partez, en la univerzidad, en loz barez, y ezo...
—Narciso, creo que nunca te pregunté...
—Perdone que le interrumpa, compañero, pero ¿sale usted o salgo yo?
—Sal tú, Diosanto. Pero ¿tú hablas de tus planes con Dolores, le cuentas tus planes, o sea, te sigues llevando bien con ella? Yo sé que no es asunto mío, pero ella es norteamericana, y siempre te puede ayudar...
—Vaya, la caja de muertos.
—¿Cómo, Diosanto?
—Oye, Nacho, ¿qué carajo paza con ezaz zervezaz?
—Sí, barín, ¿tú no estás viendo que es el doble seis?
—Zí, mira, Dolorez y yo noz entendemoz mejor ahora. Pero ez que aunque ella me entiende, muchaz vezes no me comprende, porque no vemoz laz cozaz igual, tú zabez...
—Mira, Diosanto el mofú, que tú eres mas mofú que yo, cinco mil y más muerieron.
—Ay, muchachito, ¿qué miedo tú crees que yo le voy a tener a tus cincos? Esos son cinco sin color.
—Bueno, Narciso, ¿en qué tú trabajabas en Cuba? Porque a lo mejor yo le puedo decir a Dolores si tú tienes experiencia en algo, a ver si te encuentra algo que tú sepas hacer...

—Bueno, ez que en Cuba yo trabajé en muchoz trabajoz diferentez, tú zabez, yo me cambiaba... eztuve en barez...en el mercado negro... al final eztaba en la playa.
—En la playa. ¿De qué, camarero en algún restaurante?
—No, no... tú zabez, allí en la playa...como cuidando la playa.
—¿Tú eras salvavidas?
—¿Salvavidas? Tocayo, Narciso se puede ahogar en la ducha.
—Eloy, ya te dije que arrancaraz pal carajo. Juega ahí y deja de joder, que vamoz a perder otra vez.
—Tu dirás «que voy a perder otra vez.» Vaya, Diosnosanto, a triste y culo.
—Triste vas a estar tú. Culo por los dos lados.
—Pazo. No mira... yo eztaba como cuidando la playa, recogiendo laz botellaz y ezo que la gente deja tirada... pero era un trabajo partime, como dizen aquí... porque ez que yo eztaba viviendo con una jevita que era la jefa de cozina para un hotel de loz de la comunidad, azí que no noz faltaba nada...
—¿Coño, compadre, ¿pero tú has visto hasta cuándo ha esperado Narciso para doblarse en el culo ése? ¿Cómo no voy a pasar?
—¿Ah sí? Pues mira, mofú, para tu compañero nada más, a ver si él me caza a mí o si yo lo cazo a él. El dos, mariposa.
—Para eza maripoza tengo yo una puya.
—Paso.
—Cojones, Narciso, no se puede jugar contigo hoy. ¿Tú no has contado cuantas puyas hay afuera? Mira, para que tú aprendas, cuenta: una, dos, tres, cuatro, cinco seis, siete... ¿qué falta? La puya y nueve, la puya de muertos, y la doble puya. Yo no llevo nuevitas desde hace rato ¿quién las va a tener?
—¿Quién, mofú? ¿Quién? Papá, mofú, papá. ¡Míralas aquí! Pollonita, pollonita fácil. ¿Yo no te lo dije, barín?
—Ahí llegaron Julio y Angela.
—Ah, Narciso, coño. Bueno, pues con más razón me voy...
—No, eztáte quieto, Eloy, que yo no zabía que iban a venir, azí que a mí no me digaz nada.
—No, igual yo me voy, porque no me gusta molestar a nadie...
—Eloy, tocayo, tú no vas a molestar a nadie, ni estás en casa de Angela, sino en casa de Narciso, con tus amigos. Angela no se come a la gente, y yo estoy seguro que no te va a decir nada incluso si viene por aquí a saludar. Mira, vamos a hacer una cosa. El otro día en la entrevista vimos que teníamos más en común que el nombre, y quisiera hablar contigo un poco más de eso. No tengo mucho tiempo, pero vamos a dejar que se sienten a jugar un rato Nacho y Julio, y tú y yo

nos sentamos a tomarnos una cervecita. Después, si quieres, te llevo a tu casa.
—Bueno, está bien, tocayo, pero lo hago por ti, porque a esa mujer no la aguanto, compadre...
—Bueno, vamos al sofá.
—Oye, así que tú conociste a Carlos el chofer.
—Sí, cómo no. Si te dije que yo he visto tu casa —por fuera, claro— más veces que tú.
—Bueno, mira, yo recuerdo que habían dos bodegas, una que estaba cerca de Mayía Rodríguez, que era grande, propiedad de un gallego que se llamaba Ceferino, y le decíamos el bodegón, y otra pequeñita, ahí en la Avenida de Acosta, que era de otro gallego que siempre llevaba boina, no recuerdo cómo se llamaba, y le decíamos la bodeguita.
—Sí, compadre, cómo no. Pero la bodega grande la cerraron hace un montón de años, ahora es un almacén de ropas. La bodeguita sigue ahí. El gallego se llama Gervasio. Yo estaba en esa esquina a cada rato.
—Coño, no me digas. Nosotros parábamos en esa esquina todos los días de la semana cuando salíamos del colegio, porque había un colegio de señoritas cerca y muchas de ellas pasaban por allí. Le decíamos «La esquina de pasar revista».
—Bueno, el colegio ya no es de señoritas nada más, pero todavía muchas desfilan por ahí. Esa es la esquina más popular de La Víbora.
—Ahí tuve yo la única bronca a piñazos que he tenido en mi vida. La recuerdo bien. Ocurrió por un caso de amor platónico. Había esta trigueñita que era una monada. Yo la había estado cachando, no sé si todavía se dirá así....
—Sí, sí se dice.
—Por varios días. Tenía unos ojitos preciosos. Yo era muy serio, y en vez de los demás, que le decían piropos a cuanta muchacha pasara por allí, me concentraba en mirarla serio, sin quitarle la vista. Coño, un día me miró. Me miró directo a la cara. Ese día recuerdo que quise irme a pelar, aunque no me hacía tanta falta. Al día siguiente, hizo como que me ignoraba, porque pasó por donde estaba yo toda risas, hablando con dos amiguitas, tú sabes, con coqueteo, como si quisiera que las amiguitas me vieran, cosa que me pareció que hicieron. Ah, caray. Al otro día, oye, no sólo me miró, sino que me sonrió. Tragué en seco y me puse pálido. La cosa ya pedía más acción, pero fue una sonrisa tímida, de alguien que estaba más asustada que yo. Había que tener calma. Ese día me escapé del colegio temprano, con una excusa, para tener mejor posición en el muro enfrente de la bodeguita. Cuan-

do pasó, nos miramos y nos sonreímos los dos. Esa noche no pegué un ojo. Todo el día en el colegio me lo pasé temblando. Cuando la vi bajar la calle, vi que venía con la cabeza baja. Ella sabía que le iba a hablar. «Hola» le dije, «¿Cómo te llamas?» «Tere», me dijo, «¿Y tú?» Le dije. «¿Puedo verte en el parque algún día?» «No sé, mi mamá no me deja salir sola. Nada más que al colegio» «¿Puedo acompañarte al colegio algún día?» Yo hubiera jurado que me iba a decir que sí, después de una breve pausa de modestia. Pero resultó que todo ese tiempo íbamos bajando la calle juntos, y como desde el muro vieron que la muchacha respondía a lo que le estaba diciendo, y que se había detenido ante mi última pregunta, uno de los muchachos que se las daba de muy conquistador gritó «¡Síguela, que va herida!» Al oir esto, Tere se echó a correr. Yo corrí un poco detrás de ella, «¡Tere, espera, Tere!», pero no hubo manera. Carajo, me acuerdo regresar al muro rojo de rabia. El muchacho que había gritado se llamaba Valentín, y era más alto y más fuerte que yo, con mucho. El muy cabrón, al verme llegar, riéndose me dijo «No te ocupes, que cualquier día se te da. La que da la mano da la pierna». «Valentín», le dije, y era la primera vez que yo decía algo así, «Debo decirte que me cago en tu madre».

—Coño, si yo hubiera sido tú, le habría dicho, «Chico, parece que tú no tienes madre, pero si la tienes, ¿podrías decirme en que ballú trabaja?

—Sí, me imagino. Pero el caso fue que allí en un momento Valentín y yo nos entramos a piñazos. Mejor dicho, yo le di un piñazo a Valentín y el me entró a piñazos a mí. Pero no duró mucho, porque otro de los muchachos, que se apodaba Trucutú, agarró a Valentín por el cuello y le dijo «¡Abusa con uno de tu tamaño, si eres tan macho!» No sé por qué le dijo eso, ya que Trucutú era el doble de grande de Valentín. Pero más o menos todo el mundo odiaba a Valentín, yo no creo que fuera porque era tan fresco, sino porque a cada rato las muchachas le hacían caso. En fin, a mi madre le dije que me había caído de la bicicleta. Al día siguiente, Valentín me pidió excusas en el colegio, diciéndome que el comprendía que había actuado mal, «Porque un hombre no debe meterse con la mujer de otro hombre.»

—Vaya, por lo menos reconoció eso. Yo siempre he dicho que uno no tiene que entrometerse en la felicidad de los demás.

—Bueno, el caso es que a Tere no la volví a ver. Por cuatro días de esa semana, teniendo un ojo morado, la boca hinchada, rojo en la frente, no volví al muro, porque no quería que me viera así. Por fin volví, pero no la vi. Estaría bajando por otra calle. Decidí que iba a esperarla a la puerta de la escuela. Entonces anunciaron la nacionalización de las dos escuelas, que eran católicas. Mis padres no quisieron que siguiera yendo al colegio, y empezaron a gestionar mi salida de Cuba. Para que no me metiera en líos en lo que se resolvía lo de la visa, me mandaron a la playa. A las dos semanas de estar en la playa, me enamoré otra vez. Supongo que ése es el final del cuento. Pero ese muro no se me olvidará nunca. No sólo por Tere. Allí conocí personajes... bueno, quiero decir, que vi como el vox populis cubano crea sus personajes. Todo el mundo en Cuba tiene su nombrete, pero algunos son de película. «Flaco», «Gordo», «Narizón», «Orejón», siempre tienen base en una realidad verificable, pero les falta imaginación. Pero había, por ejemplo, un muchacho mayor que nosotros, de unos veintitantos años, que decía que había estado en la Sierra con Fidel, aunque todo el mundo sospechaba que se había dejado la barba el primero de enero del cincuenta y nueve. No sé cuál sería la verdad, pero lo cierto es que el tipo tenía una de esas barbas espesas que casi llegan a los ojos. Enseguida le pusieron «Cara de papaya.» Recuerdo que alguien preguntó por qué. «¿A qué papaya tú crees que nos referimos, comemierda?». Otro, también un poco más viejo, se las daba de chulito y de tener la pinga gorda. Si esto era verdad o no, nadie lo sabía, pero lo cierto era que el tipo tenía una probóscide considerable. De jovencito era simplemente «Narizón». Pero cuando empezó a dárselas de su miembro, el tipo se convirtió, ¿te imaginas en qué? En «Pingocho». Mi favorito era un muchacho que era de lo más buena gente, todo el mundo lo quería. Era bajito y rechoncho, así que claro, «Nalguitas». Y te digo que el nombrete que se le quedó no se lo pusieron tanto por reírse de él sino porque así lo quiso el destino. Resulta que le atacó tremendo caso de salpullido. El pobre lo tenía esparcido por todo el cuerpo. pero donde más le picaba era en el abdomen, así que metía la mano dentro de la camisa para rascarse. Pobre «Nalgoleón». Espero que haya salido de Cuba y resida en Wyoming.

—¿Y tú tenías nombrete también?

—Sí, aunque el mío es menos interesante, pero también tiene su historia. De chiquito era «Flaco», como tantos flacos. Pero resulta que pasaron varias cosas. Seguro que tú te acuerdas del comandante Eloy Gutiérrez Menoyo, que bajó con Fidel. Bueno, no había muchos Eloyes en La Habana, que se supiera. No es el nombre más común que digamos. Así que el primer nombrete que me puso el muro fue «Menoyo». Pero una cosa trae la otra. Resulta que un día dos amigos míos tuvieron una bronca, no me acuerdo por qué, y yo me metí en el medio a separarlos, pero parece que éstos dos se las tenían guardadas por algo, y aunque me seguían diciendo que me quitara del medio, yo

no quería hacerlo, porque tenía miedo de que se fueran a hacer algún daño malo. Bueno, recibí más golpes yo que cualquiera de ellos. Yo creo que dejaron la pelea para otro día cuando vieron que estaba sangrando. Y también resulta ser que el referí de la lucha libre en La Habana era un tipo pintoresco, pequeñito, con lacito al cuello, tan ineficaz, «Mingoyo», que cuando los luchadores se cansaban de él, lo agarraban y lo tiraban fuera del ring. Cuando el muro se enteró de lo que había pasado, «Mingoyo» sustituyó a «Menoyo». Pero coño, es que habían tantas cosas interesantes en el muro. En ese muro vi yo por primera vez pintado «Muera Batista». También vi «Fidel traidor». Además, había un tipo, que le decíamos «Rafles», que se encargaba no de pintar, sino de grabar, con un clavo, cosas de los muchachos que estábamos por allí. Obscenidades comprensibles sólo para Rafles. «Carlos putialacumbambia»...
—Cojones, ¿tú te acuerdas de eso? Pero, no me digas que eso viene de tu tiempo... ¿y la mía?
—¿La tuya?
—Sí, la que decía Eloy. ¡No me digas que era de ti!
—Ah, sí, de mí escribió «Eloy masambitortillero».
—Cojones, compadre, y todo ese tiempo yo pensé que alguno de esos cabrones había grabado eso de mí en el muro... por poco tengo un problema, porque un día llegué medio tomado allí al muro y les dije, «Miren amigos, amigos todos: el que escribió con tal tino, con tal tono y tanta talla, me dio a mí en el pepino, y a su madre en la papaya. ¿A ver quién fue el maricón que escribió eso? Que me lo diga de frente. ¿Qué carajo es eso de «masambitortillero»? Por lo que quiera decir, la tortillera será su hermana, y su hermano, que será tan maricón como él, Fidel lo habrá metido en Mozambique. Por lo demás, quiero decirle al poeta, por citar la poesía tradicional, 'Tú que eres poeta, y en el aire las compones, pónte un farol en el culo y alúmbrame los cojones'. ¿Quién se la saca?» Coño, compadre, yo pensé que alguien iba a saltar, porque allí había tipos como tú y como yo, de los que no se dejan dominar, pero todo el mundo me miró y me dijo «Yo no fui». Yo estaba como para buscar bronca esa noche, y sospechaba de un mulatico medio cabrón que le estaba pegando los tarros al gordo de la parada que vendía pericos...
—¿Al gordo Casablanca?
—Sí, cojones, a ese mismo, ¿tú lo conociste?
—¿Al gordo Casablanca? Le compré por lo menos veinte pericos. Y desde que yo estaba en Cuba todo el mundo decía que al gordo Casablanca la mujer le pegaba los tarros. Pero yo oí a mi madre decirle a una de las esposas de uno de los de la piquera, y mira que mi

madre es católica y asturiana, y no es que siempre rechace el chisme, sino que ella sabía: «Ya quisieran algunas de ustedes ser tan buena mujer como lo es...». no me acuerdo de su nombre. Quizá mi madre lo dijera porque la mujer del gordo era asturiana también. Pero coño, a mi madre todo el mundo siempre la ha respetado. Así que lo de los tarros... bueno, es de dudar.
—Coño, pues tú sabrás. Pero al mulatico le dije, «¿Fuiste tú, cachi e cabrón? Pero el tipo me dijo, «Mira, Eloy, si tú tienes algo conmigo, dime qué es lo que es y nos fajamos ahora mismo, pero no me digas que yo escribí eso, porque no fui yo». Así que eso me calmó. Pero tú me dices que te lo escribieron a ti...
—Antes del sesenta y uno.
—Cojones.
—Cojones. Pero si te puedo decir que lo formidable del nombre, que como ves nunca se me ha olvidado, es que nunca pude entender cómo un hombre puede ser «tortillero». Tortillera en Cuba quería decir lesbiana, ¿no? Una mujer a quien le gustan las mujeres. Y lo de «masambi», ¿qué carajo será? ¿A ti nadie te dijo qué quería decir?
—No, tocayo, qué carajo. Nadie sabe eso. ¿Tú no te acuerdas de la que decía «Caramilla: echorgrajo y casi el carajo»?
—No sólo me acuerdo, sino que te puedo decir de quién la escribió.
—¿De quién?
—De un tipo que se llamaba Carlos Caramilla. Coño, Eloy, pero ponte a pensar... quince, tal vez veinte años, tú pensabas que la cosa iba contigo....
—Bueno, va con cualquier Eloy, compadre.
—Sí, supongo que sí. Bueno, ¿nos vamos?
—Sí, vámonos de aquí.
—Coño, Eloy, lo menos que pudiste hacer era decirle adiós a Dolores.
—No, tocayo, ¿tú no ves que ella estaba hablando con Angela? Y ya Angela me ha echado mucha mierda a mí. Yo no salí de Cuba para que nadie me diga «Tú piensas que eres libre, pero no lo eres.» No, compadre, si yo era libre de irme a la cárcel, o buscar que me metieran en la cárcel, en Cuba, con cagarme en Fidel y en el recontracoño de su madre en un bar; yo sabía que me la estaba jugando, como me la jugué viniendo para acá, pero no para encontrar otra cárcel aquí.
—Eloy, no estamos tan borrachos, cojones. Aquí nadie te va a pedir un carnet de identidad, ni te va a preguntar con quién has hablado, ni por qué. Olvídate de Angela y de los ángeles. Suave es la cosa, my friend, suave es la cosa. Sigue en lo tuyo, y olvídate de lo demás.
—No, chico, es que es difícil, porque yo soy más independiente que la independencia. Pero bueno, trataré de olvidarme de Angela, pero no

de Los Angeles. Mira, coño, que en Cuba todo el mundo estaba soñando siempre con conocer Los Angeles. ¿Ahí sí hace calor no? ¿Y las muchachitas en Hollywood andan en bikini por la calle?
—Bueno, yo prefiero San Francisco. Las muchachitas supongo que andan en bikini en la playa, aunque en Hollywood puede pasar cualquier cosa. Pero con el tiempo y un ganchito, muy bien puede ser que conozcas Los Angeles. Todo, Eloy, es cuestión de paciencia.
—Bueno, tocayo, gracias por traerme. Mira, cuando regreses de las vacaciones, a lo mejor hay sorpresas.
—Sí, la Navidad siempre es época de sorpresas. Esperemos que sean buenas.
—Sí, si las hay van a ser buenas. Gracias de nuevo, tocayo. Abur.
—Buenas noches, tocayo.

Enero 4, 1981

Cuando Toni se enteró de todo lo que había sucedido en esa memorable Navidad, su comentario fue el apropiado cliché inglés «It looks as if the shit hit the fan». (Que traduciría, más o menos, «Parece que alguien puso la mierda enfrente del ventilador»). Ayer llegamos a Moscow alrededor de las once. A los pocos minutos de llegar, llamó Virginia. «Mira, sé lo cansados que deben estar, perdóname por llámar a esta hora. Pero es urgente que hable contigo mañana, mientras más temprano mejor». «Bueno, Virginia, te hablo mañana. ¿Pero puedes decirme de qué se trata? «Es Nacho. No quiere volver a las clases de inglés. Quiere irse a vivir con Diosanto». «¿Con Diosanto? Pero Eloy vive con Diosanto.» «No, ahora Narciso va a vivir con Eloy. Parece que rompió con Dolores, yo no sé por qué. Y Diosanto ha encontrado un apartamento más barato y que le queda más cerca del trabajo». «¿Del trabajo? ¿Qué trabajo?» «El que dejó Narciso en la guardería. Ya Narciso no trabaja allí. Que yo sepa, no tiene trabajo ahora». «¿Y le dieron a Diosanto el trabajo de Narciso?» «Sí, tú sabes, el mismo cuento de que le gustan mucho los niños. Pero sobre todo que el gobierno paga la mitad de su salario.» «Bueno, sí, Virginia, parece que tenemos que hablar. Te llamo mañana por la tarde, después de las clases». «O.K. Buenas noches».

Cuando llegué a mi oficina por la mañana, había una nota en la puerta. «Tocayo: llámame cuando llegues. Hay una buena sorpresa. Eloy.» Serían las once cuando llamó Angela. Ciertos incidentes de alguna gravedad habían ocurrido. Prefería no mencionarlos por teléfono. ¿Podríamos Toni y yo reunirnos con ella y Dolores cualquier noche para conversar? ¿Mañana? Perfecto. En su casa.

A las cinco llamé a Virginia y quedamos en encontrarnos en un bar.

—Mira, lo de Nacho yo lo veía venir. De cierta forma no me agarra de sorpresa. En cosas de la casa, por ejemplo. A cada rato no hacía la cama. Un día le dije que era su obligación hacerla, y lo que creo que me respondió, si lo entendí, era que yo no dormía en su cama, sino él. Que yo hiciera con mi cama lo que quisiera y él iba a hacer con la suya lo que quisiera también. Que si de verdad esa era su casa y su cama, yo no tenía que estar diciéndole lo que tenía que hacer. Yo empecé a hacerle la cama, para que mi marido no notara el desarreglo del cuarto. Porque también empezó a dejar la ropa tirada por el suelo y a fumar en la cama, algo que si mi marido se entera, lo saca de la casa en el momento. Empezó a ponerse más difícil con la comida. A cada rato me decía que no le gustaba algo sin siquiera probarlo, y no lo comía. Yo siempre trataba de calmar la cosa, diciéndole a mi marido que todo era parte del proceso de adaptación, que había que tener paciencia. Una noche, el pobre por poco explota, porque yo había cocinado una olla de vegetales y atún, y Nacho me dijo que eso no sólo no podía comerlo, sino ni mirarlo, así que se levantó de la mesa y se fue al bar a comer una hamburguesa, por lo que me dijo. A mi marido le pareció todo muy ofensivo, pero yo lo calmé con la cosa de que era su dinero, que a lo mejor nunca había visto comida así en Cuba. Pero al principio, como me dijo mi marido, no protestaba de nada. Es que ahora se sentía con más confianza. Eso era bueno. Pero a cada rato llegaba tardísimo, sobre todo los fines de semana, cuando se reunía con los otros cubanos. Yo empecé a dejarle la puerta de atrás abierta, para que mi marido no lo viera llegar medio borracho a las dos o las tres de la mañana. Y el frío ha sido un factor. Con las primeras nieves, me acompañaba cuando yo salía a raspar el hielo del parabrisas del carro. Incluso un par de veces limpió la nieve a la entrada de la casa con la pala. Pero ahora, como no sea para visitar a los cubanos o ir al bar, cuesta Dios y ayuda hacerlo salir de la casa. Qué te voy a decir. Yo se lo he aguantado todo. En una sola cosa no estaba dispuesta a transigir: sus clases de inglés. Ya te conté que habíamos estado teniendo problemas entre el libro de inglés y la guitarra. Cuando vi que era noventa por ciento guitarra y menos de diez por ciento inglés, le dije que le iba quitar la guitarra al menos parte del día si no lo veía estudiar más. ¿Sabes qué me respondió? Que si pensaba quitarle la guitarra parte del día, que se la quitara del todo, pero entonces que guardara también el libro de inglés, porque no pensaba volverlo a abrir. En fin, que tuvimos una conversación larga y seria. Pensé que lo había convencido de lo importante que era que él aprendiera mucho más inglés de lo poco que sabía, porque hicimos un pacto: dos horas de estudio todas las noches, y él podía hacer con el resto del tiempo lo que quisiera, ver la televisión, tocar la guitarra, o lo que fuera. Lo de la televisión, por cierto, ha sido otro pequeño motivo de roce. A Nacho le gustan los programas de variedad, de música moderna. A mi marido le gustan los programas de detectives y el fútbol. Así que yo he tratado de buscar un balance entre los dos, y el resultado es que ninguno de los dos ha quedado muy contento. Le sugerí a mi marido que compráramos otro televisor, pero no le gustó nada la idea. Me dijo que si Nacho quería un televisor personal, que ahorrara su dinero, en vez de gastárselo con los cubanos, y se lo comprara él. Mi marido no siempre es comprensivo. Pero bueno, en fin, Nacho empezó a estudiar dos horas por la noche. O, al menos, espero que estuviera estudiando. Sé que no estaba tocando la guitarra. Pero como se encerraba en el cuarto, no puedo asegurar que estudiara de verdad. A las clases, yo lo llevaba y lo traía. Al principio, me quedaba a oír la clase, pero Nacho me dijo que él se sentía muy cohibido con mi presencia, que era mejor que yo no estuviera allí, porque todos los demás estudiantes iban por su cuenta, y él era el único que traía a una mamá. Yo comprendo que eso lo hiciera sentir mal, así que dejé de ir. Lo que hacía era que me iba a la biblioteca, a tratar de estudiar un poco de español en lo que duraba la clase, porque no merecía la pena tratar de regresar a casa. De más está decir que a mi marido tampoco le gustaba esto, pero era lo más razonable, que si Nacho iba a aprender inglés, yo también debía tratar de entenderlo mejor en su lengua. Bueno, desde que empezó a nevar, las clases se convirtieron en un problema. Me decía que no soportaba el frío. Pero después llegaba el viernes, y aunque hacía igual frío, se iba caminando a la casa de Eloy y Diosanto, o al bar. Cuando lo confronté con esto, me dijo que no le gustaba la clase, ni la profesora ni sus compañeros estudiantes, a los que llamó «chinos». No son chinos, son algunos de los vietnamitas que tenemos por acá. La profesora —bueno, no es profesora, es una chica buenísima, colombiana, estudiante de educación, que se ha ofrecido de voluntaria, se llama Clarisa, —¿la conoces? Bueno, pues tengo que presentártela, porque quisiera que ella hablara contigo. Pues ella pensó que ir a la iglesia le estaba costando mucho trabajo en el invierno, así que quiso que las reuniones fueran en su apartamento. Clarisa me dijo el otro día que tenía que irla a ver. Parece que esto es lo que ha pasado. Como a la tercera sesión, Nacho le preguntó si quería salir con él. Ella le dijo que por supuesto que no, que era casada. Nacho le dijo que lo que él quería era salir a dar una vuelta, tomar unas cervezas, hablar en español con alguien, porque se aburría mucho en mi casa. Clarisa le dijo que de ninguna forma, que ella no socializaba con sus estudiantes. Nacho por lo visto quedó un tanto molesto con eso. Pues bien. Resulta que hay una muchacha latinoamericana en la clase, no sé de dónde es, y Nacho empezó a sentarse al lado de ella y a hablarle en español a cada rato, cosa que está prohibida en la clase. Algunos vietnamitas protestaron, pero Clarisa, como vio que la muchacha no le hacía mucho caso, esperó a ver si Nacho se cansaba. Pero la cosa seguía. En fin, que un día fue la muchacha misma quien le dijo a Clarisa que ya no soportaba tener a Nacho constantemente hablándole en español, pidiéndole siempre que saliera con él, y diciéndole mil cosas impropias en un salón de clase. No la dejaba concentrarse, así que si Clarisa no podía lograr que Nacho se apartara de ella, iba a tener que abandonar la clase, aunque lo sentía, porque la necesitaba. Por lo visto, la muchacha había mejorado bastante, mucho más que Nacho, según Clarisa. Así que ella decidió que en lo adelante, iban a haber asignaciones de dónde sentarse. No en pupitres, porque como la sesión era en la sala del apartamento, todos los estudiantes se sentaban en el suelo —cosa que a Nacho tampoco le gustaba, aunque el suelo estaba alfombrado—, en el lugar indicado por ella. Nacho seguramente notó que el nuevo arreglo era por él, porque verás lo que pasó. Clarisa empezó con sus preguntas de todos los días, «¿Cómo está usted?», «¿Qué día es hoy?», «¿Qué hizo hoy?», etc. Cada vez que le preguntaba a Nacho, éste no le respondía. Clarisa le repetía, «Usted debe al menos de tratar», pero Nacho como si con él no fuera. Y Clarisa me dice que con los vietnamitas es muy distinto, que incluso si no saben, siempre están levantando la mano y queriendo responder. Por fin, Clarisa, ya un tanto amoscada, le preguntó a Nacho cuántos eran seis y seis. Nacho no respondió. Le preguntó cuántos eran cuatro y cuatro y cuatro. La misma cosa. Cuántos eran dos y dos. Nada. Cuántos eran uno y uno. Por fin Clarisa hizo algo que no acostumbra a hacer, y le dijo a Nacho en español, «Señor, usted debe hacer algún esfuerzo.» Con la misma, Nacho, que estaba sentado sujetándose las rodillas, se inclinó un poco hacia la derecha y se tiró un viento. Y por si esto no fuera lo suficientemente convincente, con la misma se inclinó hacia la izquierda y se tiró otro. Y según Clarisa, no fueron vientos nada delicados, sino sonoros y hasta con eco. La clase se quedó petrificada. Clarisa le dijo que si tenía que ir al baño, que por favor se excusara. Nacho no dijo más nada. Se levantó y se fue. Cuando llegué a buscarlo, vi que la casa estaba oscura. Toqué la puerta, pero nadie respondió. Pensé que a lo mejor la clase no había durado la hora, así que regresé a mi casa. Nacho estaba allí, tocando la guitarra en su cuarto. Le preguntó qué había pasado. Por lo que le entendí, me dijo que quería estar sólo esa noche, más nada. Al día siguiente me llamó Clarisa para contarme lo que había pasado. Cuando regresé de hablar con Clarisa, cómo te lo voy a decir, no sabía qué decirle a Nacho. Pero al fin le pregunté, «Nacho, ¿fue que algo te cayó mal en la comida? ¿Algo que comiste que era nuevo para tí?» Bueno, te lo simplifico, porque bastante trabajo costó que me entendiera. Pero me dijo que no, que no era nada malo del estómago, sino que ya no iba a volver a las clases. «Bueno», le dije, «Nacho, tú sabes que éso es lo único que yo te pido. Yo te cuido, yo me siento obligada a ti, y lo que quiero que tú hagas es por tu bien. Yo estoy dispuesta a seguirte ayudando en todo, pero tú tienes que volver a las clases». Entonces fue cuando me dijo. Se va a vivir con Diosanto. Dios sabe cómo van a parar las cosas. Diosanto tiene trabajo ahora, y Nacho tiene su subvención, pero yo no creo que eso les va a alcanzar para pagar las deudas, tú sabes, la calefacción, el teléfono si lo ponen, que de seguro lo van a poner, el ir a la tienda a comprar víveres, todo eso. Eloy, no te hubiera llamado si no me sintiera preocupadísima. Yo ya he vuelto a hablar con él. «Pero Nacho, si no sabes inglés, y no tienes ninguna experiencia de trabajo en Cuba, ¿cómo te vas a mantener? ¿Qué vas a hacer? ¿Qué quieres hacer en la vida?» ¿Sabes qué me respondió? «Tocar la guitarra». Imagínate. Le dije que incluso si iba a dedicarse a la música, que no era lo más práctico del mundo, necesitaría aprender inglés. Me dijo que él lo aprendería por su cuenta, y que en fin, que no me anduviera metiendo tanto en sus cosas, porque él se iba de mis casa hoy. Sé que es verdad que intenta hacerlo, porque esta mañana empezó a empaquetar su ropa. ¿Qué puedo hacer? ¿Puedes aconsejarme?

—Bueno, sí, en primer lugar sería bueno explicarle a Nacho que es preferible que cuente con los dedos...

—No, chico, háblame en serio, mira que no sé qué hacer...yo todavía tengo responsablidad, soy su patrocinadora...

—No, si te estoy hablando muy en serio, Virginia. Cuando tus hijos decidieron que había llegado el momento de volar del nido, lo hicieron, ¿no? Pues con Nacho es la misma cosa. ¿Que se quiere ir? Que se vaya, en español diríamos, con la música a otra parte. No te ocupes, que si necesita ayuda, ya sabrá venirla a pedir. Y tú no debes dársela si no regresa a la clase de inglés. Debes ser firme en eso. No le des ayuda de ningún tipo si no regresa. Ni dinero, ni ropa, ni comida, nada. Nadie tiene que ayudar a quien no se quiere dejar ayudar. Te voy a hacer simplemente dos comentarios: uno, que tu marido se merece un monumento, y también un descanso de Nacho. Dos, que si va a regresar a las clases, Nacho debe ponerse un tapón en el culo. Y te añadiré otro: que tú te merecerías una patada en el tuyo si le das la más mínima ayuda sin que él acepte tu condición. Mira, Virginia, perdona si te ofendo, pero entiende esto: ustedes los norteamericanos están muy orgullosos de que tantos inmigrantes piensen que esta es «la tierra de la oportunidad», y muchos, como tú, hacen todo lo posible por probar que esto es cierto. Pero yo estoy pensando que algunos de mis compatriotas piensan que han llegado no a la tierra de la oportunidad, sino como diríamos nosotros, a la «tierra de las comemierdas». Así que tú estáte quieta y espera a ver qué pasa. Perdona que la traducción va a ser tan mala, pero hay el dicho de que «Al que por su gusto muere, la muerte le sabe a jugo de tamarindo».

Cuando llamé a Eloy, me dijo que no quería decirme por teléfono cuál era la sorpresa, que viniera a su apartamento a verla. Eloy me estaba esperando en el parqueo del edificio.

—¿Qué, tocayo, dónde está la famosa sorpresa? Coño, vamos adentro, que el frío está del carajo.

—No, tocayo, si vamos adentro no te puedo enseñar la sorpresa. La sorpresa ya la estás viendo.

—Eloy, yo no estoy viendo nada, lo que estoy es muriéndome de frío. Acaba, coño.

—Bueno, ¿qué tu ves ahí?

—¿En dónde?

—Ahí, delante de ti.

—Coño, lo que veo es el parqueo, o como diría un colega mío, el estacionamiento.

—Sí, ¿pero que hay en el parqueo?

—Coño, Eloy, acaba. Carros.

—Sí, pero no sólo carros, sino tus dos carros.

—¿Mis dos carros?

—Sí, ése en que viniste, y ése, que también es tuyo, porque es mío.

—Eloy, ¿tú te has comprado ese carro? ¿El dinosaurio ése?

—Bueno, está viejo, pero está enterito. ¿Quieres que demos una vueltecita?

—No, qué diablos, lo que quiero es entrar para ver cómo fue que te vendieron esa monstruosidad.

—No, tocayo, no le digas monstruosidad, que ése es el carro que algún día me va a llevar a Los Angeles. Hay este muchacho colombiano que trabaja conmigo en la cafetería, y me dijo que este tipo que él conocía estaba tratando de vender un carro, que al principio estaba pidiendo quinientos pesos, pero que ahora seguro que lo daba por menos, porque le hacía falta el dinero y no encontraba comprador. Así que

fuimos a verlo un día después del trabajo. Me lo dejó en trescientos cincuenta. Yo tenía la plata, pero no sabía si me iba a alcanzar para todo el mes, porque Diosanto se mudó. Va a vivir con Nacho. Pero como Narciso se cansó ya de la vieja ésa y va a vivir conmigo, no vamos a tener problemas. El tiene dinero que fue ahorrando de cuando trabajaba. El está buscando trabajo por los bares...
—Sí, me he enterado de algo de eso. Voy a hablar con Angela y Dolores mañana. ¿Qué pasó con Narciso y Dolores?
—Yo no sé, compadre. A mí Narciso me dijo que se mudaba conmigo. Y a mí no me gusta indagar en los asuntos conyugales, así que no sé si tuvieron un problema, o qué.
—Bueno, Eloy, ya que te has comprado el carro, tengo que advertirte varias cosas. Allí afuera me invitaste a dar una vuelta ¿Tú has estado manejando el carro?
—Sí, le he dado unas vueltecitas.
—Pero tú no tiene licencia de manejar, ¿no?
—No, pero la voy a sacar.
—Bueno, lo primero que tienes que sacar es un permiso para aprender a manejar.
—No, yo sé manejar...
—Aunque sepas, así se hace aquí. Y cuando tengas ese permiso, puedes manejar sólamente si alguien con licencia va al lado tuyo. Mira, si por cualquier motivo te paran y ven que no tienes licencia, te van a meter una multa del carajo. Fíjate, incluso si un tipo te choca, aunque no sea culpa tuya, si no tienes licencia, pagas tú los platos rotos, porque estás manejando ilegalmente, no tienes derecho a estar manejando en la calle. Además, te hace falta una póliza de seguro, porque si le das un golpe a alguien y no estás asegurado, vas a trabajar para el inglés un montón de años. Y si el tipo queda lastimado, es fácil que te metan en la cárcel y después tengas que pagarle toda tu vida si te pone pleito. ¿Tú me estás escuchando?
—Sí, tocayo. ¿Y cuánto cuesta una poliza de ésas?
—No sé, eso varía según la compañía, el año del carro, y cosas así. Puedes pensar en veinte dólares al mes, por ejemplo. ¿De qué año es el submarino ése?
—Es un Mercury Monterrey del sesenta y ocho.
—Pa su madre. Eloy, ¿tú te has fijado en el tamaño del carro que has comprado? ¿Hay otro carro de igual tamaño en todo el parqueo?
—No, es verdad que es bien grande.
—Bien grande se queda corto. Hacía rato que yo no veía un carro tan largo. Si fuera negro pasaría por limosina. ¿El tipo te dijo lo que le

estaba costando llenar el tanque?
—No.
—Bueno, pues yo te puedo decir que de veinticinco a treinta dólares, fácil. ¿Tiene gomas de nieve?
—No, pero tiene cadenas, en el baúl. El tipo me dijo que en la gasolinera me las ponían.
—Sí, por otros veinte dólares. Y manejar en la nieve es algo a lo que hay que acostumbrarse, porque en cualquier momento metes un resbalón y se va todo al carajo.
—No, no te preocupes por mí, tocayo, que yo voy a sacar la licencia y todas esas cosas. Pero me voy a dar el gusto de mandar a Cuba unas fotos retratado al lado del carro, para que se coman el hígado allá.
—Bueno, mira, no quiero decirte lo que tienes que hacer, pero si yo fuera tú, no saldría ni a la esquina antes de tener la licencia y el seguro.
—O.K., tocayo. No te preocupes.

Esa noche Toni quiso explorar el significado, o mejor dicho, la carencia de significado de esa palabra, «seguro». «Yo pago mi seguro —dijo— «pero, ¿qué me protege de un individuo como tu compatriota en la calle, que probablemente, para empezar, ni siquiera sabe conducir, y mucho menos un carro automático de ese tamaño? ¿De qué me sirve haber pagado el seguro cuando esté veinte pies bajo tierra?» «Bueno, al menos morirás con la conciencia limpia, sabiendo que fuiste una ciudadana que siempre cumplió con su deber» —hube de responderle—. «Me parece increíble que un individuo así pueda comprar un carro en este país sin antes exigirle que saque la licencia». Toni hizo una pausa después de este comentario. Finalmente añadió «Pero bueno, también es cierto que hay otra cosa que puedes comprar sin sacar licencia. Una pistola.»

6 de enero, 1981

A Toni normalmente no le gusta salir entre semana así que le dije que no tenía que venir a hablar con Angela y Dolores si no quería. «No», —me respondió— «quiero estar presente cuando se abra ese regalito de Navidad, no que me hagas el cuento tú después». «Te mata la curiosidad, ¿eh?» «No más que a ti, arvejita, no más que a ti». «Pues mira, que a mí en el fondo no me intersa saber qué está pasando. Yo voy, como podría decirse, para cumplir con una obligación». «¿Ah, sí? ¿Qué obligación es ésa?» «Bueno, no sé... pero vaya, como son cubanos refugiados...quizá yo pueda ayudar en algo...» «Sí, claro, a ti no te interesa saber si Angela ha estado practicando la puntería con bolas de billar, ¿no? No me vengas con cuentos». En el fondo, me alegraba que Toni viniera, porque habían siete pulgadas de nieve en las calles, y ella conduce mejor que yo. La nieve es una traidora. Todo parece tan apacible, tan suave en su cubierta blanca, y en cualquier momento se forma hielo en el pavimento y viene el patinazo. Me preguntaba si los cubanos ya se habrían enterado de las propiedades de la nieve. Yo me enteré con la primera nevada que presencié, hace años. «¿Sabes, Toni? En un país hispano, en Cuba en el pasado, no sé si se mantenga la tradición, me imagino que no, hoy te tocarían los regalos de Navidad, porque es el Día de los Reyes». «Sí, sabía eso, de cuando viví en México. ¿Ves? Con más razón tengo que ver qué nos han traído los Reyes este año».

Angela y Dolores nos esperaban bebiendo café irlandés. El bar tiene un hogar acogedor, y no había casi nadie. Con un coñac en la mano se estaba muy bien allí, viendo los árboles nevados como deben verse, desde un lugar caliente.

Después de los saludos y las inevitables banalidades navideñas («¿Cómo está San Francisco?» «Bien, gracias. Supongo que está donde estaba, si no ha habido un terremoto en los últimos dos días») Angela empezó a hablar. Se imaginaba que ya nos habríamos enterado de algunas cosas... el carro de Eloy González ... Narciso se había mudado, pero no sabíamos por qué.

—Bueno, la historia no es larga, y debe ser oída. Lo que ha venido pasando a través de los meses es una muestra de lo difícil que es el proceso de adaptación. Julio y Narciso —mucho más Narciso— han cambiado mucho con la llegada de los otros cubanos, especialmente con la de Eloy González. Al principio, te acordarás, eran tranquilos, lo aceptaban todo, no protestaban de nada, decían que iban a aprender inglés, a trabajar en lo que fuera. Las cosas empeoraron progresivamente. Por ejemplo, con la comida. Empezaron las protestas con la comida, porque no se puede comer jamón todos los días. Narciso sencillamente se niega a probar ciertos platos, especialmente platos con vegetales, lo cual le crea inconvenientes a Dolores, que era vegetariana antes de conocerlo...

—Sí — añadió Dolores. —Y lo que más me molesta es que algunas veces no quiere ni siquiera probar el plato. Julio al menos los prueba, y después le gustan o no, pero los prueba. Narciso no quiere.

—Yo creo —continuó Angela— que Dolores ha venido cometiendo un error con lo de la comida, un error que yo no he cometido porque nuestras situaciones son diferentes. Dos de mis hijos vienen a comer a casa con frecuencia, y cuando lo hacen, tengo que cocinar para cuatro hombres. Yo no tengo tiempo de estar preparando platos especiales.

Si a Julio no le gusta lo que pongo en la mesa, tiene que cocinarse algo él mismo o esperar a que uno de mis hijos haga hamburguesas, cosa que hacen a cada rato, o quedarse sin comer. Dolores tiene una hija joven que apenas come, que ya empieza a hacer dieta, así que si a Narciso no le gustaba lo que había en la mesa, Dolores le hacía algo que le gustara. Así que se acostumbró mal...
—Yo lo hacía porque me daba pena que no fuera a comer... además, era muy fácil... arroz blanco con cualquier carne, es lo que le gusta... ¿eso es algo cultural?
—Sí —se apresuró Toni a responder— estos individuos viven básicamente del arroz con cualquier cosa...
—Momento, momento, —interpuse— el amor del arroz no es absoluto. Yo le oí decir a Juan Goytisolo una definición del español en la época de Franco: «un español es una persona normalmente exiliada que viaja por el mundo enseñándole a todas las mujeres cómo se hace una tortilla de patatas». Supongo que lo mismo podría decirse de los cubanos y el arroz con frijoles negros. Pero el amor no tiene que ser eterno...
—¿Quién es ese Juan? —preguntó Dolores—.
—No tiene mayor importancia —espetó Toni—. Es un escritor que el profesor conoce, obviamente, en sus peores momentos.
—En fin —continuó Angela— que la comida llegó a convertirse en uno de los problemas, especialmente para ella. Pero han ocurrido otras cosas... ¿Te puedo hablar francamente? No quiero ofenderte, porque siendo cubano... pero tú quizá no sepas de lo que te voy a hablar, porque como eres blanco tal vez no sepas...hemos tenido encuentros con el voodoo, no sé si ustedes en Cuba le llamarán por ese nombre...
—¿Voodoo? No, en Cuba le llamábamos santería... los santos eran Cristianos, pero detrás de ellos se escondían dioses africanos... es de la época de la esclavitud, pero supongo que continúa hasta hoy.
—Claro que continúa. El brujo, o el jefe espiritual, o como le llamen, es un cubano que se llamó Mirlo. ¿Lo conoces?
—¿Mirlo? De oídas. Virginia me dijo que era un sacerdote laico, y en aquel momento no la entendí.
—Yo creo, y Dolores también, que Julio y Narciso lo consideran así, porque fue él quien dirigía la ceremonia en mi casa el otro día. Pero vamos a dejar eso para después. Julio y Narciso han construido pequeños altares en nuestras alcobas. Empezaron los dos al mismo tiempo, con un vaso de agua que dejaban al lado de la cama toda la noche. Dolores notó el mismo desarrollo que yo. Después, empezaron a poner algunas hierbas y flores silvestres, y centavos. Finalmente,

pusieron unas imágenes, una de la Virgen de la Caridad, según me enteré, y otra de un santo que anda medio desnudo, con muletas, rodeado de perros...
—San Lázaro.
—Tú sabrás. Además, en una ocasión por poco rompo la aspiradora, porque Julio había estado poniendo centavos en la alfombra por toda la sala. Dolores los encontró también. Cuando le pregunté por qué estaban todos esos centavos en la alfombra, me dijo que traían más, o sea, que traían buena suerte. Bueno, por fin llegamos a un compromiso: podía poner los centavos en la alcoba, pero no en la sala u otras partes. No quedó muy contento, aparentemente porque los centavos son menos efectivos si no están en la sala. Pero al menos aceptó mi condición sin mucho disgusto. Quedó más disgustado otro día. Me había hecho una especie de collar de hierbas, y quería que me lo pusiera para dormir. La cosa causaba picazón, así que no la pude resistir. Yo comprendo que él se sienta un poco herido porque yo no quiera integrarme a su religión, pero él tiene que comprender, de la misma forma, que yo me sienta desagradablemente sorprendida cuando él y Narciso matan un pajarito y le sacan la sangre en el sótano de mi casa...
—¿Un pajarito?— preguntó Toni con disgusto— ¿Para qué querían la sangre?
—No lo sé. Julio solamente me dijo que Narciso la necesitaba para algo que tenía que ver con su religión. Pero se imaginarán que a Dolores y a mí no nos hace ninguna gracia pensar que en cualquier momento pueden estar matando pajaritos o Dios sabe que otros animales en nuestras residencias.
—Sí, eso es fácil de imaginar—intercalé— pero aunque te molesten un tanto estas prácticas, que en Cuba llamabamos santería, no hay en realidad nada malo, o sea, nada perverso, nada criminal en ellas. Digamos que su religión es relativamente exótica. Peores casos se dan en California constantemente. Aparte de que es su derecho constitucional, uno de los derechos que nadie puede quitarles, el de practicar la religión de su preferencia. No me malentiendas, Angela, yo no tengo nada en contra de los pajaritos, pero no veo razón de alarmarse por lo que me cuentas.
—De acuerdo. Esto te lo cuento no porque sea algo terrible, ni imposible de tolerar, sino como parte del cambio que hemos venido notando, porque al principio nada de esto ocurría. Todo ha ido cambiando con la llegada de más cubanos. Es como si la fuerza del grupo los obligara a aferrarse mas a sus tradiciones. Mira, por ejemplo, lo que está ocurriendo con Eloy González y su famoso carro. Desde que Dolores y yo

nos enteramos de la compra, le avisamos a Julio y Narciso que no fueran a estar paseando con Eloy, que no tiene licencia y puede meterse en un lío gordo. Bueno, yo no sé si Julio ha estado con él o no, Julio me dice que no, pero en el caso de Narciso, no sólo ha estado con Eloy en repetidas ocasiones, sino que ha estado manejando el carro. Esto no nos lo contó nadie, Dolores lo vio en la calle, conduciendo, hace unos días. Cuando después le dijo a Narciso que lo había visto, éste tuvo el cinismo de negarlo. No me dirás ahora que esto tampoco es razón de alarmarse.

—No, eso puede traer problemas.
—¿Y Eloy González, sabe que lo que está haciendo es ilegal?
—Sí, lo sabe perfectamente.
—¿Qué quiere Eloy González con ese carro? En realidad no lo necesita para nada. Las tiendas y el trabajo le quedan cerca de su apartamento. ¿Para qué necesita el carro?
—Bueno, esto es una especulación, pero yo te diría que para recuperar su papel de héroe. Vamos a ver que ha ocurrido con Eloy González en el exilio. ¿Quién era él en Cuba? En su propia opinión, y te lo digo con seguridad, porque lo entrevisté antes de irme de vacaciones, era un joven gallardo, de mediana estatura, de piel blanca, y sobre todo, de una elocuencia ciceroniana que cautivaba y rendía. En la prisión, según dice, le llamaban José Martí, que fue el héroe nacional de Cuba. Eloy era el rebelde que combatía el comunismo a toda costa, el hombre que no se dejaba dominar por nadie. Ese hombre, de la noche a la mañana, llega a Moscow, Idaho, sin saber muy bien cómo o por qué. ¿Y qué se encuentra? ¿Qué recepción se le da? Pues que no es gallardo, sino feo como el rayo, no es de mediana estatura, sino poco más alto que un pigmeo, y lo de blanco no está claro. No estaba claro en Cuba, por lo que me ha contado de su semi-ex-suegra. Pero allí, donde el racismo no eliminado tiene una opinión curiosa del color blanco, al menos podía alegar que lo era. Aquí, ni hablar. Y para más, le hemos quitado a Eloy González sus dos razones de ser: la causa de la rebeldía, o sea, el gobierno comunista, y la forma de ser heroicamente rebelde, su lengua. ¿Qué queda del héroe? Un tipo bajito, de color, feo y mudo. Eloy González necesita volver a la rebeldía y hacer algo que lo separe de los demás, que los demás no se atrevan a hacer, que le confiera poder. Ese carro es su fuego de Prometeo.
—Bueno, mira, entiendo lo que me dices. Pero ese fuego puede ser más que una metáfora. Y si quiere quemarse, que lo haga sólo.
—Bueno, yo creo que Narciso también sabe lo que hace.
—Sí, pero yo creo que Eloy González tiene mucha influencia sobre él, y sólo para hacer lo indebido. Te contaré lo último que pasó. Mi hijo

menor salió con Julio y Narciso a celebrar la Nochebuena desde temprano. Por supuesto, entre los lugares que visitaron estaba el apartamento de Eloy González y Diosanto. Cuando regresaron a casa, yo noté que mi hijo estaba como atontado. Le pregunté qué le estaba pasando. Por supuesto, no quería decirme, pero al fin confesó. Habían estado fumando mariguana. El único que al parecer no fumó fue Julio. No quisieron decirme quién había traído la mariguana, pero yo sospecho que Eloy González la trajo de New Jersey.

—Caray, Angela, hay dos universidades por aquí. Te garantizo que no tienes que ir a New Jersey a buscarla.

—Sí, pero estos cubanos no sabrían a quién comprársela ni como hacer el trato. Por eso sospecho de Eloy. Pero, ¿Te imaginas los problemas en que se están metiendo? Cuando Dolores confrontó a Narciso con la información que yo le di, tuvieron una pelea y Narciso decidió irse a vivir con Eloy González. Pues mira, yo voy a llamar a la policía para que hagan un registro del apartamento de él. Si no lo he hecho hasta ahora es porque no quisiera implicar a Narciso también, y porque hemos estado de Navidades. Pero lo voy a hacer. En fin, para acabar el cuento, Julio trajo a casa el otro día a Mirlo y a Narciso. Mirlo hizo una ceremonia con una hierbas que frotó por toda la casa, las sillas, la mesa, las paredes, las ventanas, todo. Tenía algo dentro de un trozo de tela en el bolsillo, y con eso —quién sabe que tendría— hizo unas señales en el piso. Todo este tiempo rezaba en voz baja. No era español, o al menos no sonaba como español. Después se quedó tenso y rígido, y me dijo que me acercara. Yo estaba hecha un nervio. Por fin me puso la mano en la cabeza y dio un grito que me hizo gritar a mí. Julio tuvo que sujetarme. Mirlo estaba como en un trance. Si eso no es voodoo, se le parece mucho. Y yo sé que en el voodoo hay sacrificios humanos. Lo que estaba recordando en ese momento son escenas de películas de Haití, esos muñequitos atravesados por alfileres... pero cuando salió de su trance, Mirlo le dijo a Julio, y él trató de explicarme, que yo era la Virgen de la Caridad. ¿Te imaginas? Lo que pude entender fue que la virgen estaba en mí, o que operaba a través de mí, porque yo estaba rescatando a Julio de una tormenta, quién sabe que significará eso...

—Eso es porque la primera vez que apareció la virgen fue a tres pescadores en una tormenta.

—Bueno, al menos esa parte queda explicada. Pero, ¿por qué me dicen que yo soy la Virgen? Eso me dejó perpleja.

—No tengo la más remota idea. Pero puedo decirte que la ceremonia de Mirlo es lo que los cubanos llamamos un despojo. Su propósito es ahuyentar los malos espíritus. En Cuba, los ñáñigos tenían fama de

cometer sacrificios humanos, pero no creo que Mirlo sea ñáñigo, sino santero. No creo que tengas que preocuparte. Pero comprendo que todo te parezca muy extraño. Respecto a lo de la mariguana, que es lo que me parece el peor asunto, si quieres puedo tratar de hablar con Eloy González antes de que llames a la policía.
—Bueno, está bien, pero probablemente la llame de todos modos.
—Yo tengo una pregunta —dijo Toni— Díme, Angela, ¿cómo se siente ser virgen otra vez?
—¿Sabes, Toni, —le pregunté cuando ya estábamos en el carro— que una cosa que siempre quise ver en Cuba, y que nunca vi, es un despojo? Sé de ellos sólo de oídas.
—Ajá —me respondió— pues avísame de la fecha en que Mirlo y compañía vengan a hacer un despojo para no estar presente. No tengo el menor deseo de expander mis horizontes culturales de esa manera.

Si alguna deidad africana escuchaba a Toni en ese momento, no se sabrá nunca, pero lo cierto es que al poco tiempo de decir eso, pegó un patinazo que la hizo girar en redondo. Es lo que llaman por estos rumbos hielo negro, que no se distingue en la calle, y es por eso doblemente peligroso. Afortunadamente no había nadie cerca.

Pero yo tengo la convicción de que las calles de Moscow, en invierno y de noche, son intransitables. Alguien debía prohibir el tránsito. ¿Estará Eloy González en la calle en este momento?
—Toni, por si las moscas —dije con contrición— repite conmigo: benditos sean Ochún, Changó y Yemayá.

Enero 8, 1981

Fue una de esas mañanas en que las cosas más domesticables deciden rebelarse y crear problemas que eventualmente conducen a úlceras y taquicardia. Primero, el cordón del zapato derecho. Un cordón roto puede ser una verdadera catástrofe. Desatar es comer y cantar, pero volverlo a insertar en el zapato cuando ha perdido las dos puntas duras (siempre cuando se rompe una rompemos la otra inmediatamente) es cuestión de cirujanos. Mientras trataba de reconstruir un zapato funcional, hirvió el cafe con leche. Estaba en la cocina, con una mano semi-abrasada por tratar de remover la cazuela sin usar una toalla, cuando sonó el telefono. «Es para ti». «¿Quién carajo puede llamar a esta hora?» Toni simplemente se volteó para el otro lado y siguió durmiendo. Era la policía. Eloy González estaba detenido, nadie podía entenderse con él, y les había dado mi nombre («que es igual al de él, ¿no?») y número de teléfono, a ver si podía pasar por la estación lo antes posible para traducir. Yo tenía una clase en pocos minutos, pero después de la clase tendría tiempo de pasar por allí. Me alegraba tener esa clase, porque me daba más tiempo de planear una estrategia, de decidir que tipo de traducción iba a emplear. Toda persona que se ha encontrado en mi posición sabe que hay varios tipos de traducciones, sobre todo si nadie está grabando la conversación, si no queda nada por escrito. Una sola cosa es necesaria para poder ejercitar libremente las prerrogativas del traductor, y es que la persona para quien se traduce no se comunique directamente con su interrogador en ningún momento. Es algo penoso y molesto ver como cuando la persona que no habla inglés, si medio entiende la pregunta, se aventura a decir un «Yes» o un «No» que hunden su caso, cuando hubiera sido tan fácil reprimirlos. Otras palabras que deben olvidarse son las monosilábicas que incluso un policía en Moscow puede entender. Tenía que recordarle a Eloy González que en ningún momento me respondiera con un «Sí», un «No», un «Más» que podrían ser entendidos sin la necesidad de mis servicios. Contaba con que seguir mis instrucciones sería fácil para Eloy. Pensé en lo primero que le diría: «Eloy, complicar las cosas es como decir obscenidades: hay que saber cuándo es oportuno hacerlo».

En fin —no se alarme el lector— la naturaleza de la traducción dependería principalmente del tipo de ofensa que se le imputaba a Eloy.

Al salir de clase, rumbo a la estación, mi mayor temor era que Angela hubiera cumplido su promesa y que hubieran encontrado mariguana en el apartamento de Eloy. Angela me había prometido dejarme hablar con él antes, para tratar de hacerle ver los problemas en que se podía meter. Si se me había adelantado, iba a tener que explicarme por qué.

Yo nunca había estado antes en la estación de Moscow, y nunca hubiera ido por el placer de verla. Por fuera y por dentro es un lugar pequeñuco, feúcho, deprimente, y no del todo inmaculado. Al entrar y dar mi nombre, la recepcionista no sabía para qué venía, así que tuvo que llamar al capitán, que al principio tampoco sabía nada del caso. Por fin se descubrió que era el caso del sargento Klutzakovitch, que en ese momento se había ausentado por unos minutos (me imaginé que para comprar rosquillas). En todo caso, gustosamente me conducirían al cuarto donde esperaba el detenido.

Eloy González estaba sentado cerca de una ventana (impresiona ver que tienen rejas, cuando se las ve por primera vez), fumando.

—Eh, ¿qué pasa tocayo? Aquí me ves, como dicen, en mi ambiente natural.

—¿Qué ha pasado, Eloy?
—Nada, tocayo, un incidente carente de importancia. Resulta que anoche se nos acabó la cerveza, y yo me ofrecí a ir a la tienda a buscarla, y yo iba a ir a pie, te lo juro por mi madre que sí, porque yo el carro casi no lo uso por todo lo que tú me dijiste, ¿pero tú viste el frío que se mandaba anoche? ¿Y la cantidad de nieve? No se podía caminar, compadre. Entonces agarré el carro y me fui, bien despacio, pero cómo estaba esa nieve, coño, no se podía manejar tampoco. Pues bueno, llegué a la tienda y me parquié de lo mejor, y compré la cerveza y mira, te compré un paquete de cigarrillos, de los que fumas tú, aquí está. Bueno, saliendo de la tienda, agarré la bajadita que tienen ahí, y le metí un toletazo a un poste viejo de teléfonos que yo no sé que estaba haciendo ahí. Pues nada, como yo no pensé que le había hecho daño a nadie y el carro funcionaba bien, menos la luz izquierda, que se descojonó, me fui para mi casa. Coño, al cabo de una hora o cosa así, se aparece allí el guardia berracón ése, que ni el nombre se lo puedo pronunciar, porque tiene más «Ks» y «Vs» mezcladas ahí que el carajo, parece un ajiaco de letras su nombre, y empieza que si esto, que si lo otro. Yo no sé todavía como fue que me encontró, porque después del golpecito, que no fue mucho, me fui par mi casa tranquilo sin meterme con nadie. Pero a fin de cuentas, yo le entendí que quería decirme que tenía que acompañarlo, así que le dije a Narciso que se ocupara de todo y aquí me tiene vuestra merced.
—¿Estás seguro, Eloy, que no tuviste ningún otro problema que ése?
—Ah, tocayo, claro qué sí. ¿Por qué yo no te lo diría a ti si lo hubiera tenido? No, el poste cabrón ese nada más, que yo no sé ni pa qué está ahí.
—Eloy, mira, yo quiero ayudarte, pero quiere que me contestes a esta pregunta con toda sinceridad. ¿Qué hubieras hecho si en vez de un poste hubiera sido un carro, o una persona lo que estaba allí?
—Bueno, si fuera una persona, yo hubiera vuelto a la tienda y buscado la manera de que la llevaran a un hospital. Yo, si le hago daño a alguien, o mejor, todas las veces de mi vida en que le he hecho daño a alguien, siempre lo he pagado, y no sólo porque me cogieran, porque las veces cuando no me cogían, yo mismo me iba a entregar. Así que eso es muy diferente. Si hubiera sido un carro...mira, yo casi prefiero que hubiera sido un carro, porque entonces me habría arreglado con el dueño, para pagarle los daños, así estuviera que estárselos pagando cuarenta años. Eso hubiera sido mejor que todo el lío y la jodienda esta.

    El sargento iba a regresar en cualquier momento, así que había que darle a Eloy González sus instrucciones lo antes posible. Según resultó la cosa, nos sobró tiempo. El policía llegó diez minutos después. Klutzakovitch era un hombre corpulento, rubio, de ojos azules, de mirada benigna. Por otra parte, era la lentitud personificada. Sacar las llaves del bolsillo, sentarse al escritorio, sacar el cartapacio donde estaban los papeles relacionados con Eloy González y sacarse la pluma del bolsillo fue una operación que demoró cerca de quince minutos. Me saludó afectuosamente y me dio las gracias por haber venido.

—Coño, este tipo parece un carey — murmuró, no muy exitosamente, Eloy González.

—¿Qué dice? — preguntó el sargento.

—Oh, nada, es algo relacionado a lo que me contaba de Cuba antes de que llegara usted.

—Bueno, profesor, supongo de que ya está usted informado de por qué están usted y su amigo cubano aquí. Dos ciudadanos lo vieron chocar contra un poste de teléfonos, que es, aunque nos olvidemos de ello fácilmente, propiedad de todos. Los ciudadanos lo vieron, además, darse a la fuga. ¿Qué tiene que decir a eso?

—¿Que qué tengo que decir a eso? Mira, tocayo, el gordo este no sabe qué es darse a la fuga. Yo sí lo sé bien, porque me he dado a la fuga, de verdad, a lo que es fuga, fuga, en Cuba. Yo no me di a ninguna fuga porque no pensé que darle un golpecito a un poste iba a ser este tremendo crimen. Yo lo que hice fue irme para mi casa. Y el que se va para su casa no se está dando a la fuga, ¿no? Coño, porque donde tú crees que te van a ir a buscar primero? Eso no es darse a la fuga.

—El señor dice que lamenta mucho que su acción se interprete como darse a la fuga. Dice que él regresó plácidamente a su hogar porque sinceramente no pensó que le había hecho daño alguno a la propiedad de nadie. Declara que si hubiera pensado que algún daño había sido causado, sin duda hubiera llamado a las autoridades. Tráte de comprender, sargento.

—Bueno, pues él debe tratar de ir aprendiendo las leyes de este país. Mire, él no tiene licencia de conducir. Pregúntele si él sabe que debe obtener una licencia.

—Eloy, acuérdate de mis instrucciones. El sargento quiere saber si tú sabías que debías tener licencia.

—Bueno, tocayo, mira, eso de la licencia yo lo comprendo, te lo juro, pero coño, hay que darle tiempo al tiempo, y el cabrón este tiene su perseguidora, mientras que mírame a mí, yo no he tenido el tiempo, con mi trabajo y todo eso de ir todavía al lugar donde se sacan las licencias. Yo sí, quiero sacarla, pero coño, también tengo que defenderme con esta nieve y esta cosa fría...

—No, sargento Klutzakovitch, acá el joven no sabía que debía tener licencia. Yo le diré que debe sacarla y abstenerse de usar su automóvil antes de tenerla.
—O.K., muy bien. Pero no sé si su amigo sabrá otra cosa; el carro que ha comprado es probablemente el producto de un robo...
—¿De un robo?
—Sí, obviamente alguien ha cambiado la placa de registración... pero siendo un auto tan viejo, no tenemos nada para probarlo.... además, la persona que se lo vendió ha salido del país... ¿él sabía algo de eso?
—Eloy, parece ser que el carro tuyo fue robado por alguien antes....
—Coño, ahora sí que me empiezo a encabronar. Yo no sé nada, nadando nada, de un robo ni un carajo. Yo pagué trescientos cincuenta pesos por ese carro, y díselo bien al carey este, que se deje de joder. Mira, tocayo, coño, con lo que yo odio el comunismo, no es para que se me trate así, porque yo, coño, igual que nada que me cago en su madre y la tenemos buena aquí.
—El caballero dice que desconoce los antecedentes de su auto y que pagó trescientos cincuenta dólares por él. Que no es su culpa si la sociedad norteamericana es tan tolerante con los ladrones y otros elementos comunistas que quieren destruirla... que él está a favor de la ley y el orden, y que su mayor ambición sería enforzarlos alguna vez.
—Bien, eso no está mal. Mire, profesor, lo que yo quiero, más que nada, es que usted informe a su amigo de las leyes y regulaciones de este país. Su delito no es tan grave. Pero que sepa cuales son sus derechos y deberes, si algún día quiere ser ciudadano.
—Que si algún día quieres ser ciudadano, mejor que dejes de manejar ese carro...
—Me importa tres cojones ser ciudadano de este país. Yo no creo en los países.
—Oficial, dice que está muy agradecido.
—Pues en ese caso, puede llevarse su carro, si alguien con licencia, como usted, lo ayuda. Pero de todas formas tendrá que pagar una multa de veinticinco dólares.
—Oye, saliste bien. El tipo dice que te puedes llevar el carro, y yo te ayudo a llegar a tu casa y poner el carro donde sea. No te ocupes del mío, le queda cerca a Toni y ella tiene sus llaves. Pero te van a meter una multa de veinticinco dólares. No es mucho.
—¿No es mucho? ¡Me cago en su madre si no es mucho! ¿Y con qué carajo la pago? Yo lo que tengo arriba, que es treinta y dos pesos, me los he sudado, coño. Y el maricón éste quiere que le de veinticinco... ni cojones, compadre, ni cojones.
—El caballero dice que le parece muy generoso de su parte.

—Bien. Que le pague a la recepcionista.
—Mira, Eloy, yo te pongo diez dolares, pero vámonos de aquí.
—Pero tocayo, ¿por qué carajo yo tengo que pagar cuando no he hecho nada? No, chico, no, eso no está bien, y menos cogerte tu dinero...
—Bueno, entonces, como amigo, ¿tú me prestas los veinticinco?
—Coño, tocayo...
—¿Me los prestas a mí, como amigo, o no?
—Vaya, aquí están... pero es por ti, porque al gordito ese... bueno, coño, déjame calmarme...
—Vámonos de aquí, Eloy.
—Sí, coño, pero al salir díle dos cosas por mí, ¿está bien? Uno: que si limpiaran la nieve de las calles y supieran donde poner los postes esos, no habrían problemas como estos; dos, que el gendarme ése es el tortugón más grande que yo he visto en mi vida. En Cuba, con ese paso, no le llega ni al danzón.
—Eloy, vámonos para tu casa.

Nevaba otra vez. Las calles, efectivamente, estaban casi intransitables. Especialmente para el carro de Eloy González, que no tenía llantas de nieve. Pero al fin llegamos a su apartamento.
—Eloy, no te pongas bravo conmigo por la pregunta que te voy a hacer. ¿Tú trajiste mariguana de New Jersey, o compraste alguna aquí?
—¿Yo? ¿Mariguana? No señor, yo no tengo ninguna mariguana.
—Mira, Eloy, Angela sospecha de ti, porque dice que varios de los cubanos y uno de sus hijos estuvieron fumando durante las Navidades...
—Coño, pero ¿qué tiene era mujer conmigo? Sí, es verdad que estuvimos fumando, pero yo no fui el que trajo la mariguana. Yo sé quien la trajo, pero no voy a chivatear a nadie. Yo no la traje, tocayo.
—Yo te creo, Eloy. Pero quiero que sepas que Angela ha estado pensando en llamar a la policía para que registren tu apartamento, y si encuentran mariguana, ahí sí que te has metido en un lío padre.
—Que vengan y registren todo lo que quieran, que yo no tengo nada. Pero como esa mujer llame a la policía, coño, se va a acordar de mí, porque me está buscando y me va a encontrar.
—Cálmate, cálmate, Eloy, piensa que es la mujer de un amigo, y Julio es un buen amigo de nosotros...
—Sí, coño, pues que la meta en cintura, que para eso él lleva, o debe llevar, los pantalones en su casa.
—Julio tiene una relación muy especial con Angela. No es culpa de él que ella sea como es. Pero mira, tú, no teniendo mariguana, no tienes

que preocuparte de nada.
—Yo nunca me preocupo. La preocupación es el patrimonio de los débiles.
—O.K. Pues hasta luego. Nos vemos.
—Pero tocayo, ¿cómo vas a regresar a tu casa? ¿A pata? Si quieres yo te llevo.
—¿En tu carro, Eloy? No, mira, ese carro ya ha dado suficientes patinazos hoy. No te ocupes, prefiero caminar.
—Bueno, como usted diga, tocayo.
   Siguió nevando casi todo el día. Después de comer, tomábamos chocolate caliente cuando sonó el teléfono, a eso de las nueve.
—Eloy, tenemoz un problema.
—¿Narciso?
—Zí, yo mismo. Mira, rezulta que Eloy y yo íbamoz a meter el carro en un garaje que ze abrío en loz apartamentos y con la nieve ezta ze noz fue para la cuneta. Eztá hundido ahí, y no va ni pa alante ni pa atráz. Yo zé que te eztamoz moleztando mucho, pero zi noz pudieraz echar una mano te lo agradezeríamoz mucho.
—Bueno, yo no creo que se pueda hacer gran cosa a esta hora. Mejor que lo dejen ahí hasta mañana. No está impidiendo el tráfico, ¿no?
—No, que va, eztá metido todo en la cuneta. Completico.
—Pues mira, eso me parece que va a necesitar una grúa, y olvídate de conseguir una a estas horas.
—¿Y zi paza la polizía y lo ve?
—Si como tu dices no impide el tráfico, la policía probablemente no hará nada tampoco. Pero si fueran a buscar a Eloy, dile que les diga que yo estaba manejando cuando ocurrió el accidente, porque ya está avisado de que no puede estar en la calle con ese carro.
—No, pero mira, el que eztaba manejando era yo.
—¿Y tú tienes licencia?
—No, yo tengo uno de ezoz permizoz para aprender que me había zacado Dolorez.
—Bueno, pues eso tampoco es zufiziente, digo suficiente. Si no chocaron a nadie, no creo que vayan a ponerles multa. Mejor vamos a dejarlo como te dije.
—O.K., compadre, uzte ez el que manda, uzte ez el jefe.
—Si, naturalmente. Hasta mañana. Pero oye, Narciso, ¿puedo hacerte una pregunta personal? No tienes que contestarme si no quieres.
—Zi, zi, pregunta todo lo que tú quieraz.
—Pues mira, para no darle vueltas al asunto, ¿cómo va tu relación con Dolores? ¿Se acabó todo? ¿O hay esperanza todavía? Yo sé que

no es negocio mío, pero es que al principio ustedes sabían llevarse tan bien, y ahora por lo visto se han separado, yo no sé bien por qué.
—Bueno, tú ya zabez de todaz laz broncaz en Navidad por el azunto eze de la mariguana, que no tenía que haber pazado. Pero ya laz cozaz venían mal entre nozotroz, por muchaz cozaz. Ella hazía unos mejunjez de hierba para la comida, que zi tu loz vez, tu no te puedez creer que ezo fuera comida. Zi ze loz da a loz puercoz, no se loz comen. Pero lo máz jodido de todo ez como ella ze deja influenziar por Angela para todo. Todito lo que Angela la dize Dolorez lo tiene que hazer. Y Angela no zólo le dize lo que ella tiene que hazer, zino también lo que tengo que hazer yo. Y conmigo ezo no va, porque Angela quiere que uno ezté prezo. Zí, como prezo, metido en la caza todo el día. Y yo todavía no entiendo muy bien la televizión, azí que nezezito hablar con gente que me comprenda. Zobre todo dezpuéz de que dejé la guardería éza...
—Ah, por fin la dejaste.
—Zí, la dejé, porque ya eztaba hazta loz cojonez, y un día iba a caerle a cocotazoz a loz mojonzitoz ezoz, y ezo iba a zer peor. A Diozanto, que le guztan loz niñoz máz que a mí, lo metió Virginia a trabajar ahí, y ya por poco lo botan el otro día.
—¿Por qué?
—Pareze que empezó a darlez clazez de boxeo a loz niñoz, y que eztaban llegando a zuz cazaz con moradoz, zangrando por la nariz y ezo, y que laz madrez proteztaron. Mira tú que madrez eztúpidaz que no zaben ni lo que ez el boxeo. Eztán criando a ezoz niñoz como zi fueran mariconzitoz. Pero bueno, yo me quedé zin trabajo, y empezé a buzcar por la univerzidad por el día y por loz barez por la noche. Bueno, puez ezto no le guztaba a Angela, y que le dize a Dolorez que no me deje zalir por la noche. Coño, ezta Angela ez una comemierda, y Dolorez máz comemierda que ella por hazerle cazo. Para zer mujerez divorziadaz, no zaben como tratar a loz hombrez. Yo vine a ezte paíz para zer libre, como dize tu tocayo, y no para que me eztén queriendo dominar.
En el transfondo, Eloy González empezó a cantar: «A mí Dolores me quiere gobernar, y yo le sigo, le sigo la corriente, porque no quiero que diga la gente que a mí Dolores me quiere gobernar...»
—Cállate tú, Eloy, que ezta converzazión no ez contigo. Puez mira, yo todavía quiero a Dolorez, y yo volvería con ella, pero yo le he puezto miz condizionez.
—¿Condiciones? ¿Tú le has puesto condiciones a Dolores?
—Zí, compadre, porque como íbamoz, íbamoz mal. Primero, yo quiero que ella deje de preztarle tanto cazo a Angela, que no ez zu

madre, ni un carajo. Que ze deje de comer mierda cuando zalgo a buzcar trabajo por loz barez, porque ya en un par me han dicho que a lo mejor zale algo, y que no me ezté chequeando las horaz de entrada. La zegunda condizión ez que en cuanto ella pueda, deje eze trabajo pendejo que tiene con Angela y noz vayamoz para California. Pareze que la familia de Dolorez eztá bien zituada allá, azí que me imagino que podrían ayudarla hazta que noz eztableziéramoz y noz encontraran pegaz dezentes.
—Bueno, Jacinto, ¿y cómo piensas vivir hasta que se arregele esa situación o encuentres trabajo?
—Bueno, yo todavía tengo miz ahorritoz de cuando trabajaba, porque, y en ezo la verdad es que Dolorez ze portó muy bien conmigo, yo cazi no pagaba nada. Ella quería que lo metiera todo en el banco, por zi ze jodía el trabajo, como azí fue.
—Bueno, mira, eso demuestra que ella siente...afecto por ti. Yo no sé si tú debas estar poniéndole esas condiciones, porque Dolores vive enamorada de su trabajo, Angela es su mejor amiga, y además, a las mujeres norteamericanas les gusta independizarse, tener su propia vida, y no estar recurriendo a la familia cada vez que tienen un problema. Yo creo que ella te ha tratado muy bien...
—Y yo la he tratado bien a ella también. Yo ziempre iba con ella y con Angela y Julio a comprar, zeguro que tú te acuerdaz. Y máz de una vez que le limpié la nieve, a pala limpia. Y le compré regaloz por Navidad y por zu cumpleañoz. No, zi nozotros noz llevábamoz bien antez que la Angela jodida eza ze metiera en el camino. Mira, en todo el tiempo que yo viví con Dolorez, le pegué nada máz que doz vezes, y laz doz vezez fueron por dizcuzionez por laz cozaz que Angela le dezía. Y ez que Angela no tiene que eztarze metiendo, porque una coza ez Angela y Julio, y otra ez Narzizo y Dolorez. Yo me iría a vivir con Dolorez, ahora mizmo, toda la vida, zi ella ziguiera miz condizionez.
—Sí, yo sé que los casos de ustedes son diferentes, como los de todo el mundo, pero parece que Angela y Julio han vuelto a llevarse bien, porque yo los veo juntos todo el tiempo.
—Bueno, no te creaz que tan bien. Lo que paza ez que Angela lo tiene amarrado cortico. Yo no quiero hablar mal de un amigo, pero Julio eztá comemierdizado. ¿Tú zabez lo que me dijo el otro día? Que él había vuelto con Angela porque Angela le dijo que lo iba a poner en zu último teztamento. ¿Tú zabez lo que ez ezo? Pa loz pocoz dólarez que puede dejar eza mujer, y ademáz, qué, ¿que tiene que ezperar hazta que ze muera? Ezo ez mierda, compadre, ez un truquito para tenerlo dominado.

—Bueno, O.K., Narciso, cada loco con su tema. Mañana paso por allí para ver el carro y qué se puede hacer.
—Tu tocayo aquí dize que te dezea que pazez una noche ardiente de pazión.
—Díle que se hará lo que se pueda. Que le desearía lo mismo, pero no me atrevo.

Enero 9, 1981

Toni tenía una entrevista con el Departamento de Servicios Sociales para una posición de trabajadora social, así que se llevó el carro. Vino a buscarme Delfina, a eso de las diez.
—¿Qué te parece? A lo mejor tenemos una trabajadora social en la familia. Aunque en el caso de Toni quizá se convierta en una trajodedora social. ¿Pero no es fantástico? ¿De panadera a empleada del estado? Replicando el gran sueño, de la pobreza a la riqueza, etc.
—Me estás diciendo demasiadas palabras en español que no entiendo, y demasiado rápido. En inglés, por favor.
—Digo que me parece fabuloso que Toni vaya a esa entrevista. Igual se gana la plaza.
—A mí no me parece tan fantástico como dijiste antes. José era un carpintero y fue padre de Jesucristo, ¿no? La tierra de la oportunidad es en realidad Israel.

El carro de Eloy González estaba en la cuneta, prácticamente sumergido en nieve. Lo único sorprendente era cómo habían logrado hundirlo tanto, y en el peor lugar posible, entre unos pinos que dificultarían el rescate.
—Buenoz díaz, zeñor.
—Eh, tocayo, ¿qué me dices? ¿Qué te parece este pequeño incidente?
—Bueno, les diré que sin una grúa el carro puede servirles de refrigerador, pero no para la locomoción.
—Locomoción... coño, mira que hacía tiempo que yo no oía esa palabra. ¿Tú ves, Narciso, cómo se aprende estando con una persona educada? Como tú aprendes de mí.
—Yo de ti lo que quiero aprender ez cómo carajo vamoz a zacar el carro de ahí.
—Bueno, aquí, si me permiten, hay que hacer dos cosas: primero, ver cuánto cuesta el remolque; segundo, averiguar cuando puede venir la grúa. Vamos a llamar por teléfono a la estación.

Hay tres estaciones de servicio que tienen grúa en Moscow. La más barata dijo que costaría aproximadamente cuarenta y cinco

dólares. Eloy González y Narciso no podían pagar la suma.
—Bueno, vamos a ver que dice la policía.
—¿La policía? Coño, tocayo, en este país para todo es la policía. ¿No se puede llamar a otro lugar, a los bomberos, a la iglesia, al hospital? Para todo policía, la policía...
—Ni el hospital ni la marina de guerra te van a sacar el carro de ahí, Eloy. Tiene que ser la policía. Pero no te preocupes, yo les diré que era yo quien estaba manejando.
—No, yo no me preocupo. Pero es que para todo es la policía.
  Llegaron en veinte minutos.
—¿Pero como metió usted ese carro ahí?
—Fue que resbalé.
—¿No se dio cuenta de que estaba yendo rumbo abajo, y en una curva? ¿Usted estuvo tomando anoche?
—No, oficial, es que era tarde, y venía cansado. No noté la bajada.
—¿De quién es el carro?
—De acá el señor, que no habla inglés, y no tiene dinero para pagar por la grúa. Ese es el problema.
—Bueno, pues mire, tarde o temprano hay que sacar ese carro de ahí. Esta es la situación: podemos dejarlo donde está por dos semanas, pero después de ese tiempo se considerará un carro abandonado. Vendrá nuestra grúa a sacarlo, pero el señor, usted, o quien sea, tendrá que pagar los gastos de remolque y renta por el tiempo que el automóvil esté en nuestro cargo.
—Eloy, ¿tú podrás pagar la grúa en dos semanas?
—Qué va, tocayo, tengo que llegar al fin del mes.
—Bueno, acá el oficial dice que en dos semanas ellos te pueden sacar el carro.
—¿Dos semanas? ¿Por qué tanto tiempo? ¿Por qué no pueden sacarlo ahora?
—No sé, cuestiones de la ley.
—Bueno, pues que lo saquen cuando quieran, pero que lo saquen.
—El caballero dice que pueden considerar el carro abandonado desde este momento si quieren, porque no tendrá dinero hasta fines de mes, y además, él no tiene licencia.
—¿No tiene licencia?
—No, está en proceso de sacarla. Así que llévense el carro cuando quieran.
—En dos semanas.
—Dos semanas, Eloy.
—Coño, estos policías son más antipáticos que la antipatía.
  De regreso a casa con Delfina le expliqué que me sentía contento

de haber contribuído a la seguridad y tranquilidad de Moscow con tan poco esfuerzo, pero que estaba considerando cambiarme el nombre a Jano.
—No te sientas mal. Todo sea para bien. Recuerda lo que dijo Jonathan Swift: «Si un hombre anotara todas sus opiniones acerca del amor, la política, la religión, el entendimiento, etc., empezando en su niñez y hasta su vejez, qué gran número de inconsistencias y contradicciones se revelarían.»

Enero 17, 1981

—Qué tal, tocayo, ¿cómo estamos?
—Caray, Eloy, hacía días que no hablaba contigo. ¿Qué, se llevaron el carro?
—No, el carro todavía está ahí. Lo que pasó... bueno, lo que puede pasar todavía...
—Eh, Eloy, qué pasa, parece que estás irritado...
—Cómo no voy a estar irritado, compadre, con las cosas de esta cabrona mujer. Ayer vino la policía, que yo me cago en su madre, al apartamento, y estuvieron registrándolo todo, y preguntándome que si tenía mariguana. Yo los entendí bien, porque ellos lo dicen casi como nosotros. Eso es la hija de puta de Angela, que yo no sé por qué me odia tanto. Se cogió el culo con la puerta, porque no encontraron nada. Pero yo voy a ver qué hago, porque no se puede vivir con esta mujer.
—Mira, Eloy, como te dije antes, ella tiene su forma de ser, pero tú lo que tienes que hacer es ignorarla. ¿Tú ves? Vino la policía a tu casa, pero no pasó nada. No se llevaron a nadie preso, ¿no? Aquí no ha pasado nada.
—Bueno, yo mejor que no me la encuentre por la calle, porque va a saber qué es candela.
—Tranquilízate, Eloy. A ver si este fin de semana encontramos un tiempito y echamos un billar. Llámame luego.
—O.K., tocayo, abur.
 A la media hora volvió a sonar el teléfono.
—¿Habla Eloy?
—Sí, ¿quién habla?
—Eloy, es Angela.
—Ah, hola Angela, ¿cómo estás? ¿Cómo está Julio?
—Bien, bien, estamos bien, pero con un pequeño problema que quiero consultar contigo. Mira, mi hijo me contó que se había encontrado

con Eloy González y Narciso en una fiesta, y que otra vez habían estado fumando mariguana. No mi hijo, él dice que él no fumó con ellos. Pero como quiera que sea, yo opino que Eloy González está tratando de corromper a todo el mundo aquí, a sus amigos cubanos, a mis hijos, a todos...
—Angela, tú no tienes pruebas de eso.
—Todavía no. Pero en todo caso, la policía está informada, y me imagino que fueron al apartamento de Eloy y Narciso.
—Sí, por lo visto fueron.
—¿Sabes cuándo?
—Parece que fue ayer.
—Bueno, eso lo explica todo. A ver cómo va a defender Julio a Eloy ahora.
—¿Defender? ¿Defenderlo de qué?
—Mira, cuando me desperté esta mañana, y salí, casi vomito. Alguien ...qué alguien, Eloy González, agarró mis dos latones grandes de basura y me regó la basura por todo el portal y el patio. ¿También tú vas a decirme que no fue él?
—Angela, lo que yo puedo decirte es que no sé quien lo hizo, ni tú lo sabes tampoco. Es posible que fuera Eloy, desde luego, pero no hay certidumbre. Pudo haber sido cualquiera de esos muchachos locos que andan por ahí...
—Bueno, como quiera que sea, yo voy a informar a la policía, y decirles que yo creo que fue él.
—Angela, mira, yo creo que tú y Eloy González lo mejor que pueden hacer es ignorarse mutuamente.
—Yo no puedo ignorar las dos horas que estuve limpiando la basura esta mañana. No pude ir a trabajar del asco que me dio. En fin. No quiero aburrirte más. Pero a ese Eloy González voy a tenerlo vigilado. Hasta luego.
—Hasta luego. Asegúrate de que vigilen al Eloy González correcto. Quise decir, no a mí. Toni se despotricaba de la risa. «No cabe duda, el individuo tiene un profundo conocimiento de la materia. Es un experto en la peste». Eloy volvió a llamar a eso de las cinco.
—¿Qué, tocayo, vamos al billar?
—Sí, podemos reunirnos allá. Pero yo quiero preguntarte algo antes, Eloy. Mira, me llamó Angela, y parece que alguien le regó la basura en el portal...
—Ah, me imagino que piensa, en su delirio, que fui yo.
—Bueno, en realidad, ella no sabe quien fue...
—No, tocayo, no me lo suavices. Seguro que ella dice que fui yo.
—Pero no fuiste tú, ¿verdad?

—Coño, tocayo, eso no tienes ni que preguntármelo. Tú sabes bien que yo salí de Cuba para no tener que cargar basura. Yo le respeto su basura a todo el mundo, como quiero que me respeten la mía. A esa Angela, dile que si quiere que no le boten la basura, que se la coma y la cague.
—Bueno, bueno, Eloy, recuerda que es la mujer de un amigo, de un amigo cubano...
—Sí, que está esperando a ver si la gorda estira la pata para cobrar un chequecito. Mira tocayo, mejor que esa mujer me deje tranquilo.
—Sí, Eloy, eso queremos todos, tranquilidad. Pero no la que viene de tranca. Nos vemos en el billar, ¿O.K.?
—Abur.
—Abur.

Toni había empezado a ser trabajadora social el quince de este mes. Por ser bilingüe, le ofrecieron que se encargara de los inmigrantes y refugiados de lengua hispana. La otra opción era encargarse de los niños abusados, casi siempre por sus propias familias. Toni hizo su decisión inmediatamente. Ojalá que no hayan muchos casos de abuso este año.

Enero 23, 1981

—Tocayo, la policía pasó a llevarse el carro. Me dejaron una cuenta por el remolque y quieren cobrarme veinte pesos a la semana por guardarlo. Coño, yo no sabía que esto iba a ser así.
—Bueno, Eloy recordarás que no tenías otra solución, porque no tenías plata.
—Sí, pero ellos me están cobrando más que la estación. El remolque nada más es sesenta pesos, y la estación pedía cuarenticinco.
—Sí, parece que la policía es cara.
—A ese paso, va a demorar otro mes, si Jacinto no encuentra pega, para sacarlo. ¿Cuánto va a ser? Déjame ver: sesenta, mas veinte por esta semana, ochenta, mas otros ochenta por el mes que viene, ciento sesenta. ¡Coño! Eso es más de la mitad de lo que yo pagué por el carro.
—Pues a ahorrar fuerte, Eloy y a estudiar mucho inglés para que puedas sacar la licencia.
—Sí, la cabrona licencia. Ya estuve leyendo el librito ese que te dan, pero con mucho trabajo, porque tengo que buscar todas las palabras, y hay muchas que no están en el diccionario.

—Bueno, mira bien, porque ese manual está escrito en un inglés muy simple.
—Mira, aquí mismo hay una: «written» ¿Qué es eso? Porque yo no la encuentro.
—No la encuentras porque es un participio del verbo «Write»
—¿El verbo qué?
—Write. Se escribe w-r-i-t-e. Busca ese verbo.
—Sí, aquí está. Eso quiere decir escribir, ¿no?
—Sí, el participio quiere decir escrito.
—Coño, entonces eso quiere decir que para saber una palabra hay que saber que viene de otra palabra que uno no sabe tampoco, y además que la palabra puede ser uno de esos participios que tú dices, que a mí me suena más a precipicio. ¿Y hay mucho en inglés que sea como esto?
—Bueno, tenemos lo mismo en español.
—Sí, pero en español yo no tengo que saber que escrito es un partipicio para decir la palabra y usarla bien.
—Eloy, no te desanimes.
—No, tocayo, yo no me desanimo. La desanimación es la esperanza puesta en fuga. Julio y Narciso tienen permisos, o sea que pueden manejar al lado de alguien con licencia, tu sabías de eso, ¿verdad?
—Sí vagamente me parece recordarlo.
—Bueno, pues si Julio y Narciso pueden, yo puedo también. Porque coño, en este pueblo no se puede estar en la calle sin carro. El otro día fui a la tienda, al mercado aquí cerca, y cuando regresé, tenía las patas más heladas que el hielo. Del carajo. Se me pusieron los huevos como si fueron huevitos de lagartija.
—Mira, en el Departamento de Servicios Sociales, donde trabaja Toni ahora, hay una sección donde dan ropa, zapatos, cosas así, a personas que no pueden comprarlas. Tú necesitas un par de botas de nieve. Yo te puedo llevar.
—Gracias. No sabía que Toni había conseguido una pega buena. Dale mis más resentidos parabienes.
—¿Y todo lo demás bien? ¿Sin problemas?
—Sí, todo bien. Yo no me meto con nadie si no se meten conmigo. Para mí es como si esa dama no existiera. ¿Pero tú sabes lo que está pasando? Julio tiene que llamarnos cuando ella no está en su casa, o escondiéndose de ella, porque le ha prohibido hablar con nosotros, y el otro día lo cogió hablando y le armó tremenda gritería. El tipo tuvo que colgar. Y yo sé que ella piensa que yo soy un chusma por lo de los latones de basura, pero la chusma es ella. Tal pareciera que la sacaron de un solar de La Habana. Bueno, tocayo, pasa por aquí cuando

quieras. Te es más fácil a ti que a mí, que voy a estar sin carro otro mes más. Qué jodienda, coño.
—Sí, siento mucho que sea un mes. Pero todo tiene su parte buena. El carro está bajo techo, y así no le cae toda la nieve esta encima.
—No, pero me cae a mí, coño.
—Eso es para que te acostumbres. Así tienes que caminar más rapido y se te fortalecen las piernas.
—Sí, si no se me congelan primero. Un día de estos voy a salir a la calle y quedarme tieso como uno de esos muñecos de nieve que hacen los niños, y me van a caer a pedradas. Tú te imaginas mi familia en La Habana cuando les den la noticia: «Eloy González fue muerto a pedradas después de convertirse en muñeco de nieve».
—No será para tanto, Eloy. Hasta pronto.
—Abur, tocayo. Y acuérdate de mí cuando estés en tu reino. Quiero decir, en tu carro con calefacción.

Febrero 25, '81

—¿Profesor? ¿Como está? Yo bien gracias, muy bien. Hacía tiempo que no hablaba con usted. Sí, desde el semestre pasado... No, no he seguido leyendo a Carpentier, no porque no quiera, es que no tengo el tiempo... demasiadas cosas... pero de veras, che, ¿cómo estás?... Bien, qué bueno me alegro... ¿te andan jodiendo todavía tus amigos los cubanos? ¿Un mes que no oyes hablar de ellos? Bueno, pues perdonáme, che, porque yo te voy a hablar de uno de ellos ahora. Mirá lo que está pasando. Tú sabés que yo tengo un compañero de cuarto que es medio boludo. El gallo se entretiene leyendo la biblia, dáte cuenta. Bueno, hace unos días fuimos a jugar basketball, y estaba allí ése al que le dicen Narciso... ¿Que de veras se llama así?... Che, por lo visto que el tipo se lo cree. A mí sólo me preguntaba en qué fiestas podría encontrarse una mina. Mirá, terminando de jugar, empezó a hablar con mi boludo roommate. Hablando o semi-hablando, yo no se cómo mierdas se entendían, porque el tipo habla un inglés que te la voglio dire. Pero en fin, que el roommate se lo lleva a nuestro cuarto y le regala una biblia. El cubano muy contritito y devotito, muy mosquita muerta... que sí, que iba a empezar a leer la biblia enseguida, y Dios sabe cuánto más le dijo... Bueno, pues que volvió a los dos días... que estaba leyendo, pero que le era muy difícil traducir del inglés. El pelotudo de mi compañero le dijo que podía conseguirle una biblia en español de Portland en cuestión de una semana. Pues en una semana se nos presenta el Narciso, que no sé si te has dado cuenta, lo pronuncia todo como zi fuera aragonéz, a recoger su biblia. Mirá, la escena es digna de un Oscar. El tipo se arrodilló con mi compañero, y venga que venga a rezar, a cantar himnos de quién sabe qué religión, y a inspirarse con un crucifijo que el cojudo este tiene en su escritorio. Cuando se fue el Narciso, yo hablé con mi roommate y le dije en claro lo que estaba pensando, que el cubano era un jodido y un cabrón, y ¿sabes qué me dice el cretino? «El Señor hace su labor en formas misteriosas». Ahora, decíme vos, si el boludo no se merece lo que le está pasando. El Narciso va con él a la iglesia todos los domingos desde entonces. Desde entonces, mi roommate lo invita a desayunar después de los servicios religiosos. En ese tiempo, mi compañero le ha prestado cuarenta dólares, porque este jodido dice que está sin trabajo, y ayer vino a decirle que necesitaba cien dólares para sacar un carro de no sé dónde, y el Einstein de mi compañero se los prestó. ¿Querés más boludez que ésa? En todo caso, no sé ni por qué te molesto, porque mi compañero se merece que lo timen. Pero el tipo es un pibe, che, es buena persona, ¿qué pensás vos? ¿Se puede hacer algo? ¿Decirle qué? Pero mirá, che, no es fácil decirle a una persona que se olvide de los cien dólares así como así... sí, yo soy el primero en reconocer que la estupidez fue suya, pero, mire, lo están robando, según veo yo las cosas.... ¿Que se los va a pagar? ¿De veras creés eso, che? Ah, par pedirle más después... ¿Cómo? ¿Un dicho cubano? Tal vez español, ¿eh? «Que el que por su gusto muere, la muerte le sabe a gloria... o a pasta de guayaba»... Bueno, pues qué voy a decirte, che, esto, está más jodido que las Malvinas. ¿Las Malvinas? ¿No sabés que son? Son esas islas dominadas por los ingleses en el Atlántico, cerca de Argentina. Seiscientas mil cabras, tres mil gaviotas, mil ochocientos ingleses, y una prodigoisa cantidad de caca. Chao.

Marzo, primero del mes, '81

—¿Tocayo?
—Sí, Eloy.
—Hoy saqué el carro de la policía. Y ya tengo el permiso para manejar con alguien que tenga licencia.
—¿Pero cómo sacaste el carro? ¿Quién te ayudó?
—Narciso.
—Pero Narciso tampoco tiene licencia, ¿no?
—No, pero como no le preguntaron nada, nos fuimos sin problema.
—Pero Eloy, estamos en las mismas...
—No, tocayo, no, no estamos en las mismas. Yo ya tengo mi permiso.

Y sigo estudiando el librito cabrón ese. Así que estamos mejorando, ¿no?
—Pero Eloy, tú no te das cuenta, sin licencia ustedes no deben manejar el carro para nada...
—No, si ya no lo estamos manejando.
—¿No? ¿Por qué no?
—El carro está en la cuneta otra vez. Así que yo creo que va a ser otro mes antes de poderlo sacar.
—Coño, ¿cómo metieron el carro ahí otra vez?
—Bueno, se resbaló.
—Carajo, Eloy, se va a resbalar siempre si no compras gomas de nieve.
—Sí, tocayo, tú tienes razón, pero ¿cómo carajo voy a comprar gomas de nieve cuando me están sacando ciento y pico de dólares al mes para tener el carro? ¿Con qué se sienta la cucaracha? Pero mira, yo quiero, si tú puedes, que me ayudes a sacar la licencia ésa. Narciso me dice que a lo mejor, en dos semanas, o algo así, va a tener más plata. Si sacamos el carro, yo puedo ir contigo a la estación, y ya tener licencia.
—Sí, Eloy, seguro, yo voy contigo.
—Coño, gracias, tocayo. Mira, te quiero contar otra cosa. Aquí estuvo la policía otra vez, el otro día, y yo sé que es la Angela hija de puta ésa que los manda aquí, buscando mariguana. Mira, yo no quiero hablar, pero si la hija de puta ésa sigue jodiendo, vamos a tener un lío del carajo. ¿Me estás oyendo?
—Sí, te estoy oyendo, Eloy, y ahora tú me vas a oir a mí. Usted, mi amigo, se me calma, se me compone, se me tranquiliza, se me olvida de que si Angela esto o Angela lo otro, se me concentra en sacar su licencia, sacar su carro de la cuneta, y seguir oyendo inglés en la televisión, en la radio, en lo que sea... Y ojalá que nadie le riegue la basura a Angela otra vez, porque ella es una mujer de pelo en pecho...
—Ah, de eso yo no sé nada. Pero te voy a decir que anoche yo me fui al bar, y pasando por su casa, estaba toda la basura regada en el portal. Esa mujer tiene alguien que la odia, vaya usted a saber... yo no sé.
—Ni yo tampoco. Good bye, my friend.

14 de marzo, '81

—Bueno, ¿y que pasó?
—Mira, Toni, tú sabes que Eloy González esperó hasta hace dos días para llamar la grúa. Cuando le sacaron el carro de la cuneta, no quería arrancar, de acuerdo con él. ¿Qué le pasaba al carro? Un poco de

todo. La batería muerta, el acumulador moribundo, y el motor en general enfermo de gravedad. La broma le costó ochenta dólares, Dios sabe de dónde los sacó. Quizá de Narciso, que según me dice Eloy, estuvo trabajando una semana en el restaurante mexicano ese, José's. Ya dejó el trabajo, diciendo que era muy duro y que él no había venido a este país a lavar los platos de nadie, ni siquiera los de él mismo. Hoy por la mañana parecía que a pesar de todos los arreglos, el carro ni iba a arrancar. Pero como el día se fue calentando, al cabo de las dos horas de estar yo allí, a eso de las once, Eloy logró arrancarlo. Con eso empecé a preocuparme, porque en el tiempo que demoró hacer funcionar el carro, había estado haciéndole preguntas a Eloy sobre el manual de instrucciones para sacar la licencia, y había estado muy flojo. No porque no hubiera leído el manual, e incluso lo había entendido, parece que con ayuda y grandes esfuerzos, sino porque no entendía las preguntas en inglés. Fíjate, si le preguntaba en español, casi siempre acertaba en la respuesta. La misma pregunta en inglés, y se me quedaba mirando como niño bobo, y me salía con un «juat dat?» o «Ai no ondertan». Y el problema es que tus compatriotas tienen la manía de hablar inglés. Pero Eloy estaba resuelto, así que practicamos un rato el estacionamiento, el parar en las señales de «Pare» y las luces rojas, el uso de los indicadores y las luces y otros detalles en los que estaba algo confundido, y nos fuimos a la estación. Mi esperanza era que me dejaran traducir, para el beneficio de todos. Todo sea por la comunidad. Yo sé que al menos en Miami, probablemente en muchas partes, hay una versión en español del examen, pero me imaginaba que en Moscow no. No le dije estoy a Eloy, porque pensé que si se enteraba de que podía tomar el examen en español en otras partes, en vez de llevarme a la estación me llevaba a la Florida. «Mire, señor oficial —le dije— acá el caballero quiere sacar su licencia, pero lleva muy poco tiempo en este país y todavía no domina del todo el inglés. ¿Tienen ustedes una versión en español del examen? O, sino, ¿podría yo servirle de traductor?» «No, no tenemos una versión en español, y lo siento, pero no podemos aceptar traductores por dos razones: primero, el caballero debe saber suficiente inglés para leer los letreros en las carreteras, y para enterarse por la radio si hay alguna emergencia, un tornado, o lo que sea. Segundo, porque —y perdone— yo no puedo estar seguro de que la respuesta que usted me dé es exactamente lo que dijo el caballero. Así que tendrá que tomar el examen en inglés.» A ese policía lo ascenderán pronto, te lo aseguro. «¿Qué dice el vaina éste?»—preguntó Eloy— «Que tienes que tomar el examen en inglés» «Valiente cosa, cojones. ¿En qué me lo quería dar, en chino? Dile que se deje de joder y vamos al examen». «El caballero dice que está listo para tomar el examen». «Que me siga entonces. Sígame». «¿Qué dijo?» «Que vayas con él» «O.K.». El examen duró poco menos de veinte minutos. Eloy salió primero. «¿Cómo te fue?» «Yo no sé, pero yo creo que no salí exitosamente, porque el hijo de puta éste me hablaba muy rápido, y cuando me hablaba más despacio usaba palabras que yo no conozco, y que yo creo que no están en el librito. Yo creo que se la cogió conmigo». Al minuto salió el oficial. «Mire, lo siento mucho. Su amigo apenas sabe decir «Yes». Para darle un ejemplo, no sabe la palabra «tornado»...» «Es que nunca ha visto ninguno» «Sí, será eso, pero es un peligro para él conducir sin poderse enterar de las emergencias, como le dije antes». («Coño, pensé yo, este cabrón no sabe que por preocuparse de la seguridad de Eloy González pone en menos peligro a todo Moscow») «En fin, su amigo no pasó el examen. Dígale por favor que con mucho gusto lo re-examinaremos cuando pueda comunicarse un poco mejor. Preferiblemente, bastante mejor». «Eloy, no pasaste, por el problema de la comunicación. Pero dice que te darán el examen otra vez cuando puedas comunicarte un poquito mejor». «No, si ya yo sabía que el hijo de puta este me iba a joder. ¿No pasé, eh? Pregúntale si a su madre le pasa saliva por la garganta». «Vamonos de aquí, Eloy, que aquí ya no tenemos nada que buscar». Insistió en manejar él. En el camino a su apartamento, fue refunfuñando casi todo el tiempo. «Mira, tú estás viendo que puedo....el hijo de puta ése ni siquiera salió conmigo en el carro para ver si podía manejar o no... coño, lo que cuenta es manejar, y no el librito cabrón...¿qué me estaba dando, un examen de manejar, o un examen de inglés?... porque carajo, yo estoy manejando, y tú ves, sin problemas...» Así continuamente. Unos minutos antes de llegar a su casa dejó de hablar, y se podía ver que estaba concentrándose en alguna idea. Un momento de meditación. Llegamos, y a instancias mías, nos estacionamos lejos de la cuneta. Por fin Eloy me dijo lo que me tenía que decir: «Mira, yo vine a este país con buenas intenciones. Yo quería trabajar, y aprender inglés. Pero esto del inglés ya me tiene cabrón. Si me lo van a poner tan difícil, no lo aprendo. Que se jodan».

15 de marzo, '81

Fue todo lo que me dijo Delfina. Y no sé cómo traducirlo:

Jack Sprat could eat no fat
His wife could eat no lean

Si algún día alguien lee esto, que me lo explique.
Lo que ocurrió fue que Julio y Angela tuvieron otra bronca ayer. ¿El motivo? Eso en realidad no lo sabe nadie. Parece que relacionado con la defensa de Eloy González, por lo que me dice Toni, que fue la que habló con Angela. Julio estuvo en el billar otra vez, diz que dicen, mientras que Angela estaba en una conferencia. A los pocos días de regresar, Angela descubrió el hecho. No sólo eso, sino que mucho peor: parece ser que Angela tiene algún contagio que le atribuye a Julio. Julio, por supuesto, lo niega todo. Eso no impidió que Angela le pegara con una sartén en la cabeza. Sacado estrictamente de Dagwood, Popeye, o algo sí. En esta parte de la historia, Delfina y Toni empezaron a cantar «For she is a jolly good fellow». Caramba, eso estaba fuera de lugar. ¿Pero cómo entra Eloy González, sin licencia, en todo esto? Pues Angela piensa que Julio, que se estaba portando tan bien, no hubiera ido al billar, y Dios sabe a dónde más, si no fuera por Eloy. Que iba a volver a llamar la policía, no le importaba si tenía que recoger la basura veinte veces.

Toni andaba muy filosófica. «Ayer, precisamente, — me dijo— estaba leyendo a Melville. Mira qué cita:

> Here, on earth, true charity dotes,
> and false charity plots. Who betrays
> a fool with a kiss, the charitable
> fool has the charity to believe is
> in love with him, and the charitable
> knave on the stand gives charitable
> testimony for his comrade in the box.»

—Bueno, bueno, muchachas, noto en ustedes un feminismo un tanto de los sesenta, y por eso quiero decir obsoleto. ¿Qué pasa con la idea de que todo el mundo, cualquiera, incluso Julio o Eloy González es inocente hasta que se le pruebe culpable?
—¿Me vas a decir que la basura no es idea de tu tocayo?
—Prefiero que hablemos de Julio.
—¿Y tú no crees que tu tocayo tiene un especie de guerra con Angela, y mucha influencia con Julio?
—Sí, influencia quizá la tenga...pero no hay evidencia...
—Nunca vino mejor al caso... Ex ungua leonem... ¿me entiendes, Delfina?
—No.
—Mejor. Dejémoslo así.
—¿Así? Así no te entiende nadie, Toni
—Mucho mejor.

23 de marzo, '81

—¿Virginia?
—Sí, señor González.
—¿Señor González? ¿Desde cuándo tanta formalidad?
—Perdona, Eloy, es que estoy furiosa con tus compatriotas, o mejor dicho, con uno de tus compatriotas, y pensaba que tu debías saber del caso, porque yo opino que debemos hacer algo.
—Mira, Virginia, hace una semana o algo así que no oigo de mis compatriotas, y no tengo el menor deseo de oir de ellos. Si me vas a contar que Eloy González metió el carro en la cuneta, lo mejor que puedo decirte es que ojalá que se pudra el carro ahí...
—A mí Eloy González no me importa en lo más mínimo. La cuestión es mucho más seria. Tiene que ver con Nacho.
—¿Qué pasó con Nacho?
—Con Nacho han pasado una gran cantidad de cosas. Me enteré hoy de que ha sido detenido por la policía dos veces, tratando de robarse ropa de la Sears. Camisas. Cuando él hubiera podido tener todas las camisas que quisiera estando en mi casa. Mi pregunta primera, ¿por qué? ¿Por qué tiene que robar cuando no es necesario? Pero dejemos esa pregunta aparte. Lo que ha pasado es mucho más serio. Yo me pregunté, cuando me llamó la policía, ¿quién está sacando a Nacho de los líos en que se mete? Pues bueno, la policía me lo dijo. Tiene una patrocinadora nueva. Quizá tú conozcas el nombre, que no es su nombre real, pero el nombre que se da... Golden Dawn del Día...
—¿Golden Dawn del Día? ¿La loca esa? Sí, la conozco, o mejor dicho, sé quién es...¿la inmensa? ¿La señora esa con la peluca y los ojos pintados, y el sarape mexicano? ¿La que viene a cada rato al departamento de lenguas?
—Esa es. Te diré lo que sé yo. En realidad se llama Sophie Goldberg. De soltera, era Sophie Smith. Estuvo casada siete años, con un tipo que aparentemente practicaba la antropología, pero que en realidad no hacía nada, o al menos no se sabe nada de él. Golden Dawn se divorció, hará cuestión de ocho años, y cambió su estilo de vida. Se fue a California, se convirtió al budismo, se dedicó a la vida ambulante con una compañía de rodeo, y a coleccionar artefactos de los indios ... quiero decir, de los nativos del noroeste... al cabo de unos años regresó a Moscow, con el nombre cambiado a Golden Dawn del Día, y con su hijo de dos años, a quien le puso Slope in the Mountain Too, quién sabe por qué. Se sabe que Golden ha participado en los llamados «grupos de encuentro», grupos de «experiencia sexual», grupos de terapia común, el Hare Krishna, y que ahora es una «cris-

tiana vuelta a nacer». Es maestra de música en la escuela. Flauta y órgano. Y está inmensa, como dijiste tú, no pesa menos de trescientas libras. Cuarenta y cuatro años de edad... En todo caso, la llamé hoy, porque quería hablar con Nacho... a ver si estaba contento, si no lo estaban abusando... le pido a Golden Dawn que me lo ponga al teléfono, y muy rudamente me dice «Mire, se lo pongo esta vez, pero Nacho no tiene mayor deseo de hablar con usted, ni yo tampoco. Nacho va a hablar con usted por deferencia, pero haga el favor de no llamar más». Me puso a Nacho. Ya te imaginarás lo que es hablar con Nacho por teléfono, con el resultado que tuvieron sus clases de inglés... pero esto se lo entendí bien... «Virginia —me dijo— déje de molestarme. Goldie es mi mujer, ¿está bien? Así que búsquese su macho en otra parte». ¿Te imaginas? ¿Después de todo lo que yo he hecho por ese muchacho? De veras que me hirió oirlo hablar así. «Bien, Nacho, —le dije— si así lo quieres, así será. Pero permíteme hablar con Golden Dawn otra vez». Pues que se pone ella, y yo no perdí tiempo. «Señora, señorita, o como quiera llamarse usted, ¿qué tipo de relación tiene usted con ese niño? «Empecemos por partes» —me dijo— «en primer lugar, él no es un niño. En segundo lugar, nuestra relación no le incumbe a usted, porque ahora yo soy la patrocinadora de Nacho. Pero ya que usted ha llamado, y esperemos que sea por la última vez, mi relación con él es que él es mi 'jijo'.» Le dije, «Se dice 'hijo'». Me dijo «No, él es mi jijo», y colgó. ¿Ves ahora por qué estoy furiosa?
—¿Con quién?
—Con Nacho, naturalmente, por perder la oportunidad de tener una vida normal...
—Mira, Virginia, esa palabra debían de sacarla del diccionario...
—¿Qué palabra?
—Normal. No hay nadie normal. Y deja de preocuparte por Nacho.
—Pero él es un muchachito...
—¿Cuánto pesaría Nacho cuando lo viste irse de tu casa?
—¿Cuánto pesaría?
—Sí, cuánto pesaría.
—Ciento veinte, ciento veinticinco libras...
—Entonces, ojalá que lo aplasten. Y cuando lo aplasten, llámame, y lo enterramos con toda solemnidad.
—Te agradecería que te tomaras la situación un poco más en serio.
—¿En serio? ¿Cómo es posible tomarse esta situación en serio? Me dices que una cuarentona corpulenta, que se llama Golden Dawn del Día y tiene un hijo, Slope in the Mountain Too, decide establecer una relación muy vieja con un muchacho joven —no ya tan joven—, y que

ha inventado un nombre nuevo para la relación, «jijo». Hasta que Nacho no le robe el carro o se lo desbarate por ahí, todos felices en la viña del señor.
—¿Tú no podrías hablar con él?
—Poder, podría. Querer, no quiero. En la sabiduría popular de mi país está bien clara la lección: «Al que como gallina, que le den masa dura».

4 de abril, '81

—Mire, perdone que lo estemos llamando a estas horas de la mañana, pero tenemos aquí en la estación una situación de gravedad. Un compatriota suyo, el primer nombre es Daisonto... ¿lo conoce?... Pues ha sido acusado de intento de violación y está detenido, porque la muchacha que lo acusa dice que piensa llevarlo ante el juez. Con el ruido y la gritería que armaron se despertaron todos los vecinos. Hay una estudiante que por lo visto sabe un poco —yo creo que muy poco— de español tratando de ayudarnos, pero parece que en vez de ayudar, nos enreda más. Si nos hiciera usted la bondad de venir, le explicaría con más detalle. Muy bien. Lo esperamos. Un millón de gracias.
—Estos servicios tuyos a la comunidad se están convirtiendo en un dolor de cabeza —dijo Toni— Debe haber alguna solución compasiva, como mandar los cubanos a Atlanta y encerrarlos.
—Mire, a Daisonto lo tenemos en otra habitación, y vamos a tomar su deposición en un momento. Esa es la parte en que entra usted. Pero primero déjeme contarle la versión de la presunta víctima. Según ella, habían estado bebiendo en un bar por varias horas. Parece que otra persona les servía de traductor. Cuando el bar estaba por cerrar, su amigo hizo preguntarle a la muchacha si quería venir a su apartamento, porque tenía música latina y una guitarra, y algunas cervezas más. La muchacha aceptó, y fueron al apartamento. Allí, según ella, Daisonto puso una cinta dice ella que de rumbas. Cuando estaban terminando las cervezas, sentados en el suelo, él empezó a tocarle las piernas, con claras intenciones románticas. La muchacha se levantó cuanto antes y le dijo que dejara de hacer eso. Es imposible saber lo que entendió el acusado, pero su reacción fue levantarse y tratar de abrazar y besarla. Ella forcejeó como pudo, y al soltarse, asustada, empezó a gritar a voz en cuello, y trató de patearlo en la ingle. El le dio una bofetada con que le partió el labio en dos partes. La muchacha logró llegar a la puerta y salir. Un vecino le ofreció su teléfono, desde

donde nos llamó. Fuimos a buscar a Daisonto, que estaba en paños menores y daba la impresión de que lo habíamos despertado. Al principio no parecía entender por qué estábamos en su casa. Fue entonces cuando la vecina, que se llama Marissa Smith ... ¿la conoce usted? ¿Español elemental, eh? Es lo que nos figuramos.... ella se ofreció a ayudarnos, y no había otra persona, y nadie podía entender al detenido. Lo que Marissa parece entender es que el detenido quería invitar a la muchacha a tomar el desayuno. Las palabras que logró entender fueron «huevos», «galletas», «pan», y «tortilla». Una discrepancia tan enorme en las dos versiones llama la atención. Por eso le pedimos que viniera. ¿Quiere usted hablar a solas con Daisonto por un rato? Por aquí, por favor.
—Eh, ¿qué pasa, Eloy el batín?
—Conmigo no pasa nada, Diosanto. ¿Qué pasa contigo?
—Coño, compay, yo no sé bien... parece que es por la chiquita esa. Coño, yo no me la singué, así que si le sacan un hijo que no me lo echen a mí...
—No, nadie te imputa eso, Diosanto....
—¿Puta? Puta y más, pero del otro lado...
—No te entiendo bien. ¿Qué pasó?
—Bueno, la jevita y yo estuvimos tomando y al fin ella quiso venir conmigo. Nos tomamos una cerveza y se me estaba sonriendo, así que le fui pa' arriba.
—¿Tú la habías invitado a tomar el desayuno?
—No, compadre, ¿qué desayuno de qué carajo, si no tengo ni leche en el apartamento?
—La muchacha que estaba traduciendo entendió eso.
—Ah, la muchachita ésa no entiende un carajo.
—Bueno ¿y qué fue lo que pasó? O mejor dicho, ¿qué fue lo que le dijiste a la muchacha ésa que quería traducir?
—Lo que ya te dije. Yo pensé que ella quería que la besara, así que me levanté... estábamos sentados, y ella me rozó el pie... me levanto, ¿y qué tú quieres? Le voy a dar un beso y me tira tremenda patada en los huevos. Fue que me esquivé, si no me agarra duro de verdad. Una patada en los huevos, compay, así sin aviso. Carajo, me reviré y le metí una galleta ¡pan! en la misma jeta. Y en vez de toda esta jodienda, ella debía de darme las gracias, coño...
—¿Darte las gracias, Diosanto? ¿Darte las gracias por pegarle? Diosanto, me parece mentira, tú pegarle a una mujer ¿y que además te dé las gracias?
—Bueno, coño, sí, le metí una galleta, pero ella quería joderme los huevos, ¿no? Mira, si le doy duro de verdad se queda sin dientes. Y yo

no la traje amarrada ni nada así. Ella vino a mi apartamento porque quiso. ¿Así que dónde es culpa mía? Díselo bien a los guardias esos. Ella vino conmigo por su cuenta, y después parece que se enfrió. Para mí que es tortillera. Y de eso no tengo la culpa yo.
—Diosanto, nunca, en ninguna situación, bajo ningún concepto, está bien pegarle a una persona que no puede responderte de la misma forma, y tú como boxeador debes saber eso... Además, que una muchacha te visite en tu apartamento no quiere decir que va a acostarse contigo...
—¿No? ¿Entonces qué carajo es? Además, a mí no me gusta sonarle a las jevas, pero coño, la que me tire una patada en los huevos, se la lleva.
—¿Tú pensabas violarla?
—¿Violarla? No, compay, yo me puedo encontrar mi mujer, que no tiene la cara-de-gelatina ésa. Que no se crea que está tan buena.
—Si ella se hubiera entendido mejor contigo, ¿habría sucedido todo esto?
—No, batín, qué va. Yo pensaba que ella quería. Lo que es es una engañadora.
—Bueno, está bien, yo te creo. A ver qué dice el guardia.
—Mire, señor oficial, lo del desayuno fue un mal entendimiento. La historia del caballero no discrepa de la historia de la muchacha, excepto en que él dice que sus intenciones eróticas no estaban encaminadas a violarla. Que si ella hubiera manifestado su falta de deseo de amistad, aquí no hubiera ocurrido nada. En otras palabras, que fue un intento de seducción, no de violación.
—Si la chica lo acusa, eso tendrá que demostrarlo en la corte. Pero hasta ver si se produce la acusación formal, mejor que el señor Daisonto no se ausente de Moscow.
—Dice el guardia que no debes salir de Moscow hasta ver si la muchacha te acusa.
—Coño, bacán, dile al come- catibía este que yo tengo a donde ir.
—El señor dice que no piensa ausentarse.
—En ese caso, puede irse.
—Podemos irnos, Diosanto.
—Sí, vámonos pal carajo de aquí.

Fue en el carro, rumbo a su apartamento, cuando Diosanto me habló otra vez.
—Mire, compay, yo lo que quiero es que se me acuse de lo que hice, pero no de lo que dice la papallona ésa. Violación, no, y si se me hace ese cargo, ay coño, me van a oír, porque eso es mentira. Si ella me

quiere acusar de quererme acostar con ella, eso es verdad, pero ¿qué delito hay en eso? Tú dime, ¿qué delito hay en eso? Eso es lo más natural del mundo, que un hombre quiera acostarse con una mujer. ¿Qué pasa, es que la gente no singa en este país? Ella fue la que vino a mi casa, ¿no? Coño, si yo fuera maricón y ella fuera un hombre, y yo lo tocara, yo comprendo por que tiene que ponerse cabrón, pero ella es una mujer y yo soy un hombre, ¿no? Así que no me esté jodiendo mucho, porque la próxima vez le meto un piñazo de verdad. No voy a estar comiendo mierda.
—Diosanto, no va a haber ninguna otra vez. Si tú vuelves a ver a esa muchacha, tienes que hacer como si no existiera. Si no, te vas a meter en un problema de verdad. Esto no puede volver a pasar. ¿Tú me lo prometes?
—Bueno, yo te prometo que yo no quiero que pase. Pero no te voy a prometer que no voy a buscar mujeres, porque coño, ¿qué hay de malo en querer echar un palo?
—Caray, Diosanto, eso te salió como un poema.
—No, yo no sé nada de poemas ni santi-poemas. Yo lo que digo es que si una jeva me va a agarrar la paloma, que me agarre la paloma, y si no me la va a agarrar, que no me venga a visitar, porque coño, yo no soy ningún niño.
—Bueno, Diosanto, mañana será otro día.

20 de abril, '81

—Es Virginia, Eloy. Hacía tiempo que no hablábamos y pensé que querrías estar informado de las cosas que han pasado. Como siempre, nada bueno. Eloy González sigue manejando su carro por todas partes, cuando el carro funciona, que es poco frecuente. Supongo que ésa es la única parte buena de lo que tengo que contarte. Julio y Angela han tenido otros disgustos, aunque Julio es el más calmado de todos, por el asunto del testamento de Angela. Yo no sé si lo del testamento será verdad o no, pero al menos ha tenido un efecto positivo. Ahora los otros cubanos... Nacho se va de Moscow. Parece que Golden Dawn ha encontrado una plaza mejor en Colorado, y se lo lleva con ella. O sea, que a Nacho lo hemos perdido para siempre. ¿Te imaginas cómo va a crecer ese muchacho? Yo no puedo evitarlo, tengo que preocuparme, porque después de todo, yo fui quien lo trajo a Moscow. Y yo no creo que él sea malo, es que está confundido, y esa dichosa Golden Dawn se metió por el medio... Es una pena, con todas las oportunidades que hubiera podido tener ... He vuelto a llamarlo, y lo que hace es colgarme el teléfono... y no puedo ir a la policía, porque Golden es la patrocinadora oficial de él. Una desgracia. Y hablando de desgracias... Diosanto perdió su trabajo en la guardería de niños, porque la policía reportó el incidente que tuvo con la muchacha ésa, el reporte salió en los periódicos y las madres que conocían a Diosanto empezaron a llamar, y tantas llamadas hubo —parece que las madres se confabularon— que la jefe de la guardería no tuvo más remedio que desperdirlo. Diosanto vino a decirme que le buscara otro trabajo. Pero es que encontrar trabajos para personas que saben tan poco inglés no es fácil, y no sé a quién recurrir. Urbano ha desaparecido por completo, nadie sabe dónde está, o al menos, no lo dicen. Pero mira lo más curioso que me pasó la semana pasada... resulta que me llama Marta Gutiérrez, ¿la conoces? Bueno, es una mujer de Colombia que trabaja en la compañía de seguros. Divorciada, muy buena muchacha. Me llamó el viernes, muy preocupada. «Mire, Virginia, la llamo —me dice— porque creo que usted está a cargo de muchos de los refugiados en Moscow, ¿no? Bueno, mire, yo conocí ayer a un muchacho cubano que me dio mucha lástima. Dice que no tiene trabajo, no tiene dinero, no tiene patrocinador, y no tiene dónde vivir. Yo no me explico cómo una persona así no tiene más protección, cómo es posible que nadie lo ayude. Por eso la llamo a usted, a ver si alguien puede hacer algo. Mire, parece un muchacho decentísimo. Me cuenta que cuando estaba en Miami se encontró en el parque un sobre que contenía quinientos dólares, y ¿sabe usted qué hizo? Lo entregó a la policía. Ahora, dígame, ¿usted no cree que un muchacho así merece alguna ayuda, para que pueda defenderse? Yo le daría trabajo, si supiera cómo y dónde. En mi compañía, claro, el jefe no puede darle nada, porque no sabe el muchacho mucho inglés. Pero algún tipo de trabajo tiene que existir para él. Es un muchacho joven, que yo creo que puede hacer cualquier trabajo manual, quiero decir, menial. Yo casi me ofrecería a ser su patrocinadora, pero no me atrevo por el qué dirán. Pero yo estoy dispuesta a ayudarlo si aparece algo.» «Marta, yo entiendo su interés. ¿Cómo se llama ese muchacho? «Su primer nombre —me dijo— es Narciso».

El mismo 20 de abril, '81

—Arbejita, y ¿qué va a pasar con todo esto?
—Toni, no tengo la más remota idea.
—Pero si van a ser unos jodidos, mejor que todo el mundo lo sepa.
—Toni, yo pienso que aquí todo el mundo sabe lo que está pasando.

El problema no es la ignorancia, sino que en un país civilizado a todos nos conviene cubrir las apariencias, y por eso quiero decir encubrir las cosas que pasan con un manto sentimental y conveniente. Aquí los únicos engañados son esos cubanos. Casi te diría que tenemos un «Cubangate».
—¿Cómo?
—Como Watergate, pero bilingüe.
—Pero, ¿por qué piensas eso, cuando siempre están diciendo mentiras?
—Porque mienten tan mal. Son mentiras sub-desarrolladas. No pueden competir con las mentiras de super-potencia.
—Por su poca educación, supongo. Y tú, ¿eres capaz de una mentira de super-potencia?
—Jamás he mentido en mi vida.
—Ah, ya me doy cuenta. Bueno, ¿qué vas a hacer?
—Si es posible, lo menos posible.
—Entonces, arvejita, deja de responder el teléfono a las tres de la mañana. Después de todo, no te están pagando por la traducción.
—En eso tienes toda la razón.
—Buenas noches, mi arvejita olorosa.
—Buenas noches, Toni.
Al llegar a casa del trabajo, me encuentro en el escritorio una nota:

> Mi Querido Señor Sweet Pea:
>
> Le escribo a usted en español para poder tratarle a Ud. muy formalmente al emplear la forma formal de *Ud.* Desgraciadamente, es mi desgracia profunda tener que informarle que he recibido noticias un tanto desagradables de Ud. hoy en la estación de policía. Pasé por la estación como es mi costumbre cuando la policía ha recogido un adolescente fugaz. Imagínese Ud. el choque que me dieron cuando me presentaron con la historia de un cuarentón furtivo. Según la recepcionista (una conocida mía, y de Ud. también, según ella) un tal Eloy González ha visitado varias veces la estación de policía. Claro, yo ya sabía de algunas ocasiones, pero me mencionó otras de las que yo no tenía la menor indicación, y que me imagino que Ud. no le contaría a nadie. Aún hoy era probable que Ud. estuviera allí. La recepcionista no llegó al trabajo hasta media hora después de la salida de Eloy González, pero me leyó del diario policial que dicho Eloy González había en-

trado en la estación con los dos ojos morados y un labio roto, diciendo que había sido víctima de un asalto. Como es de suponer, me puse muy nerviosa. Traté de llamarle a Ud. a casa y no estaba, tampoco estaba Ud. en la oficina. Por fin, con la ayuda de la recepcionista, nos dimos cuenta de que no se trataba de Ud., sino del *otro* Eloy González. Bueno, ya sé que es Ud. un hombre sentimental y que quiere ayudar a sus «socios» cuandoquiera que sea posible. Pero Señor, ya esto llega a ser un abuso.

De pasar algo con su amigo Eloy González y Ud. enterarse, favor de llamarme a la oficina cuanto antes para asegurarme que todo está bajo control.

       Respetuosamente suya,
       Toni

A eso de las cinco y diez empecé a sentirme melancólico. A eso de las cinco y doce puse un disco de adagios. Cuando Toni llegó, como siempre, a las cinco y cuarto, estaban tocando un adagio de Albinoni que me gusta mucho y que siempre oigo cuando me siento melancólico. Toni, al entrar, se dio cuenta de cómo me sentía, y me dijo con cierta ternura: «Hola, arvejita, ¿como estás? ¿Leíste mi nota? ¿Qué pasó con Eloy González hoy?»

 (Otra posibilidad para el párrafo anterior: Cuando quiero pretender que estoy melancólico, siempre pongo el disco de Albinoni —otra piel del camaleón—. Como no se puede discutir con un tipo melancólico, y Toni, que de tonta no tiene un pelo, y que ve que la estoy condicionando como un perro de Pavlov, pero todavía queriendo discutir, o al menos enterarse de lo que está pasando, finge comprensión o ternura. ¿Cómo discutir o cerrarse con una persona que nos ofrece simpatía y ternura?)

—Nada muy importante. Una bronca con un vecino, en la que parece que el vecino llevó las de cantar. Eloy fue a quejarse y no lo entendió nadie. Ya hablé con él, y todo va a quedar en paz. No hay que preocuparse.

 Fue mucho más tarde cuando volvimos a hablar.

23 de abril, '81

—¿Tocayo? Aquí tu tocayo.
—Ah, que tal, Eloy, hacía tiempo que no oía de ti.

—Sí, tocayo, me da una pena de penuria, coño, tú vas a pensar que soy un malagradecido... pero es que he estado en asuntos de business, ocupadísimo...
—Me imaginé, Eloy, que si no oía de ti era porque todo estaba bien. ¿Qué business?
—Bueno, mira es que me he encontrado una peguita mejor que la que tengo aquí en Moscow, y creo que te vas a quedar solo, el único Eloy González de Moscow.
—¿Qué peguita es esa, Eloy?
—Te cuento, te cuento. La semana pasada desde el jueves me fui para un lugar que se llama Yakima en el estado de Washington...
—¿Manejando?
—No, me llevó un amigo chicano que yo tengo. Mi carro está roto, pero pienso arreglarlo con la paga de este mes. ¿Tú conoces Yakima? Ah, tocayo, ese sí que es un lugar chévere de verdad. La mejor parte es que la gente con que yo estuve allí son todos mexicanos, «puro mexicano», como dicen ellos. Ellos son los que recogen las frutas, manzanas, fresas, y los vegetales. Gente buena de verdad. Me llamaban «Cuba», y estuvimos bebiendo cerveza y oyendo música mexicana en un bar que tienen allí, y todo, todito, en español. Yo tengo que enseñarles quién fue José Martí, para que me llamen así si me van a poner nombre, en vez de Cuba. Pero de verdad que son una gente hachera. Bueno, pues yo estuve preguntando, y hay pega para más gente, y me presentaron a un muchacho que vive solo en un trailer, y me dijo que podría compartirlo conmigo. La paga no es mucha gran cosa, voy a ganar nada más que veinticinco centavos la hora más de lo que me pagan aquí. Pero yo trabajé en Cuba, como tú sabes, en la zafra, así que yo no le tengo miedo al trabajo de campo, y yo creo que voy a estar bien.
—Eloy, las cosas con calma. Tú te encontraste de seguro muy buena gente en ese lugar, y está muy bien que sean tus amigos. Pero mira los inconvenientes. Déjame explicarte que estos pobres mexicanos que hacen ese trabajo lo hacen porque no pueden encontrar otra cosa en su país. No lo hacen por divertise, ni para ganar mucho dinero, sino para mantener a sus familias, para sobrevivir. Es un trabajo matador, mucho más duro, creo yo, que lo que tú haces en la universidad. Es gente que trabaja de sol a sol para ganarse unos cuantos pesos con qué volver a México. Ademas, no siempre terminan con la paga que esperaban. Con frecuencia ocurre que lo que les prometieron, no se lo pagan, porque como vienen a este país ilegalmente, el tipo que los emplea los amenaza con delatarlos a la policía, o incluso lo hace, así que los deportan y pocas veces tienen recurso legal. Eloy, yo lo pen-

saría mucho antes de irme a un trabajo así.
—Tocayo, yo estado pensándolo mucho. Pero tú ves, yo me entiendo con esa gente, y aquí en Moscow, si no es contigo o con otro cubano, no me entiendo casi con nadie. Vaya, que yo puedo trabajar más y mejor si yo entiendo a la gente con quien trabajo. Es verdad que ellos dicen muchas cosas diferente que nosotros, pero en la mayoría, yo lo entiendo. Pero al jefe ese mío, al gringo ese yo casi nunca lo entiendo. Y mira que yo he tratado de enseñarle palabras en español, para que sepa decirme lo que quiere, pero coño, no le entran, es más bruto que un arado. Así que a mí que me den tortillas y tequila en vez de hamburger y Coca-cola.
—Eloy, te sigo recomendando que lo pienses mucho. Esos trabajos no son permanentes, duran lo que dura la cosecha. ¿Qué vas a hacer después?
—Yo no sé, yo me busco otra cosa. Pero yo lo que sé es que estoy ya de Moscow hasta los huevos. De la Angela, y la Dolores, y la Virginia, que para mí que están en la menopausia, o por lo menos en la náusea, de los cabrones gringos del trabajo, de la policía, que siempre se pone del lado de ellas, injustamente, y de todas las acusaciones que con un alma vil y ruin se me han hecho aquí...
—Así todo, Eloy, quiero que lo pienses...
—Mira, tocayo, la verdad es que ya no hay mucho que pensar, porque yo renuncié al trabajo aquí. Termino el jueves día treinta. El carro me lo van a tener arreglado para el sábado. Así que el domingo de la semana que viene salimos para Yakima. El domingo tres de mayo.
—¿Tú y tu amigo chicano?
—No, el chicano no puede venir esta vez... mira, él no quiere que nadie se entere, pero yo te lo voy a decir a ti, porque yo se que tú eres una de las pocas personas con dignidad humana en el pueblo de Moscow. El hace rato que no tiene trabajo y nadie quiere darle nada aquí, así que yo lo convencí de que no tiene nada que perder yéndose conmigo. Quien se va conmigo es Narciso.
—¿Narciso? ¿Narciso a un trabajo así? Pero Eloy, ¿cómo va a ser eso?
—Bueno, tocayo, él dice que él lo puede hacer, y yo tengo que estar con él, porque es mi amigo y fue quien buscó la forma de que yo viniera para acá. Su error más errado fue ajuntarse con esa Dolores, pero ya está libre de ella, así que si él quiere venir conmigo, yo no puedo decirle que no. Si después a él no le gusta, que se vaya para otra parte. Pero ahora yo tengo más plata que él, él casi no tiene nada, aunque dice que va a tener un poquito pronto, antes de irnos. Pero mientras que yo tengo algo de plata, Narciso no tiene problema. y si

yo me voy y él se queda, ¿quién lo va a ayudar? Mira, todo esto ya está decidido, como dijo Julio César el emperador, o Napoleón Bonaparte, no me acuerdo muy bien quién fue. Pero que nos vamos, nos vamos. Cruzando el Rubicondio, invadiendo Rusia, o como sea.
—Pero Eloy, fíjate, les va a ser muy difícil aprender inglés en la compañía de todos esos mexicanos...
—Chico, como ya te dije, ya no me interesa aprender inglés. Yo amo mucho mi propia lengua.
—Bien. Buena suerte, Eloy.
—Lo propio, tocayo. Te llamaré pronto. Me voy rumbo a una felicidad que añoro.

27 de abril, '81

—¿Eloy? Angela. Mira, no quiero que pienses que te llamo para chismear, y si no quieres decirme nada, no me digas nada. Yo comprendo que son tus compatriotas y que te sea difícil hablar de ellos. Pero tú sabes muy bien que tanto yo como otras personas en el pueblo hemos tratado de ayudarlos en todo lo posible, que hemos querido ser como familia para ellos, y que varios de ellos no nos han mostrado la debida gratitud. Ninguna de nosotras pensaba, al principio, que el proceso de aculturación iba a ser tan difícil. Mira, por darte un ejemplo, yo he tratado de convencer a Julio que tiene integrarse a la realidad negra —quiero decir, a la cultura negra de este país, que ya no está en Cuba, que Cuba se acabó para él—. Así que le he hecho platos de lo que nosotros llamamos «soul food», me imagino que sabes a lo que me refiero. O.K., ciertas cosas le gustan y se las come, pero hay otras que ni las prueba. Y yo le pregunto, «Julio, ¿te has quedado con hambre?» y me dice, y ya nos entendemos mucho mejor, mitad en inglés y mitad en Dios sabe qué, ese español que aquí no se enseña en las escuelas, que prefiere quedarse con hambre a comerse esa comida, porque él no la ve como comida, y que vería los platos como adornos florales, sino fuera porque huelen mal. ¿Te imaginas qué falta de delicadeza, cuando yo a lo mejor estuve dos horas cocinando el plato, y sabiendo, como yo lo sé, y todo el mundo lo sabe, que yo soy la mejor cocinera de «soul food» de Moscow? ¿Por qué no puede al menos probar la comida? Si la probara y me dijera que no le gusta, eso al menos sería más digerible. Pero negarse a comerla, sin siquiera probarla... es una cosa que me pone los nervios de punta. Mira, no quiero que pienses que él es del todo negativo. El ha seguido con su trabajo, no lo ha dejado como Narciso o como —para

mí lo peorcito del grupo, y siento mucho que se llame igual que tú, porque tú sabes que yo a ti te aprecio—, Eloy González. Julio al menos todavía quiere aprender inglés. Pero mira, ocupado como está uno —y más la mujer— en esta sociedad, hacía bueno, algo así como dos semanas que no tuvimos tiempo de lavar la ropa. En realidad, Julio tuvo tiempo, pero se pasó el fin de semana viendo juegos de béisbol, o ¿cómo es que los llaman ustedes los cubanos? Sí, eso es, de pelota. En fin, que llega el lunes y es cuando el muy vago descubre que no tiene camisas limpias. ¿Una mujer también tiene el derecho a descansar en tu cultura machista —nota que no te estoy acusando a ti, sino a toda la cultura— o no? ¿Por qué Julio no puede comprender que yo tengo tantos derechos como él —en realidad, tengo más, porque yo tengo que explicarle a él sus derechos, para que siga recibiendo paga, mientas que éste es un país nuevo para él, porque en fin de cuentas no es su país— y que no me los puede negar porque yo sea una mujer? Mira, resulta que como le faltaban camisas, yo le dije que se pusiera una camisa, especie así de blusa flotante que un hermano africano le mandó a mi hijo de Tanzania. Se la quedó mirando, y por lo que me dijo entendí que me preguntaba que si yo creía que él era un payaso. La falta de cultura me dejó atónita. Tuve que hablarle por media hora para convencerlo de que no sólo era mejor camisa que cualquiera otra que él tuviera en este país, sino que además todo el mundo la encontraría muy bonita. Por fin se la puso. Cuando regresó del trabajo, me dijo que la camisa había sido un completo ¿cómo se dice, éxito? ¿Exito no es el letrero que se pone en las puertas de salida, ah? Bueno, me di cuenta que quedó muy contento, porque me dijo que se la iba a comprar a mi hijo. Pero no le faltó el comentario de que ojalá que tuviera aquí la ropa que uno se pone en Cuba en los Carnavales. Bueno, dejando a Julio aparte, me imagino que ya sabrás que Narciso anda libre bajo fianza... sí, lo agarraron en el supermercado queriendo robarse algo, no sé bien qué... ese argentino amigo tuyo estaba con él, según parece, él podrá contarte mejor que yo... pero en fin, el punto es que todos, con la excepción de Julio, y eso es porque yo lo protejo, están teniendo muchas dificultades, y la policía va a vigilarlos a todos. Yo quisiera que nos reuniéramos, tú, Toni, por supuesto, Dolores, Virginia y yo para hablar de este problema y de cómo poder ayudarlos en cuanto tengas un poco de tiempo. ¿Mañana por la noche? Perfecto, yo lo arreglo todo, ven a mi casa. Y mientras tanto, manténlos en tus oraciones.
—Eh, Eloy, ¿cómo andás che, que me contás? ¿Narciso? Ah, qué joda, lo de Narciso fue grande, che. Resulta que se vino al apartamento el sábado, contándole a mi roommate que había encontrado traba-

jo no sé donde, pero que no podía llegar a él porque no tenía plata para el viaje. Que si en nombre de Jesucristo le podría prestar cien dólares. Y allá va el muy cachetudo y se los presta. Después le leyó la biblia... y para mí que tu compatriota se quedó en babia. Bueno, quedaron en que él iría con nosotros a misa el domingo, esto fue el domingo pasado. En medio del sermón del cura, se levanta Narciso y se larga. Pensamos que tendría que ir al baño. Caramba, como decís vos, salimos de la iglesia y ¿qué nos encontramos? Narciso con la policía. ¿Y qué había pasado? El bueno de Narciso se había largado al supermercado y se había metido una cajetilla de cigarrillos en el bolsillo. Alguien en la tienda lo vio, y cuando fue a salir sin pagar, lo detuvieron... ya había un policía allá. Narciso nos lo trajo a la iglesia porque yo estaba allí, para traducirle el cuento. Escuchá; el hombre decía que se había metido los cigarrillos en el bolsillo, pero que con toda intención de pagar por ellos, y que se le olvidó que los tenía al salir... también se le olvidó que no había traído guita con él... leves olvidos... mi roommate ofreció pagar por los cigarrillos, pero ni la poli ni el gerente del supermercado iban a tragársela, así que me soltaron al Narciso bajo fianza... pagada, como es de suponer, por mi roommate. Mirá, ya no tengo que leer la Divina Comedia, ni ninguna otra comedia. Pero che, tus amigos cubanos, ¿por qué no dejan las revoluciones en Cuba?

28 de abril, '81

—Hola, Eloy, Toni, ¿cómo están?
—Hola Angela... Virginia... Dolores. Qué gusto de verlas.
—¿Una copita de vino, Toni? ¿Eloy? Se las traigo en un segundo, siéntense, por favor.
—¿Has visto a Narciso últimamente, Eloy? Me cuentan que se metió en un problema con la policía. No sabes qué pena me da. Me siento muy mal, porque pienso que si se hubiera quedado conmigo, si las cosas entre los dos hubieran marchado mejor, no habría tenido ese problema. Siento que parte de la culpa es mía.
—Mira Dolores, vamos a empezar por lo obvio. Tú no tienes que sentirte culpable por las acciones de Narciso, como Virginia no debe sentirse mal por las de Nacho, ni Angela por las de Julio. Ellos saben perfectamente lo que están haciendo, y no es que metan la pata, sino que les gusta meter la mano. Hasta qué punto ellos mismos son culpables es una cuestión muy debatible. Mira cómo los ha tratado de vida. No es que quiera disculparlos, pero ¿qué han aprendido ellos de

la escuela del vivir? Yo creo que desde ese punto de vista todos tenemos un poco de culpa, en diferentes grados. El glorioso gobierno revolucionario de Cuba, donde dicen que no existe el analfabetismo, por la estupenda educación que les ha dado, y la gran oportunidad de venir a este país en las condiciones en que vinieron. Los Estados Unidos —y recuerda que yo soy un ciudadano, lo cual parece importar en conversaciones de este tipo— por no estar mejor preparados para lidiar con la situación, por no entender mejor las culturas extranjeras. Y en fin de cuentas, todos, todos nosotros, compartimos un grado de culpa, en el sentido de que nuestra ignorancia, nuestra intolerancia, nuestro egoísmo, nos hacen olvidar cómo vive otra gente, no sólo en las cárceles de Cuba, sino por todo el mundo. En ese sentido, cuando pensamos cómo el mundo desarrollado se relaciona con el subdesarrollado, lo que tenemos es un crimen de lesa humanidad. De eso, de ser, como somos, tan indiferentes a los problemas y aflicciones de otros seres humanos, la culpa reside en todos nosotros. Pero —y todo sea dicho— ustedes han sido buenas amigas, y todos sabemos que han querido darle una oportunidad a estos cubanos, y por eso no deben sentirse especialmente culpables.

—Muy bien dicho —dijo Toni— y el inglés casi te salió bien. Estás adquiriendo una elocuencia de predicador.

—Bueno, perdonen si parece que predico, pero hay una cosa muy seria —y yo no soy quien debe de hablar de seriedad, pero viene al caso— en todo esto, y es la atención que el mundo le ha prestado al problema con la salida de estos marielitos. ¿Saben ustedes quién es Reinaldo Arenas? Es un escritor que logró salir de Cuba por el Mariel, un hombre que obviamente no merecía estar —como estuvo— en la cárcel. Mas aún: los poetas cubanos Angel Cuadra y Armando Valladares todavía están detenidos. Valladares pasó por una huelga de hambre y por castigos que lo dejaron paralítico. Si se logra que el gobierno cubano le haga justicia a los que han sufrido injustamente, el precio de la salida de los marielitos es poco que pagar. Además, piensa que de Cuba salieron más de cien mil personas. En realidad, solamente una fracción pequeña de ellos han causado dificultades. A nosotros nos ha tocado nuestra parte... yo no creo que ha sido tan mala.

—Arvejita, andas demosteniano hoy. Está muy bien todo lo que nos cuentas, pero yo creo que lo que las mujeres aquí quieren saber es qué se puede hacer con los cubanos que ellas conocen, con los que están aquí.

—Sí, exacto Toni, —dijo Angela sirviendo las copas de vino— yo comprendo todo lo que dice Eloy, y tú bien sabes que yo siempre he

querido ayudar. Pero a mí lo que me preocupa en este momento es el futuro de esos muchachos. Si se van de aquí, ¿quién va a dirigirlos, quién va a darles orientación? Y esto no lo digo por Eloy González, porque a mí me encantaría que mi basura se quedara en las latas, pero yo creo que a los demás se les puede guiar...
—Quizá, Angela, hemos estado tratando de guiarlos demasiado...
—No, Eloy, el problema es que no acaban de comprender el proceso de interacción cultural, el común denominador integrante que permite diferentes mecanismos de comunicación. Sus superegos están siendo controlados por sus ids, y esto crea un intersticio de inoperabilidad. Su refracción bio-psicológica no se ajusta al medio ambiente ni a una funcionalidad operativa.
—Todo eso será verdad, Virginia, pero es que extrañan sus frijoles negros.
—Bueno, lo importante, creo yo, es lo que podemos hacer. Yo pienso, Eloy, que tú debes hablar con ellos, porque a ti te escuchan más...
—¿Hablar con ellos? ¿Para qué, Angela?
—Para explicarles los peligros que los acechan si se van de Moscow, si abandonan los hogares que les hemos forjado aquí. ¿Cómo van a sobrevivir? ¿Qué van a hacer?
—Yo estoy de acuerdo con Angela. ¿Y tú, Toni?
—No sé, Dolores, no sé. Yo nunca he podido entender a ningún cubano, y francamente, no he tratado de entenderlos...
—Eso es fácil para ti, porque Eloy está muy americanizado, pero para nosotras la situación es muy difícil, y nos hace falta que él nos ayude. Es la única persona que puede hacerlo en Moscow. Darles la oportunidad de tener una conversación seria con él, antes de que cometan el error de aventurarse a un mundo hostil.
—O.K., Angela, O.K., voy a tratar de hablar con ellos, pero no te garantizo nada, ni siquiera que voy a poder dar con ellos... y si voy a hablar con ellos, mejor que sea pronto, porque los planes de partida son muy pronto... tal vez el viernes pueda verlos...
—No, arvejita, no planes para el viernes, recuerda que tenemos esa velada con esos profesores de Washington y Oregón.
—Bueno, pues tendrá que ser el sábado... demasiado tarde, pero es lo mejor que podemos hacer.
—Eloy, te lo agradezco mucho —dijo Angela.
—Yo también te lo agradezco mucho —dijo Dolores.
—De nada, Dolores, de nada. Toni, mañana hay que levantarse temprano. Digamos buenas noches.

Alegra no ver nieve en las calles. De hecho era una noche fresca, llena de los olores de la temprana primavera. Cuando se me ocurrió

esa frase, se la dije a Toni, explicándole que iba a donársela gratis a Eloy González.
—Y dime, arbejita, ¿de veras que piensas hablar con ellos?
—Toni, lo he prometido, y yo soy un hombre de mi palabra, o mejor dicho, de mis palabras, porque creo que lo prometí con más de una.
—Ajá. Y, seriamente, ¿qué efecto piensas que tendrá tu conversación con tus compatriotas?
—El mismo efecto que tendría la leche de magnesia cuando a uno le duelen los callos.

2do de mayo, '81

—Ay ay ay ay ay ay……
—¿Qué pasa, arvejita? ¿Qué le pasa a mi arvejita? ¿Se siente mal? ¿Qué te duele, mi amor?
—Todo, todo, ay ay ay ay ay ay...
—¿Le duele la cabecita a mi arvejita?
—Sí, sí, sí, sí, mucho...
—¿Le duele el estomaguito a mi arvejita?
—Sí, sí, ay ay ay ay ay ....
—¿No se depertó sintiéndose bien mi arvejita?
—Toni, por favor... ay ay...
—¿Mi arvejita quisiera un Alka-Seltzercito?
—Sí, sí...
—¿Mi arvejita quisiera un par de aspirinitas?
—Dos, cuatro, ocho, las que sean...
—Qué pena, se nos acabaron las dos cosas. ¿Mi arvejita querría unos huevitos pasados por agua en vez?
—Toni, nunca me imaginé que llegarías a tal grado de sadismo. Ni al marqués se le hubiera ocurrido eso. Caramba, muchas gracias por todo.
—¿Y de qué se acuerda mi memoriosa arvejita de la velada de anoche, debía decir, de la memorable velada de anoche?
—No me acuerdo de mucho... sé que la pasé muy bien, porque recuerdo que cuando fuimos al carro...
—Dirás cuando prácticamente te cargué hasta el carro...
—¿Me cargaste? ¿Tú?
—Bueno, te remolqué.
—De eso no me acuerdo, pero sí me acuerdo que me estaba riendo...
—Hacía ya bastante rato que la única persona que se estaba riendo en

la fiesta eras tú. Gracias a Dios ya quedaba muy poca gente cuando logré sacarte de allí.
—Toni, no puede haber sido nada tan malo. Seguramente no me oriné en el ponche, ni le maté el gato a la señora Turnbull...
—Bueno, en cuanto al ponche, es verdad que no te orinaste en él, creo yo que por milagro, porque en varias ocasiones me dijiste que tenías ganas de hacerlo, pero en cuanto al gato, le pisaste la cola dos veces, y la señora Turnbull tuvo que llevárselo a su habitación para evitar que el próximo pisotón fuera en la cabeza.
—¿Yo pisé a ese gatito? ¿A ese gatito tan bonito?
—A ese gatito tan bonito, que hoy tendrá la cola doblada en tres partes, y que seguramente hará el mayor esfuerzo por arañarte la próxima vez que te vea, si hay una próxima vez, cosa altamente dudable.
—Mira, Toni, si lo que vas a hacer es torturarme, mejor que trate de volver a dormir y no hablar más.
—No, arvejita, yo quiero que te enteres de lo pasó. Pero como no estás en condiciones de oír nada claramente, voy a ir a la tienda un momento a buscar los Alkas y las aspirinas. Usted descanse un poco más. Estoy de vuelta en diez minutos.
—¿Quién ha sabido nunca explicar cómo se siente uno después de una borrachera? Sobre todo una borrachera que no ha sido prevista, una de ésas que le pasan a uno sin comerla ni beberla. Uno anda bebiéndose un vaso del ponche de la señora Turnbull, y de repente es como un martillazo —un martillo de goma— en el medio de la cabeza. Y a partir de ese momento, viva el tango. Y la ¿cómo le dicen? ¿Goma, resaca, qué, Louis-Ferdinand Céline, ¡ven y ayúdame! Unamuno y tu nébola, o nébula, o libélula —no, ése es otro— ¡ora pro nobis! San Dylan Thomas ¡ora pro nobis! San Menéndez Pelayo ¡ora pro nobis! San Hemingway ¡ora pro nobis! F. Scott Fitzgerald ¡ora pro nobis! W.C. Fields ¡ora pro nobis! Enough. Esto empieza a parecerse a la sensación del incienso sin olor a incienso. Miel de avispa en la boca. Y una Minerva sesentona saliéndote de la coronilla. Baco, me cago en tu madre.
—Aquí está, arvejita, vuestra majestad, el elíxir mágico que lo transformará de rana en príncipe de las ranas.
—Gracias, Toni, y véte al carajo.
—No, no, me iré a ese lugar exótico más tarde, pero antes siento el deber de contarte cómo acabó la fiesta anoche...
—No siempre es necesario cumplir con el deber...
——Pues ya alejado de todo peligro el gato de la señora Turnbull, no sé cómo ni porqué, te escapaste de la cocina donde yo te tenía alejado

con otros que andaban más o menos como tú y viniste a donde otras damas y yo hablábamos de lo importantes, listos y fatigantes que somos todos los intelectuales en esta universidad. Desde que te vi acercarte, me imaginé que la cosa iba a acabar mal. Allí estaba la esposa del profesor Espita, que por cierto, se llama Clara. Clara Espita. El señor Espita es simpático, callado, y un tanto decrépito. Por lo visto se dedica a aprender lenguas extranjeras en sus ratos de ocio. ¿Qué bien, no? Pero me imagino que vivirá la vida de un mártir, sabiendo decir las cosas en una multitud de idiomas y no diciendo nada nunca, porque su mujer lo dice todo por él. En fin, llegaste. Al minuto la señora Espita había averiguado que tratabas de ganarte la vida enseñando español. Le pareció muy bien. El español es una lengua tan importante, y tan, tan fácil de aprender... Además, siendo tú nativo de la lengua te resultaría más fácil, aún, ¿verdad? Y los hispanos son tan graciosos, con sus sombreros y sus toros y su forma de ver la vida tan a la ligera, «mañana, mañana, todo para mañana, ¿no es así? Lo más importante del español, según dice mi marido, son los números, porque sabiéndolos bien, uno puede regatear con los vendedores ambulantes cuando va a México... si ven que uno sabe los números cobran menos... y usted,» te preguntó, «¿cuántas lenguas halba? Mi esposo habla dieciocho o diecinueve.» «Yo hablo cuatro» «¿Ah, sí? ¿Qué habla además de español e inglés?» «Mierda en español y mierda en inglés. Tenga usted muy buenas noches». Y con la misma nos fuimos. Yo sé que tú siempre andas protegiendo a Eloy González con tus traducciones, pero ¿quién te va a proteger a ti? Porque no me negarás que eso de la mierda en dos idiomas más lo pudo haber dicho tu tocayo que tú. Yo creo, y no te lo digo por recriminarte, que a ti se te ha pegado más de los marielitos que a ellos de ti, quizá porque resucitó una parte de ti que estaba enterrada. ¿Hay algo de verdad en eso?
—Sí, es posible...
—Menos mal que todavía tienes licencia de manejar. Y si no puedes convencerlos de que traten de ver la vida de una forma diferente, de adaptarse a la nueva cultura en que están, ¿piensas que te van a oir cuando hables con ellos más tarde?
—Toni, ya hablamos de eso. Yo hablaré con ellos por complacer a Angela y a Dolores, pero no sé lo que voy a decirles. Que me digan ellos a mí, a ver si puede arreglarse algo.
—Bueno, veremos. ¿Te duele menos la cabeza?
—No.

El mismo dos de mayo, segundo día del trabajo, '81

—Hola, Angela, Dolores, Virginia. Hola Toni, mi amor. Sí, acabo de hablar con ellos, y te diré, Angela, que Julio te está esperando en tu casa, así que mejor que esta conversación sea breve, porque evitamos problemas. No, ya me imagino que él sabía que tú ibas a hablar conmigo después, pero es que las cosas no siempre salen como uno espera, y aunque el está muy seguro de sí mismo ahora, después le entra la comezón y lo tienes que ir a buscar al billar. Mira, Angela, tú dirás lo que tú quieras y yo no te voy a quitar la razón en nada, pero el cuento del billar lo sabe este Moscow y el otro Moscow por lo menos, así que no entremos en eso. Déjame acabar con Julio, de todas formas, porque el hombre sabía lo que tenía que decir, lo dijo rápido, y se dedicó el resto de la tarde a beber cerveza y a jugar al dominó. Yo empecé la conversación: 'Parece que algunos de nosotros estamos pensando en irnos de Moscow, y yo quisiera que habláramos de esto'. Julio respondió enseguida. El no se iba de Moscow, ni nada por el estilo. El fue el primero en llegar aquí, y el que sabía más inglés. Por esa razón ya se parecía más a mí, por ejemplo, o a cualquier cubano de la comunidad, que a los que habían llegado después que él. El tenía mujer —tú, Angela—, no había dejado el trabajo, y ya se iba adaptando a las cosas de aquí... el invierno, los carros, la ropa ridícula, las camas duras, y hasta la comida, porque la verdad es que con hamburguesas se puede vivir, aunque cansen tanto. Además, Angela, y yo no sé que habrá de verdad en esto, Julio dijo que tú lo tenías mencionado en tu testamento, y que por todas esas razones no le parecía prudente irse de aquí ahora mismo. Y habiendo estipulado su caso, dijo 'Y ahora, que hable otro', y se fue a buscar otra cerveza. Con toda la buena intención del mundo, yo creo que Julio, diciendo las cosas tan clara y brevemente, acabó con mis planes de crear confusión y duda, porque quien tomó la palabra después fue Eloy González. No me atrevo a imitar la elocuencia de Eloy González, pero te brindo la paráfrasis. Eloy González se queja de que no tiene trabajo, o al menos un trabajo donde pueda entender qué carajo está pasando, no tiene mujer que valga la pena —y con perdón, tampoco cree que Julio la tenga, pero a cada cual lo suyo— y el carro estaba arreglado por ahora, pero quién sabe por cuánto tiempo, dadas las experiencias que había tenido con él. Sí, la gente le decía que aquí no nevaba después de mayo hasta el año que viene, pero él ya no se fiaba de estas promesas, porque todo lo demás que le habían dicho era mentira. ¿Dónde estaba la gente que quería ayudarlo? ¿Dónde estaban las peguitas fáciles, las jevas buenas? Coño, y lo que más le jodía era que la gente era tan bruta para el español, porque si él iba a tratar de enseñarles algo, coño, qué cerrados eran los americanos estos. El había encontrado su lugar ideal, creo que le llamó «la tierra de mi promesa y mi esperanza», y ese lugar era Yakima, con sus buenos y eternos amigos mexicanos, y no podía dejar pasar era oportunidad, que a lo mejor era la última vez en la vida que se le daba. Así que él se iba, como se había ido de Cuba, con integridad humana y sin denuesto personal para nadie, con la cabeza muy alta como lo había hecho Jose Martí, que a la hora de su muerte, aunque los españoles dijeran que estaba borracho y montado en el caballo al revés, todos los cubanos sabíamos que eso no era así, que había gritado algo como '¡Patria o muerte! ¡Venceremos!», pero mejor que ese comunista tiránico de Fidel Castro Ruz y compañía, y se iba como se fue Don Hernán Cortés el cortés de México, después de haber quemado los barquitos esos que había traído, remando Dios sabe cómo de Cuba, o incluso como hizo el primer tocayo de todos, el español Eloy Gonzalo, el «Héroe del Cascorro», que después de quemar el pueblo del Cascorro en la provincia de Camagüey, recibió en su honor una estatua «que yo todavía no he podido ver, en el pueblo de Madrid». Cuando Eloy terminó, Narciso nos dijo; 'Yo pienso igual que todo ezo'. Eso fue todo lo que dijo. Entonces le tocó el turno a Nacho. «Coño, miren, todo eso será verdad, pero la verdad es que está más aburrido que el carajo. ¿Jugamos dominó, o qué?» «Nacho —le pregunté— ¿y tú estás seguro de que quieres irte también?» «No, asere —me dijo— no es que quiera irme, sino que ya me fui». Fue un rato después que Eloy González me preguntó si Angela o Virginia habían inspirado la idea de tener esta conversación. Yo le dije que había sido la idea de muchas personas que los conocían. «Ajá. Bueno, esas damas deben aprender que no se le puede cortar a nadie el rumbo a la felicidad y la vida mejor». Nadie dijo más nada hasta que terminamos de jugar y ya era hora de irse. «Entonces que alguno de ustedes me diga —pregunté al aire- qué debo decirle yo a las personas que me pidieron que hablara con ustedes». «Díles —me dijo mi tocayo al segundo— que no me ayuden, mi hermano».

3 de mayo, '81

—Arveja. Arvejita.
—Sí, Toni.
—Mira, no quise despertarte antes, cuando llamó Angela, pero parece que tu tocayo y Narciso se fueron temprano de Moscow.
—¿Sí? ¿Y cómo se sabe eso?

—Parece que quemaron los barcos.
—¿Qué me dices, Toni?
—Que a Angela la despertó su vecino esta mañana muy alarmado. Alguien le había pegado fuego a las dos latas de basura que ella tiene en el traspatio. De acuerdo con el vecino, el humo no llegaba al cielo, pero lo estaba oliendo todo el barrio.

4 de junio, '81

—¿Quién te habla?
—¿Cómo?
—Sí, que quién te habla. ¿No reconoces mi voz, tocayo?
—¿Eloy? ¿Eloy González? ¿Dónde estás, muchacho?
—Tocayo, pues como diríamos, ni aquí ni allá, porque me voy de aquí en estos días, y no sé cuál va a ser el allá, así que yo te diría que por el momento estoy flotando.
—¿Desde dónde me llamas, Eloy?
—Bueno, mira, ahora estoy ahí cerca de Yakima. Estoy con mis amigos mexicanos. Hemos trabajado duro recogiendo maíz y echándole a lo que en Cuba le llamábamos petipuá y que en realidad se llaman guisantes, pero ya se nos va acabando el tiempo aquí, así que nos marchamos. Mira, yo estoy de lo más bien, hablando español con todo el mundo, porque aquí casi todo es mexicano, o sea, español, que es lo que me gusta a mí, y aunque el trabajo es fuerte, y los cabrones gringos siempre están pidiendo más —el otro día por poco agarro al capataz de esa finca y le parto la jeta— yo la verdad es que estoy muy contento. Tranquilo. Más tranquilo que la tranquilidad. Hasta tengo una jevita mexicana, Genovevita, que yo le llamo Bebita. No vivo en su casa, porque su mamá no quiere, pero salimos a un bar de música española, bueno, mexicana, casi todas las noches después del trabajo, y estoy metido con ella de verdad. Yo me voy con ella y su familia para donde quiera que ellos se vayan. La verdad es que aquí no me puedo quejar. Mi decisión de irme del pueblo de Moscow fue a lo mejor momentánea, pero en el fondo de los fondos, correcta y visible. Así que estoy como el que dijo «mi suerte está echada», con la diferencia de que mi suerte está más bien enchilada. Pero no, mira, hasta la comida mexicana me va gustando más. Coño, si yo pudiera enseñarles un arroz con frijoles negros de verdad, ellos seguro que dejaban de refreír los frijoles. Me siguen llamando Cuba... «Cuba, vente pa acá», «Chingao cubano, tómese una tequilita con nosotros», «Véngase, cuate de Cuba, vamos a ponérnosla», y todo el tiempo así, de

jodedera, o mejor dicho, de buena amistad, vaya, de camaradería. Y yo la verdad es que estoy con ellos hasta el fuete. Me dicen que hablo muy bien, que por qué no me meto a predicador. El otro día hablé en la iglesia, y me aplaudieron de lo mejor. Ya tú sabes, la elocuencia que se aprende no se olvida. Bebita estaba casi llorando, y al final me dijo «Qué bien que lo dijiste todo, mi amor. Yo hubiera querido que mi mamá hubiera estado aquí». Bueno, la cuestión con su mamá va a ir despacio, pero yo estoy seguro de que todo va a salir bien. ¿Y tú, tocayo, cómo estás? ¿Cómo está tu mujer?

—¿Por aquí? Todo sigue como siempre, ya sabes que nada cambia en Moscow. Y parece que casi todo el mundo se ha ido, al único que veo de vez en cuando, de pasada, es a Julio. Toni me pregunta si sé de mis amigos cubanos, y no puedo decirle nada... ¿Qué pasó con Narciso? El se fue contigo, ¿no?

—Bueno, tocayo, tú sabes como es Narciso. Te diré que... pero primero, ¿tú sabías que Diosanto se fue con nosotros también?

—No.

—Pues sí, se fue, porque no encontraba pega en Moscow. Así que empezó a trabajar en los campos con nosotros. Resulta que un día Narciso y Diosanto fueron con un amigo de aquí a pasar el fin de semana en Seattle, y allí se juntaron con un grupo de dominicanos y venezolanos. Narciso se empató con una jeva —coño, mira que a ese hombre le gustan las viejas— que le dijo que le iba a buscar una peguita en un supermarket. Así que se quedó allá viviendo con ella. A Diosanto un amigo lo llevó con un entrenador de boxeo que estaba buscando eso que le llaman «esparrin parner». El tipo le dijo que podía quedarse a vivir en un cuartico en el gimnasio, y que le daba la comida gratis. El me llamó, porque siempre me preguntaba qué era lo que debía hacer, y yo le dije: «Mira, a ti no te van a abollar la bemba más de lo que ya la tienes abollá, porque esa bemba ya no puede hincharse más, ni te van a cerrar los ojos más de lo que los tienes ya cerrados. Lo peor que te puede pasar es que te quedes ciego, y como tú, de todas maneras, nunca lees nada, no tienes nada que perder. Pártele el brazo.» Pero entre tú y yo, yo creo que a ese negro me lo van a machacar como un ajo.

Narciso estuvo por aquí la otra noche. Vino de noche para que no lo vieran, porque le habían dado una semana de anticipo y él había dejado el trabajo sin decirle nada a nadie. Vino con su mujer. Parece que la mujer trabaja por las noches, así que a Narciso le hacía falta un carro. Le vendí el mío por ciento cincuenta, porque la verdad es que yo no lo necesito, y él sí, en Seattle. Pero quien parece que está muy bien... yo no sé si tú lo conociste, es Teodosio...

—¿Teodosio? No, nunca lo conocí, pero ¿dónde está Teodosio?
—Teodosio volvió a la prisión de McNeil, y como allí lo conocían y tienen muchos presos que hablan español, le dieron trabajo, ayudando a los guardias. Parece que es buena pega. Teodosio ha vivido la mayor parte de su vida en las prisiones, así que tiene experiencia. Es verdad que él es un poco bruto, pero es que en las prisiones es mejor ser bruto que no serlo. Por eso sufría yo tanto en la prisión. Además, yo creo que un hombre debe hacer lo que puede hacer mejor, y Teodosio en la prisión, Diosanto en el boxeo, y Narciso con su cuarentona, están haciendo lo que mejor saben hacer. Yo, todavía no, porque todavía pienso escribir algún día un libro sobre mi vida y la vida en general. Mientras tanto, Bebita cura las llagas de mi alma torturada y es mi frazada por las noches.
—Así que Teodosio es ahora un empleado del estado...
—Sí, man, como dicen aquí mis amigos mexicanos, y me dicen que está muy contento con serlo.
—Bueno, Eloy, me dices que te vas tú también... si te puedo preguntar, ¿adónde?
—Bueno, tocayo, depende... a Illinois o a México.
—¿A Illinois o a México? ¿Cómo es eso?
—Bueno, mira, si encontramos quien nos contrate para recoger más viandas entre aquí y Illinois, nos vamos para Illinois. Si no, nos volvemos a México.
—¿Tú has estado en México antes?
—No, pero tengo ganas de conocerlo. Y ya tú sabes, estando con Bebita me siento como que he vivido allá... y nada, tocayo, que es lo mío, por fin encontré mi felicidad fuera de ese infierno de Angela que se llama Moscow.
—Pero Eloy, todavía te pueden poner pleito aquí por los asuntos del carro... Te pueden traer aquí, a la corte...
—Mira, tocayo, si me quieren llevar de vuelta a Moscow, se van a acordar... Yo no le quiero hacer mal a nadie, pero voy a darles una pelea del carajo... Coño, que se queden con su pueblo de mierda... Voy a rugir como ruge el rey de la selva. Mejor que me dejen tranquilo... Tú dile eso a mis enemigos y violadores de mi correcta amistad por allá.
——Bueno, Eloy, se lo diré a la gente. Pero, ¿estás seguro de lo que estás haciendo? ¿Cómo vas a volver a los Estados Unidos si te vas con estos amigos?
—Tocayo, yo no tengo que volver, y si vuelvo, vuelvo como vuelven ellos, todos los años, cruzando el río. Yo no le tengo miedo a nada, tú sabes.

—Bueno, Eloy, no puedo decirte nada más que buena suerte.
—Gracias, tocayo. Nos vemos. Te voy a escribir. Viva Cuba libre. Por el momento, voy a persistir aquí, con la gente de mi raza, que será pobre, pero habla español. Y tú sabes que con los pobres de la tierra quiero yo mi suerte echar, y el arroyo de la tierra me complace más que el mar. Tendremos que pelear como leones, pero la lucha nos enseña la táctica mejor. Unidos venceremos al capitalismo explotador. Bueno, tocayo, tú sabes que para mí tú eres más que mi amigo, más que mi hermano; tú eres para mí como mi otro yo. Recuerdos a tu mujer, y que la Diosa Fortuna te acompañe en todo.
—Gracias por llamar, Eloy. Que te vaya bien, en México o en Illinois.
—O.K., tocayo abur. O mejor, hasta prontito. Ya sabrás de mí.
—Adiós, tocayo.
—Adiós, tocayo.

V. EL DIA DEL DUELO

Toni,

Aquí te dejo esto para que lo leas, si quieres, en los cuatro días que vamos a estar separados. Sé que te voy a extrañar, y tú a mí, así que para que tengas un recuerdo someto estas líneas a tu ojo crítico.

Varias veces me has preguntado por qué no escribo algo sobre mis experiencias con mis amigos cubanos cuando estuvieron por aquí, y varias veces te he respondido con el verso de una rima, ¡Quién supiera escribir! No, Toni, escribir no me interesa, y además lo que me pides presupone un grado de fría objetividad del que no me considero capaz. Hubiera requerido que grabara algunas de las entrevistas que les hice a esos muchachos, que tomara notas en los días en que algo relacionado con su estancia aquí ocurriera, etc. ¿Crees que hubiera podido hacer eso? En fin, ya que no un álbum, al menos te dedico esta foto, que si bien algo borrosa por las palabras, te servirá para hacer memoria, y a mí para matar estas horas antes de mi viaje.

A ver; para empezar, no me acuerdo del día en que ocurrió el duelo, pero sé que fue poco después de la nota que me escribiste acerca de las ocasiones en que había servido de intérprete para mis compatriotas sin habértelo dicho, así que habrá sido por abril. Sí recuerdo que fue un día frío y con bastante viento. Ese viento de colina de por aquí, que parece rebotar de las cosas para entrarte de nuevo, que te deja moqueando como niño con catarro y que se te cuela hasta en los huesos. Pero el asunto en realidad había empezado la noche anterior. «¿Qué te pasa, arvejita?» «¿A mí, Toni? A mí no me pasa nada, ¿por qué?» Te quedaste callada un rato. «Mira, arvejita, si no quieres, no me digas nada, pero no sabes ocultar que estás preocupado por algo. ¿Hay algún problema? Con tu trabajo, no puede ser y conmigo no es, así que debe ser algo relacionado con tus marielitos. ¿No?» Cuando la espada viene tan recta, diría un toro, no hay más que bajar la cabeza. «Mira, Toni, sí, en realidad está pasando algo, pero no quería decírtelo porque no te quiero mezclada en este lío, ¿me entiendes?» Viniste y te sentaste en mis piernas, me quitaste el periódico de las manos, me pusiste los brazos alrededor del cuello, y me diste un beso. «Arvejita, yo no me mezclo en nada que tú no quieras. Te lo prometo. Pero nada, dime lo que está pasando, para que pueda dormir en paz. ¿No ves que me preocupo mucho por ti?» «¿No vas a decirle esto a nadie, Toni? ¿Prometes no hacer nada?» «O.K., te lo prometo. Cuéntame.» «Mira, Toni, ocurre lo siguiente. Antes de venir a casa hoy, hablé con Eloy González. Vino a verme a mi oficina. Quería que le explicara cómo se llega a Troy.» «¿A Troy? Pero si está apenas a siete u ocho millas...» «Sí, ya lo sé, pero el caso es que ellos nunca han ido a Troy, no tenían por qué hacerlo... yo tampoco. Sé como se va, pero nunca he ido. Digo, creo que sé como se va...» «Da igual. ¿Para qué quieren ir a Troy?» «Parece ser que el tipo que era marido de Dolores se enteró de las correrías de su ex-mujer con Narciso. Le dijo alguien que los cubanos iban a menudo al billar, así que allá fue. Narciso no estaba, pero Eloy y Nacho sí. El tipo —todavía nadie sabe cómo se llama— tiene un amigo chicano que más o menos le ayudó a traducir al español el mensaje que quería comunicar, que es bien simple: que le dijeran a ese hijo de la chingada que se llama Narciso que si es hombre, que vaya mañana al parqueo que está detrás de la 'Second Hand Store' en West 7th y Main, en Troy. Parece que allí hay unas norias de trigo, como unos tanques enormes, y que hay poca luz, pero suficiente como para resolver su problema.» Tragué en seco, con alguna dificultad. «Suficiente luz para resolver su problema.» Silencio. «Luego, —proseguí— poco antes de tú llegar, me llamó Eloy por teléfono. Cuando me dijo en mi oficina lo que estaba pasando, traté de convencerlo de que no le dijera nada a Narciso, pero me respondió que su amistad lo obligaba a desempeñar la función de mensajero en este lance —'por ingrata que la labor de mensajero fuese'—. Yo le pedí que me llamara cuando hablara con Narciso, así que me llamó por teléfono. Lo que tenía que decirme era que Narciso 'aceptaba el desafío', y que como el tipo se había aparecido hoy en compañía de un chicano y nadie sabía con seguridad cuántos amigos iba a traer con él, que él, Diosanto y Nacho iban a acompañar a Narciso, en caso de que fuera necesario. 'Si va sólo el tipo —me dijo Eloy— el problema es entre él y Narciso, cuestión de dos hombres por la misma mujer, y en eso nadie se debe meter. Pero si va acompañado, ahí la cosa cambia.' Me pidió que le explicara cómo se iba al sitio del duelo y no pude, porque la verdad es que no sé dónde está. Le dije a Eloy que yo pensaba que alguien debía tratar de resolver el problema hablando primero, pero me dijo que ninguno de ellos hablaba tanto inglés, y que él ya no veía 'solución por la palabra.' Volví a insistir. Nada. Así que por fin consintió en lo que le propuse, que me imagino no te va a gustar. Yo voy con ellos. «¿Cómo? ¿Tú vas con ellos? ¿Para qué?» «Para tratar de disuadir al tipo, que después de todo, está divorciado de Dolores.» «Pero eso es una locura», me dijiste, y noté que te habías puesto un poco pálida. «Esa es la mayor locura que se te pudo haber ocurrido.» «Locura o no, Toni, son mis compatriotas, y casi podría decir mis amigos. Creo que debo ir, y tratar de hablar, y si hay una bronca, tratar de que no llegue a mayores...» «¿Qué quiere decir eso? ¿Qué no me has contado, arvejita?» «Bueno, como no se sabe si el hombre va a ir armado o no, parece que Nacho va a llevar un machete que le robó del garage a Virginia.» «Sí, claro, un machete, no podía faltar.» No sé si era la rabia o el miedo por mí, pero estabas lívida. «Por supuesto, un machete.» «Toni —te dije suavemente, conciliatorio— no te preocupes. Yo solamente voy a hablar. No va a pasar nada. Y creo que debo ir. He tomado esa decisión. Todo sea por la paz.» «Sí, es como para no preocuparme. Sencillamente vas mañana, en compañía de cuatro cubanos irascibles y un machete, a encontrarte con quién sabe quién. Y no quieres que me preocupe.» «¿Ves? Por eso no quería decirte nada.» Te habías levantado. Fuiste al cuarto, a buscar Kleenex. Curioso, porque en ese momento no estabas llorando. Tal vez sabías que ibas a llorar. Después de unos minutos, volviste a hablar. «¿Arvejta? Arvejita, te voy a ser sincera, y voy al punto. Quiero ir contigo, con ustedes, mañana.» «Toni —recuerdo haberte dicho inmediatamente— te has vuelto loca.» Del resto de la conversación te acordarás tú mejor que yo. Pediste, lloraste, imploraste. Me fuiste ablandando. Por fin dijiste: «Mira, arvejita, ya sé que no puedo impedir que vayas. Sé que a Eloy Gónzalez no le va a gustar la idea de que me lleves contigo. Pero no tienes que decirle nada hasta que me vea contigo en el carro mañana. Me has dicho que esto es una cuestión de hombres. Yo no creo en eso de las cuestiones de hombres, porque por cada hombre que se va a resolver una cuestión, casi siempre hay al menos una mujer que se queda atrás llorando. Y como en este caso esa mujer soy yo, exijo que se me trate como a un ser humano y que al menos se me permita ser espectadora de lo que va a pasar, para que no tenga que contármelo nadie. Esto no te lo suplico ni te lo ruego. Lo exijo, porque...» Te levantaste y te arrodillaste a mi lado, tus manos en mis rodillas. Ah, qué Toni. «Porque —proseguiste— no será muy lógico, pero creo que el estar enamorada de ti me da ese derecho.» Lo interesante de todo esto es que no creo que fuera todo una actuación planeada al detalle. Nadie actúa tan bien. Me has dicho que tú misma no sabías en ese momento lo que ibas a hacer el día siguiente, y no sé por que, en vista de lo que pasó, pero todavía te creo. En fin. Recuerdas muy bien que te dije «Bueno, está bien. Ven, si quieres, como dices tú, de espectadora.» Un triunfo para ti, ¿no? Si lo fue, otra vez jugaste muy bien tus cartas, porque sencillamente me respondiste, en voz muy baja y seria, «Gracias.», y te fuiste a la cama. Del día siguiente no recuerdo casi nada. No desayuné ni almorcé. Deambulé por mis clases, usando el subjuntivo varias veces en la clase elemental, causando consternación en los estudiantes, que no lo han aprendido todavía. Si enseñé fue por instinto o atavismo. Pero que usara el subjuntivo me dejó a mí mismo sorprendido. Yo no estaba del todo allí. A las cinco, caminé a casa, a esperarte. Llegaste, como siempre, a las cinco y cuarto. No me acuerdo qué, pero cenamos algo. A las seis y media, fuimos al bar. Ya estaban afuera, esperándonos, Narciso, Diosanto y Eloy, y Nacho con su machete. Eloy tenía un cartucho con cervezas. Paramos enfrente de ellos y entraron al carro, Eloy delante, al lado tuyo, Nacho, Narciso y Diosanto atrás. Eloy, para sorpresa mía, no dijo nada sobre tu presencia. No sé por que, pero creo que le pareció natural tener un público espectador. Y nos pusimos rumbo al duelo. ¿Y qué pasó? Bueno, revivamos el momento como yo lo sentí.

Aquí estoy, señores, quién lo dijera, casi de noche, por no decir de noche, en compañía de Toni, que va flanqueada por Eloy Gonzáleces, rumbo a Troya, a resolver un «problema» por una mujer que no está casada con ninguno de los dos contendientes, en lo que parece ser una pelea por amor y que en realidad no lo es, es una bronca por ver quién es más macho, si el cubanito semi-embriagado que llevo atrás o el americano desconocido y seguramente embriagado que nos estará esperando. Me siento, por falta de mejor palabra, nervioso, y no puedo evitar espiar a Toni para notar sus reacciones. He saludado a los pasajeros y se ha quedado muy seria, mirando al frente. Los cubanos han empezado a tomar cerveza en el carro y Toni no ha dicho nada. Es imposible, por falta de luz, saber si está pálida o no. Al llegar a las norias de Latah, a las afueras de Moscow, me dice con una voz metálica: «En la próxima, a la izquierda.» Obedezco, y entramos a la carretera número ocho, rumbo a Troya. Resulta que está un poco más lejos —siento un consuelo vago— de lo que pensaba Toni. Once millas. Dijeron a las siete. A lo mejor el americano se cansa y se marcha. «¿Y se puede saber, hermano Eloy, por qué estáis aquí y cual es el destino de vuestra misión?» «Calla, Sancho, que tú también tuviste las tuyas.» «Yo por órdenes de mi amo, ¿y vuesa merced?» «No sé.» «Paréceme que mi señora Toni hilaba bien anoche, cuando anduvo muy cerca de llamarle a su señoría un mentecato.» Se nos ha puesto delante una camioneta blanca y amarilla, licencia ID 36-3516. Va muy despacio, a unas treinta millas por hora. Va cargada de troncos de cedro.

—Oye, tocayo, písalo, que vamos a llegar tarde.
—No te preocupes, Eloy, que nos sobra tiempo.
   De todas formas paso la camioneta. Va demasiado despacio, me está poniendo más nervioso, en vez de más tranquilo. Veo a la izquierda el cementerio de Moscow. Es muy pequeño. No es ningún loor a la muerte. Parece que la gente no se muere en Moscow. Enseguida, carretera abierta, colinas al frente, a la derecha, a la izquierda. Las montañas de Moscow a la distancia. Voy contando las millas. Nos metemos entre una doble hilera de pinos y cedros a ambos lados. Los pinos empiezan a ser más altos, van creciendo mas según avanzamos. Así siguen por tres millas. De repente la doble cadena de pinos se rompe y deja ver otra vez las colinas y los picos nevados de las montañas brillando por la luna. El cielo está despejado. Lugar ameno. Ovejas, ahora, a ambos lados, más a la derecha. Docenas de ellas, todavía pastando. Un poco tarde para eso, ¿no? Sé que Toni me va a pedir —si esto no termina mal que se lo escriba algún día. Y todavía me queda algo de valor.
—Oye, Toni —le hablo en español, para que los cubanos, que no han dicho nada, no piensen que quiero ocultar algo— ¿te fijaste en cuántas ovejas estaban pastando? ¿En el número exacto?
—No, habían muchas. ¿Por qué? —la voz (apenas puedo verla ahora, sólo el destello de sus espejuelos. Me imagino que los míos también brillarán así) es, si algo, más metálica que antes. ¿Estará asustada? Si lo está, lo esconde muy bien.
—Porque si no sabes el número exacto, no puedo seguir con la historia.
—¿Qué historia?
—Te lo explico luego.
   Eloy González va a decir algo. Lo interrumpen, en rápida sucesión, las primeras madereras, los troncos frescos de cedros y pinos recién talados a las afueras de Troya, el letrero que dice «Troy. Population: 820». Pasamos bajo la línea del ferrocarril. Reduzco la velocidad. Hay una cabina de cedro a la derecha, el Cowboy Bar. Casi enseguida, a la izquierda, la Iglesia Luterana de Troya, el Club Troya, a la derecha, seguido de la Taberna de Troya, anunciando que hay mesas de billar.
—¿Tú zabez dónde ez, compadre?
—No, pero seguro que Toni sabe —dije para probarla.
—Sí, yo sé. (Suena como una voz grabada).
—¿No tenemoz tiempo para una zervezita en el billar?
   Voy a responder cuando Toni, el robot, se me adelanta:
—No, ahora no. Ya va a ser la hora. Vamos a resolver el problema

primero y luego, para festejar, tomamos cerveza. Yo misma la compro. ¿Me entiendez, Narzizo?
¡Ah, carajo, yo la oi, yo la oí bien, dijo «entiedez» y «Narzizo», bien marcadas las zetas! ¿Cómo puede mantenerse tan ecuánime? ¿No tendrá nervios esta mujer?
—Un poco más — dice Toni. — Ya veo las norias.
Me está temblando la mano izquierda en el timón. Siento sequedad en la boca, me estoy poniendo pálido, siento que me late fuerte el corazón, me empieza a sofocar la corbata, que me quito urgentemente. Llegamos al anuncio de la Second Hand Store. Doblamos a la derecha. A la izquierda, monolíticas, grises, imponentes, las norias de trigo, alumbradas apenas por la luna y las luces del parqueo. En la última fila del estacionamiento, a la derecha de un farol que hace con su luz un triángulo deforme sobre el asfalto, hay una camioneta vieja, azul pálido. Entro al estacionamiento muy despacio. Noto la camioneta desde el primer momento y no digo nada.
—Allí, tocayo, la camioneta vieja esa.
—¿Dónde?
—Allá— dice Toni.
Su eco de Eloy González es como el sonido de dos cables metálicos rozándose. Toni me señala con el índice de la mano izquierda la camioneta y me mira de frente. No puedo ver más que el brillo de sus espejuelos. ¿Habrá notado que estoy sudando? Cómo no, claro, si estoy, literalmente, perlado en sudor, bañado en sudor frío, temblando, blanco como la nieve, casi castañeando de miedo. Me voy aproximando, lentamente, a la camioneta. Se abre una puerta. Una figura desciende (treinta yardas). Es un hombre de mediana estatura, o un poco más. Es corpulento, ancho, barrigón. Medirá algo menos de seis pies, y pesará unas doscientas veinte. Lleva el cabello muy corto a los lados, sombrero, camisa, pantalones y botas de vaquero. El vientre se le bota encima del cinturón ancho. Se detiene y se para entre dos luces de la camioneta, sobre la que apoya la espalda, y cruza una pierna sobre la otra. Cruza los brazos. Quince yardas. Diez. No veo a más nadie dentro de la camioneta. Ha venido solo.
—Ha venido solo — dice Toni, como una calculadora mecánica en el supermercado devuelve el cambio, palabras rápidas y ríspidas como monedas saliendo. Cinco yardas. Detengo el carro, apago el motor, pongo el freno de emergencia. Respiro profundo. Otra vez. Otra.
—Bueno— me encuentro diciendo— aquí estamos. Dénme unos minutos para hablar con él. Si la cosa se pone mala, ya la verán.
—No, no te preocupes, tocayo, que aquí lo único que puede ponerse malo es la barriga del yanqui ese.

—Y bien— dice Nacho.
Voy a bajarme. Otra vez Toni:
—¿Nacho? Mire, obviamente ese señor ha venido sin armas. ¿Por qué no pone ese machete detrás del asiento, debajo de unas mantas que están ahí? Ustedes son cinco, ¿no? No me van a decir que le tienen miedo a un hombre solo, desarmado. Cinco. Toni me incluye en la cuenta.
—¿Miedo? — dicen a la vez Nacho y Diosanto. A Diosanto le hace mucha gracia y empieza a reírse a carcajadas sonoras, y los dos hablan a la vez.
—¿Miedo? ¿Miedo dice ella? Oye, batín, no te bajes si no quieres, que yo... No, miedo no, Toni, mire, ahora mismo lo pongo donde usted... cara de rueda ese con su barriguita en punta...para que usted no tenga miedo, Toni, si aquí no va a pasar... y de punching-bag me lo cojo, batín, ¡de punching-bag! ... como usted quiere, Toni, ¿ve?, ya está guardado... tienes que preguntarle, me oiste, batín, ¡cállate, Nacho!, lo que tienes que preguntarle es que quién lo preñó y que cuántos meses tiene...

Nos reímos todos, hasta yo. Todos menos Toni.
—Bueno, esperen un momento.

Abro la puerta. Me bajo del carro. Meto las manos, contumidas por el frío y el miedo, en los bolsillos de la chaqueta. Las luces de la camioneta me van cegando más según avanzo. Siento que las rodillas ceden, que estoy a punto de caerme. Me encomiendo a Dios y todos los santos. Al carajo el agnosticismo. Aprieto los labios y el entrecejo, y siento que las manos se me crispan sobre los muslos. Avanzo hasta el hombre, me detengo a unos tres pies de él, en silencio, porque me parece que me voy a caer.
—Usted no es— dice el tipo.
¿Usted? ¿Tú? Nunca se puede saber en inglés. Pero no importa. Lo importante es que habla.
—¿Es usted el ex-marido de Dolores?
—Sí, y mi negocio aquí no es con usted, sino con alguno de esos negros que se han quedado en el carro. ¿Cuál es?

El tufo a cerveza contribuye a marearme más.
—Quizá podamos hablar de esto...
—No, yo no quiero hablar. Quiero saber cuál es el negro que se singa a mi mujer. Eso es todo.
—Pero, ¿por qué no podemos hablar?
—No hay nada que decir.

Y con la misma empieza como a cantar a la melodía de «Canta y no llores» «Ay ay ay ay, negro ajo de la chingada, ay ay ay ay, negro

ajo de la chingada...» y a cacarear como una gallina inmensa, diciendo también «Chicken. Chicken. Nigro de la chingada chicken», mirando hacia el auto y alzando la voz, «¡Nigro! ¡Nigro chingada chicken! ¡Nigro ajo chingada chicken! ...» Oigo, clara y cortante, la voz de Diosanto:
—¡Tú te quedas ahí donde estás, Nacho, me oíste! ¡Y tú también, Eloy! ¡Y tú, Narciso! ¡Déjenme al gordito ese a mí, cojones!

Se baja del carro y tira la puerta que se cierra con un sonido violento, y viene hacia mí, contoneando las caderas, con un rictus en la boca. Deja caer el cigarrillo, lo aplasta con el pie, se pone a mi lado, con las dos manos en los bolsillos de atrás, y me pregunta
—¿Qué le pasa al maricón gordito éste?
—¿Este es? — me pregunta el americano en inglés, y se me acerca. Diosanto ha sacado las manos de los bolsillos. El americano se pone a mi lado.
—¿Este es? ¿Nigro de la chingada chicken?
—Chingada y chicken es la puta de tu madre — responde sin alterarse Diosanto, y con un fluir natural de movimientos le da una patada en la rodilla al americano que se tambalea, se sujeta la pierna para no caerse y murmura «You sonofabitch» y se abalanza sobre Diosanto que lo espera cuadrado, los brazos y las piernas de boxeador en buena forma, uno, dos, tres, con la izquierda, a la cabeza, la derecha, sólida, bien dirigida, seca, al bajo vientre, la izquierda otra vez, una, dos derechas a la sien. Por los golpes, por su propio impulso, por las dos cosas, el americano inmenso, regordo, la camisa ya salida del todo, cae. Diosanto se le aproxima y le grita «¡Levántate, maricón! ¡A ver quién es el chicken de la chingada ahora! ¡Levántate, hijo'e puta, chicken!» El americano se pone de rodillas y trata de agarrar a Diosanto por las piernas, Diosanto lo esquiva, otra derecha recia a la cabeza, al oido izquierdo, otra más. El americano parece atontado. Avanzo para sujetar a Diosanto, que le sigue gritando «¡Chicken! ¡Chingada! ¡Chicken!» Apenas llego a Diosanto y trato de aguantarle el brazo derecho, el americano se lanza sobre él, lo atrapa por las rodillas, noto que el americano está sangrando por las cejas, por la boca, por la oreja, y con todo su peso aplasta a Diosanto que forcejea contra el suelo y acribilla al americano a patadas en la espalda y las piernas, y sin saber qué hacer el americano le da un cabezazo horrible en la boca, Diosanto lo recibe de lleno, y dice entrecortado «Mari...cón!». Sé que tengo que meterme entre ellos como sea, separarlos, tengo que lanzarme y ¡no puedo! ¿Qué me pasa? ¡No puedo! y entonces veo que son los brazos de Toni que me tienen sujeto por la cintura, me volteo, y sí, es Toni, frenética, un mar de lágrimas,

gritándome «¡No! ¡No! ¡No!» y veo que Eloy González y Nacho están rodeando a los dos hombres en el suelo, y Eloy que dice muy calmado «Tranquilo, Diosanto, que ahora mismo te lo quitamos de encima» y Diosanto que responde «¡No! ¡Déjamelo, que yo...» y simultáneamente el estrépito de la sirena de la perseguidora, la luz roja en el medio, luz de azul intermitente a cada lado. el Sheriff, dos ayudantes, gritando en inglés, un disparo al aire, la escena grabada para siempre en mi memoria, Toni que en ese momento me tiene sujeto por el cuello con los brazos, sus piernas alrededor de las mías, entrelazándose conmigo, llorando y diciendo histérica «Don't, please! Don't, please!», y que llegan, ahí están, todo el mundo un paso atrás, a Diosanto lo sujetan los ayudantes, el Sheriff se lleva al americano y le pone las esposas, lo sienta en el asiento de atrás de la perseguidora, Nacho y Narciso tratando de calmar a Diosanto, Eloy González a mi lado, y yo respirando tan fuerte que no me he dado cuenta que Toni ya no me sujeta, que está a mi lado, que se ha quitado los espejuelos y se está frotando los ojos, y el Sheriff que pregunta

—¿Quién es la persona que nos advirtió de esta pelea?

—Mire — le espeta Toni — eso no importa. Lo que importa es que usted no paró todo esto hace tres minutos. ¿Qué estaba esperando, que esa bestia de hombre pudiera vengarse de ese muchacho, porque es negro? ¿Es usted tan racista como él?

—Mire, cálmese, señora, ¿señorita?...

—Si soy señora o señorita tampoco tiene que importarle. Mande que suelten a ese muchacho ahora mismo. Yo me encargo de él. Soy trabajadora social. Aquí tiene mi licencia de conducir. — Y en español, a Eloy González— Eloy, yo confío en usted. No deje que Diosanto salga del carro. — Eloy se va al carro sin decir una palabra.— Al Sheriff: Mande que sus ayudantes suelten a ese muchacho ahora mismo.

—Suéltenlo — dice el Sheriff.

—Escuche — dice Toni volviéndosele a encarar — ese señor es un buscapleitos, usted lo sabe y yo también, porque esta mañana estuve en la corte y miré su expediente. Lo que ha ocurrido aquí no es más que otra prueba de su racismo beligerante. Además, ha venido, seguramente, armado. Mire en la camioneta, y seguramente va a encontrar un rifle o una escopeta.

—Pero usted sabe que aquí todo el mundo tiene un rifle o una escopeta, es lo más natural...

—Sí, desafortunadamente, incluso cuando saben que van a pelear con otro hombre. Mire, Sheriff — la voz de Toni ahora suena calmada, pero más y más segura, más autoritaria— aquí tenemos un problema que podemos resolver muy fácilmente o de forma muy complicada,

como quiera usted. Usted me pone a ese joven bajo mi tutela, y la de mi esposo, que es profesor en la universidad —me tiene sujeta la mano derecha con la suya, y levanta las dos— y nos vamos a casa todos, siempre que usted convenza luego a ese señor de que deje de meterse en la vida de una mujer que ya no es su esposa, o... o llame usted ahora mismo a la policía del estado a que tome deposición de cargos. Mi protegido en el auto es un muchacho negro que ha sido vituperado en público y atacado por un hombre mayor que él, dos veces su tamaño, y racista confirmado. Además, mi protegido ni siquiera es el hombre que ese racista buscaba, porque no tiene ninguna relación con su ex-esposa, ¿se da cuenta? Aparte de que usted... usted no paró la pelea a tiempo. ¿Qué prefiere, Sheriff? Vamos regresando a Moscow, Toni conduciendo, yo en el medio, Eloy González a mi derecha, los otros tres atrás, gritando, riendose, repitiendo vez tras otra la pelea, la habilidad de Diosanto, que se había limpiado la sangre de los labios con un pañuelo de Toni y solamente decía «Na, no fue na. Me agarró porque yo me viré a mirar al batín, que si no...» Vez tras vez tras vez. Toni estaciona y compra una caja de veinticuatro cervezas, llegamos a casa, nos bajamos todos, la cerveza, lo que me quedaba de Brandy, de Whiskey, se esfuman... Nos vamos calmando poco a poco, trago a trago. Toni pone una música lenta. Empiezo a sentir que la sangre me corre por las venas otra vez. Toni me mira a cada rato, me llena el trago, me pregunta en inglés, claro, muy suave, acariciadora «¿Te sientes mejor, arvejita?», se ríe con los cubanos por algún chiste, todo se va poniendo en su lugar. Se marchan a eso de las doce. Por fin, silencio. Me he quedado sentado mientras Toni se despide y lleva los vasos a la cocina. Cuando regresa, me encuentra sonriendo.
—¿De qué te ríes?
—No, nada, Toni, cosas de Eloy González...
—Díme. Anda, díme. — Se me sienta al lado.
—Fue lo que dijo Eloy González antes de irse. Le preocupaba la idea de cómo el Sheriff había llegado tan rápido. Le expliqué que así era la policía en este país. «Coño, tocayo, qué cosa ésa —me dijo— uno se puede robar veinte, cien, mil paquetes de cigarrillos del supermercado, cuchillitas de afeitar, comida, de todo, y nunca nadie te dice nada, pero si uno lo que quiere es tirarse los pescozones con alguien, al momento están ahí. Yo no sé por que no llegaron el día que aquel hijo de puta que era vecino mío y yo nos caímos a piñazos. Pero coño, ¿que país tan distinto, no?» ¿Qué cosa esa, no, Toni?
—O.K., arvejita, O.K. ¿Qué adjetivos me estás preparando?
—Adjetivos y nombres. Empecemos con alevosía y premeditación. O tal vez prefieras para mayor simplicidad mentirosa y traidora. ¿Por

qué llamaste el Sheriff? ¿Tú no me habías prometido no decirle nada a nadie? Mira, esta conversación es mucho más importante que el famoso duelo, que fue más una pantomima absurda que un duelo, gracias a tu valiosa colaboración. La próxima vez que quiera hacer el ridículo, te aviso sin falta.
 Toni no se ha levantado. Sigue sentada a mi lado en el sillón.
—Arvejita, escúchame. La idea de llamar al Sheriff me cruzó por la mente ayer, y se me vino a consolidar como la única solución posible hoy. Sí, te mentí, te traicioné. Cuando se me ocurrió la idea ayer, pensé decirte que si no me llevabas contigo, iba a llamar al Sheriff. Sé que no lo habrías aceptado, que te habría parecido un ultimátum, sin pensar que el verdadero ulimátum era el que te habías hecho a ti mismo, yendo a ponerte en peligro por un motivo tan pueril. Así que pensando, llegué a ver dos alternativas. Si le advierto al Sheriff y mi arvejita se da cuenta, como sin duda se la dará, lo peor que puede pasar es que me tenga tanto odio que quiera separarse de mí. Pensar en eso era horrible. Pero si no llamo al Sheriff, puede pasar que me lo traigan esta noche con un machetazo o con la cabeza llena de perdigones. Ante esa disyuntiva, tuve que optar por la primera, aunque eso fuera traicionarte y sufrir las consecuencias. Perdóname. Por favor, perdóname. Yo no puedo ni pensar qué sería la vida sin ti. Pero si no puedes perdonarme y quieres que me vaya, me voy cuando tú quieras, contenta con saber que al menos no le ha pasado nada a mi arvejita, que si alguien tiene que sufrir, mejor que sea yo. Sólo te pido un favor. Antes de decidir, recuerda lo que me dijiste ayer: «Todo sea por la paz».

 Ya tranquilo, a los quince minutos no me estaba preguntado que debía de responderle a Toni, si no cuánto tiempo le habría tomado preparar el discursito que me echó. Mucho más tarde, a su lado en la cama, le pregunté cómo se llamaba el tipo, el ex de Dolores.
—Elwood— me dijo.

 Bueno, ahí la tienes, Toni, ahí tienes tu fotografía. Que te diviertas revisándola. Te extrañaré mucho en estos cuatro días. Tie a yellow ribbon.

Love,
E.

P.D. Tal vez podamos imaginar un programa de televisión de media hora basado en este suceso, con Erik Estrada respresentándome a mí, y a ti, Melinda Culea.

VI. EPILOGO.

12 de octubre, '81

Querido Eduardo:

Recibí tu carta hace poco y me alegró mucho ver que todos están tan bien. Dile a Josie de mi parte que si no quiere que los hijos le crezcan tanto y tan rápido, que no les dé comida, o que los mande a trabajar a Cuba. Josie, en la fotografía estás tan bonita como siempre. Luces como si tuvieras cincuenta años. No te voy a pedir perdón, porque nos conocemos bien. Tu marido, en cambio, parece un barril. A ver si me pones a Eduardito en una dieta asquerosa, que es más efectiva que la rigurosa. Por otra parte, Eduardo, Yayo está tan grande que todavía va y les sale futbolista, aunque a tu mujer camagüeyana no le guste la idea y quiera meter la cabeza en una jícara.

De mí, chico, en realidad no tengo nada que contarte. En Moscow nunca pasa nada. Tuvimos unos marielitos de visita por un tiempo, pero se han marchado todos, que yo sepa, con la excepción de uno que ya no se considera marielito, sino «miembro de la comunidad», por cuestión de un testamento que no merece la pena explicar. Eran todos muchachos jóvenes. No le tienen miedo a la vida. Por cierto, me parece formidable que hayan logrado sacar a tus tías. Me imagino la odisea que habrán pasado las pobrecitas esperando el bote todos esos días en el Mariel, y lo felices que estarán con ustedes y el resto de la familia. Los marielitos que llegaron aquí eran —¿cómo llamarlos?— un poco excéntricos. Tuvimos por acá un músico, un casanova, un boxeador, y un filósofo-político-historiador que se autoapodaba José Martí. Buena gente. Pero como te digo, se han marchado por diferentes motivos. A esos muchachos llegué a conocerlos bastante bien. Toni me decía que eran mis marielitos. Desgraciadamente, la cosa terminó mal. Después de haberse marchado los primeros, llegó otro, habrá sido por finales de julio, que se llamaba Calexto. La misma trabajadora social que había traído a los anteriores lo trajo a él, por la misma razón que a los otros, porque le tenía lástima al muchacho. Demoró poco para empezar a meterse en líos, y no porque fuera homosexual, porque eso aquí no le importa a nadie, sino porque parece que casi al llegar se nos metió a «prostituto». Bueno, hará cuestión de dos semanas, la señora que le había dejado quedarse a vivir en un apartamento del edificio de apartamento que ella tiene, le dijo que se marchara, por su comportamiento. Resultado: Calexto le dio dos puñaladas. Se lo llevaron de vuelta a la prisión de aquí, McNeil, y parece que de allí lo van a mandar de vuelta a Atlanta. La señora tiene setenta y tres años. La hermana de Toni vive en uno de sus apartamentos, y dice que es una bella persona. Créemelo, me sentí como un imbécil, el imbécil que soy. A este Calexto yo apenas llegué a verlo, nunca me lo presentó nadie. Pero si me lo hubieran presentado, hubiera tratado de ayudarlo, y atacar a esa señora hubiera sido su forma de pagarme el favor. No quiero seguir pensando en eso. Al menos mis marielitos nunca hicieron nada así.

Por lo que me cuentas y puedo leer en los periódicos, la situación en Miami y otras ciudades grandes se ha puesto muy mala con la llegada de los marielitos. La gente parece que está aterrorizada de ellos, y con razón. Yo ya he jurado que no volveré a meterme en sus vidas, que desde ahora me limito a observar lo que va pasando. Parece ser, por lo que leo, que los que están dando problemas son de un diez a un quince por ciento de los que vinieron. Son muchos, ya lo sé, pero hay que pensar en los miles y miles que vinieron. Si la gran mayoría se abre paso, quizá en un futuro podamos olvidarnos de los «insalvables». Pero cuando pienso en las experiencias que tuve con esos muchachos, siempre me viene a la cabeza el Halloween, cuando los niños se disfrazan (o los disfrazan) de monstruos, brujas, fantasmas, y esas cosas. A lo mejor detrás de ese disfraz está otro disfraz, un niño que finge una voz dulce para pedir caramelos, y que en el fondo se siente muy jodido porque no pudo ponerse el disfraz que quería y tuvo que ponerse el que le hizo su mamá, para quien un disfraz no es más que un disfraz, sin comprender la importancia que el disfraz tiene para el niño, que ese día no quiere disfrazarse sino *ser* el disfraz: el monstruo, el Príncipe Valiente, Darth Vadar, o quien carajo sea. Yo sentí algo de eso con mis marielitos, que estaban en un lugar tan extraño para ellos que era como si los disfraces se les rompieran antes de salir a pedir los caramelos. Un Halloween para adultos. Y en el fondo, y eso es algo que todos tenemos en común con ellos, el último disfraz es el del esqueleto. Pero para qué ponernos macabros Mira, mi madre tenía en Cuba una amiga que cocinaba terrible, pero merecía la pena ir a comer a su casa, porque esta mujer hacía la mejor tacita de café del mundo. A lo mejor lo del Mariel termina así, como las comidas de esa mujer, con buchito dulce de café cubano.

Todo ese contacto con cubanos que vienen de una generación diferente de la mía —casi podría decir de un mundo diferente— y con los cuales, sin embargo, me sentí tan identificado muchas veces, me inspiraron un poema, que será como una lata de basura, pero que a ustedes, mis hermanos, les mando sin vergüenza, porque sé que verán en él más que lo que digo, lo que quiero decir. Como no soy poeta ni en el aire las compongo, hace falta una glosa. (Coño, le hicieron falta a San Juan, así que no me siento tan mal). A ti, por feo, te dedico la glosa. A Josie, vuestra ilustre esposa, y sin vuestro permiso, ya que es como dedicárselo a mi hermana, le dedico el poema.

La glosa: Resulta que por días y días me encontraba pensando en la imagen de una red de pescadores. Ya sabes, uno tiende a autoanalizarse, sobre todo si uno es poeta como yo, comparable al pintor de Argamasilla que menciona Cervantes, que tenía que nombrar lo que había pintado para que la gente pudiera comprenderlo: «Esto es un caballo»; «Esto es un gusano», etc. La red: bueno, no es más que cuerdas entretejidas, que se encuentran en ciertos puntos, como los trucos que nos hacen las memorias, los recuerdos. Es un objeto útil. Tanto, que la vida de los pescadores puede depender de su red. Es un objeto que conoce el mar, que viaja en compañía de los hombres adonde quieran llevarla. Luego se va pudriendo, con el tiempo, el trabajo y el sol, pero parece, cuando la ves vieja, que la red ha aprendido mucho, que ha visto cosas que los hombres no han visto, y que si con los peces y los corales también ha recogido botellas vacías, trozos de madera de Dios sabe qué bote roto, escoria del océano, es porque lo bueno y lo malo vienen juntos, y la red no podía hacer más que cumplir su función, sin hacer muchas distinciones entre lo que recogía. Tirar la red al mar es siempre un momento cargado de expectación: igual te puede sacar el tesoro de un pirata que la bota podrida de ese mismo pirata. Y quién sabe si esa bota no es también un tesoro. Pero lo más interesante de la red es que es un conjunto: las cuerdas están atadas, cada cuerda depende de la otra, tienen que fucionar juntas, o no funciona la red. ¿No le da la red una lección al pescador? Chico, pensando en todo eso, de lo que me acordé de repente fue de una red, una red semi-podrida, que vi un día en Caibarién, cuando tendría como doce años. Hasta recordé que mi padre y mi madre estaban comiendo cangrejos y bebiendo cerveza, y que era un día de playa precioso. Bueno, pues cuando por fin recordé la red, la red concreta, ese día en Cuba, como que me nació un poema, que será muy malo, pero que va con alma de red, y que Josie leerá con compasión. Fin de la glosa.

la red

en ti, en mí,
qué puede ser la red
sino aquella que se pudre en paz,
seca, humildemente:
soleado sagrario, reliquia
de algas grises, de lianas y caracolas,
de viajes y recuerdos y botellas con mensajes,
diván
de una estrella de mar vieja
que nos mira
con sus ojos de antigua cortesana

allí
junto al pobre bote pesquero
ya casi completamente dormido
en su hondonada de arena.

Bueno, Eddie, my friend, no tengo más que decirte. Muchos cariños a las tías, besos a Josie, y recuerdos a los muchachitos. Y para terminar, como siempre que te escribo, «al carajo, albañiles, que se acabó la mezcla.»

Tu hermano,
Eloy

EPILOGO, II

I. (Artículo publicado en la revista TIME, número del 12 de septiembre de 1983. Traducido al español por el autor)

Luchando contra una imagen
Para los marielitos en América, la adaptación no ha sido fácil.

El local donde se celebró el festival era espacioso, pese a que fuera poco ortodoxo. Pero para muchos de la multitud aglomerada de 5,000 personas, el cavernoso hangar situado en el parque Tamiami en la ciudad de Miami, dicho local tuvo un significado simbólico. En la primavera de 1980, el hangar fue uno de los primeros centros de recepción para la andrajosa carga de 125,000 marielitos, que recibieron este nombre por haber salido del puerto cubano del Mariel, rumbo a los Estados Unidos. El mes pasado los inmigrantes organizaron un festival que duró todo el día para agradecerle a la ciudad de Miami su apoyo y para exhibir los talentos de los artistas que vinieron en esos botes. Dijo el coreógrafo y bailarín Pedro Pablo Peña, que llegó como por aluvión a la costa de Key West en un barco camaronero y que ahora dirige el grupo Creation Ballet, compuesto de catorce miembros, en Coral Gables: «Esta es la otra cara del Mariel. Demuestra que estamos teniendo éxito y contribuyendo al país.»
La preocupación de los marielitos con su imagen es comprensible. Tres años después de que su llegada sacudió el sur de la Florida, los pugnantes refugiados tienen una reputación decididamente mixta. La mayoría de los marielitos son buenos trabajadores y seres pacíficos; algunos fueron presos políticos y profesionales. Pero se estima que de 10,000 a 15,000 de ellos son criminales violentos o ex- pacientes de los manicomios, que fueron forzados por el presidente Fidel Castro a salir de su país. «Dos grupos diferentes salieron en la flotilla: los que querían venir, y los que nos mandó Fidel», explica el pintor Víctor Gómez, residente en Miami, quien se las arregló para que fuera falsamente clasificado como delincuente y así poder sumarse al éxodo. «Los que nos mandaron —dice Gómez— fue una estrategia diabólica de Castro para crear una imagen nociva de todos los refugiados

cubanos y para sacar de Cuba a los elementos anti-sociales.»

Para la mayor parte de los marielitos la vida en los Estados Unidos es bastante difícil. Muchos saben muy poco inglés y no están preparados para oficios prácticos. Además, el sistema de servicios sociales en Cuba, que controla y dirige a las personas desde la cuna hasta la tumba, dejó a los refugiados mal preparados para la forma de vida de América: «En Cuba, el estado se ocupa de ti,» dice el artista Luis Valdés en el inglés perfecto que aprendió escuchando estaciones de radio de los Estados Unidos. «Aquí, hay que luchar.»

El esfuerzo ciertamente vale la pena para los artistas de la flotilla, que experimentan una gran satisfacción con la libertad que han adquirido. Al guitarrista Juan de Dios José se le negó la licencia para ser músico en Cuba porque rehusó integrarse al Partido Comunista. En Hialeah, un suburbio de Miami, él toca sus canciones en restaurantes y está completando su entrenamiento para reparar la carrocería de automóviles. «Es como un sueño que se ha hecho realidad, poder decir lo que siento,» comenta el artista. El novelista Reinaldo Arenas, residente de New York, que condujo su auto veintiséis horas para asistir al festival por temor de que el avión que pudo haber tomado fuera secuestrado y llevado a Cuba, dice: «Siento que soy escritor por primera vez.»

Miami tiene, sin duda, la mayor población de marielitos. Pero muchos de ellos se han esparcido por todo el país, estableciendo residencia en ciudades como Los Angeles y San Francisco, que ya tenían comunidades latinas bien establecidas desde mucho antes de la llegada de los refugiados. Algunos fueron a estas ciudades, como legiones de otros inmigrantes antes que ellos, simplemente porque les parecía que encontrar trabajo fuera de Miami les sería más fácil. José Martín y su esposa Lina fueron inicialmente, a Los Angeles, donde Martín tenía un tío. Pero los cubanos asentados allí les aconsejaron que se mudaran a Chicago o New York. «Me dijeron que había más fábricas en esas ciudades», recuerda José. Trabajando de maquinista en La Habana, Martín ni siquiera podía comprar una bicicleta. Pero como vendedor para una compañía de productos químicos basada en Chicago, ya ha podido comprar un auto y está ahora aprendiendo a conducir. Dice Martín: «Extraño a Cuba, pero éste es el país de la oportunidad.»

Los refugiados que han tenido más éxito son los que ya tenían el respaldo de familiares y amigos para ameliorar el choque de tener que establecerse. Pocas semanas después de desembarcar de un bote pesquero atestado de gente en Key West, Teresita Hernández, de veinticuatro años de edad, partió rumbo a Chicago, bajo el cuidado de su tío. «Al principio, me fue duro,» admite ella. Pero con el dinero que gana trabajando como oficinista parte del tiempo, Hernández ha podido arrendar un apartamento-estudio pequeño, comprar un carro usado que está en buena condición, y matricularse en algunas clases en la universidad de Northeastern Illinois. Su meta: ser farmacóloga.

Jesús Sarmiento vivió con sus familiares en Miami mientras aprendía inglés y se preparaba para un examen de admisión en la Florida International University. El pasado abril, Sarmiento fue el primer marielito en obtener un diploma de ingeniería de la F.I.U. «Y pensar —se maravilla Sarmiento— que en Cuba yo ni siquiera tenía una calculadora portátil, la que cabe en un bolsillo.»

La mayor frustración de los marielitos es la separación de sus seres queridos, bien se encuentren éstos en Cuba o en otro país. La situación de encontrarse legalmente en el limbo, ha contribuido a su sentimiento de desorientación. «Mariel fue un caos,» dice un oficial de la ciudad de Miami. «Muchos esposos, esposas, y niños se separaron. La tragedia es que no pueden volver a reunirse.» Si la propuesta de ley de Simpson-Mazzoli, que actualmente está siendo considerada por el Congreso es adoptada, la presente situación cambiaría. La ley les permitiría a los marielitos, como forasteros con residencia permanente en los Estados Unidos, traer a sus familias después de un período de espera de tres años.

Por el momento, la reunión con sus familias no es más que una vaga esperanza. Algunos marielitos, frustrados, han sufrido depresión, y otros han abusado del alchol. Unos pocos, desesperados, han tratado de regresar a su país ilegalmente: nueve de los últimos doce secuestros de aviones dirigidos a La Habana fueron perpetrados por marielitos. Otros —usualmente los criminales y casos sociopatológicos sacados de las prisiones y manicomios de Castro— se han entregado al crimen, hasta el punto en que la palabra «marielito» se asocia con el terror. Típicamente, los marielitos mal ajustados son hombres jóvenes, entre 18 y 34 años de edad, desempleados, con una educación equivalente al noveno grado de instrucción primaria, y un historial de problemas mentales y emocionales. Muchos se han hecho tatuajes usando cepillos de dientes de colores derretidos cuando estaban en la prisión. Algunos de los diseños, escondidos en la membrana entre los dedos índice y pulgar, son emblemas de su especialización criminal: «madre» y una flecha indica que el individuo se especializa en homicidio; una estrella bajo tres líneas verticales, que la especialidad es el secuestro.

En todas partes donde los cubanos desaforados han llegado, el porcentaje de crimen ha subido. En Las Vegas, donde se estima que residen 3,500 de ellos, los marielitos son responsables por el 25% del tráfico de cocaína. En New Orleans, durante un período de diez meses concluído el pasado abril, hubieron quince homicidios entre los cubanos en los que estuvieron involucrados 29 marielitos, ya como víctimas o asesinos. Este elemento criminal prefiere atacar a otros cubanos. Su predilección es un crimen de carácter brutal, que ocurre según se presenta la ocasión. Un ejemplo escalofriante es el de un marielito que se especializa en atacar a los ancianos que residen en Miami Beach. Una víctima de noventa años fue arrojado de su cama, pateado en el rostro tan fuertemente que le costó la pérdida del ojo izquierdo, semi-axfisiado con una almohada y abandonado cuando su victimario pensó que estaba muerto.

Cientos de marielitos están en prisiones locales o estatales. Pero muchos logran eludir la sentencia adecuada. Los jueces desconocen sus pasados en Cuba, y sin tener con qué guiarse y ninguna información sobre sus actividades en los Estados Unidos, tienden a ponerlos en libertad bajo fianza. Aún así, aproximadamente 1,800 marielitos etán en la prision estatal en Atlanta. Una tercera parte de ellos han estado allí desde su llegada a los Estados Unidos. Bajo las leyes de inmigración, los marielitos que admitieron tener un historial de crimen en Cuba al ser procesados hace tres años, fueron puestos en prisión, pero frecuentemente, por poco espacio de tiempo. Muchos de los más avispados simplemente negaron haber cometido ningún crimen, y fueron puestos en libertad inmediatamente. «El gobierno puso en la cárcel a los que confesaron haber cometido crímenes de poca importancia u ofensas políticas,» mantiene el Procurador Myron Kramer, uno de los abogados que representan a los marielitos detenidos. Se estima que 100 de los marielitos encarcelados son posiblemente agentes secretos del gobierno cubano.

La cara criminal del Mariel continúa dominando la escena. En diciembre, la compañía Universal Studios dará al público una película intitulada «Scarface», con el actor Al Pacino en el rol de un marielito traficante en drogas. Pero pese a esta imagen negativa, los cubanos honestos que trabajan arduamente en su nuevo país tienen fe en que la verdadera imagen de los marielitos algún día emergerá. «El espíritu de los cubanos que vinieron en esos botes no ha sido derrotado,» dice el artista cubano Alberto de Lama. «Los marielitos no son una masa amorfa. Son, en general, gente que ha sufrido mucho, con temores profundos, esperanzas desesperadas y sueños de libertad.» El Administrador Asistente de la ciudad de Miami, César Odio, declara: «El milagro es que la vasta mayoría de los marielitos está trabajando

honradamente, ganándose la vida con el fruto de sus esfuerzos y estando al día con sus deudas.»
—Por Susan Tifft. Reportado por Bernard Diederich/ Miami and Don Winbush/ Chicago.

El autor, Eloy González Argüelles, es cubano y actualmente profesor en el Departamento de Lenguas Extranjeras de Washington State University. Graduado de Ohio State University ha publicado artículos de tipo académico en Inglaterra, México y Estados Unidos. Ha brindado conferencias y cursos sobre literatura caribeña en varias Universidades.

En 1981 más de 120,000 cubanos salieron del Puerto del Mariel, en todo tipo de embarcaciones, hacia los Estados Unidos. Los refugiados del Mariel o «boat people» trascendieron a la política nacional norteamericana, cambiaron la fisonomía del Sur de la Florida e tuvieron impacto muchas localidades del Norte del país donde se relocalizaron.

Este libro trata sobre el choque personal, psicológico, social y también policial de estos «marielitos» en uno de los fríos estados del Norte. El autor se vió envuelto al ayudarlos a ellos y a las autoridades, que no los entendían. Comenzó componiendo una especie de diario en forma de diálogos y terminó una novela que ofrece al lector el choque cultural y las peripecias individuales de estos hombres enfrentados al frío, al idioma y a unas costumbres totalmente desconocidas. Pero el autor no hace una novela trágica sino que utiliza el humor que acompaña cada situación relatada.

Piensa el autor que el humor es una forma de cura psicológica, porque de la risa al perdón no hay más que un paso. Y que la mejor forma de confrontar las mini-crisis, y mini-desastres que relata es reírse un poco de ello....

LIBRARY OF DAVIDSON COLLEGE

Books on